공현의 낙수에서 배로 황하로 들어가며
즉흥시를 지어 부현의 벗들에게 부치다

自鞏洛舟行入
黃河卽事寄府縣僚友

강물 낀 푸른 산 뱃길은 동쪽을 향하고
동남쪽 사이 활짝 열려 드넓은 황하로 통하네
겨울 나무는 먼 하늘 끝에 닿아 희미하고
석양은 물결 속에서 사라져 간다

來水蒼山路向東
東南山豁大河通
寒樹依微遠天外
夕陽明滅亂流中

鬼眼

귀안

귀안 2

현우 퓨전 무협 소설

초판 1쇄 찍은 날 § 2005년 6월 8일
초판 1쇄 펴낸 날 § 2005년 6월 18일

지은이 § 현우
펴낸이 § 서경석

편집장 § 문혜영
편집책임 § 최하나
편집 § 장상수 · 서지현

펴낸곳 § 도서출판 청어람
등록번호 § 제1081-1-89호
등록일자 § 1999. 5. 31
어람번호 § 제2-0617호

주소 § 경기도 부천시 원미구 심곡1동 350-1 남성B/D 3F (우) 420-011
전화 § 032-656-4452 팩스 § 032-656-4453
http://www.chungeoram.com
E-mail § eoram99@chollian.net

ⓒ 현우, 2005

ISBN 89-5831-579-2 04810
ISBN 89-5831-577-6 (세트)

鬼眼

현우 퓨전 무협 소설

Fusion Oriental Heroes

귀안 2 ▪입문(入門)

도서출판 청어람

목차

그들의 인연은 이렇게 시작되고

벌레들의 울음소리가 소란스러운 깊은 밤, 기름 등이 밝히는 소박한 살림의 산채다.

그곳에는 두 중년의 남녀가 침상에 누워 미약한 숨을 헐떡이고 있는 아이를 안타까운 눈길로 바라보고 있었다.

공야숙과 민초빈, 그리고 겨우 숨길을 유지하고 있는 진이었다.

"부인, 어떻소? 내 보기엔 이미 가망이 없는 듯하오만."

"저도 그렇게 생각했지만 아직 숨이 붙어 있다는 것이 놀라울 따름 이에요. 이걸 보세요."

민초빈이 진의 가슴을 풀어헤치자 선명한 장인이 드러났다. 처음의 푸른 기운은 가셨지만 아직도 생명을 저울질할 수 있는 지독한 장독이 깊이 배어 있는 상태였다.

"흐음, 예사 솜씨가 아니오. 누가 어린아이에게 이런 살수를 썼단 말이오. 차라리 일검에 죽이지는 못할망정……."

"무슨 말씀을 그렇게 하세요! 한 줌도 안 되는 어린애예요. 이 아이가 설사 역도의 자식이라 해도 이리 할 수는 없는 겁니다. 인간이 아니라 짐승의 짓이에요!"

"모르는 소리. 역모의 무리는 그 자식은 물론 구족(九族)을 멸해 씨를 말려 버리는 것이 지엄한 국법이거늘."

"흥! 그따위 법이라면 개나 줘버려요. 개뼈다귀 같은 국법이 그렇게 지엄해서 강호인들은 그리 사람을 해치고 다니나요? 강자만을 위한 그런 법 따윈 이미 법이 아니에요. 도대체 누구를 위한 법이란 말입니까?"

민초빈의 성토에 아차 싶은 공야숙이었다.

수십 년의 세월을 같이 해온 바, 그녀의 성정을 또 간과해 버리고 만 것이었다.

"험, 험, 흥분하지 마시구려. 말이 그렇다는 것이지. 그래, 그건 그렇고 이 아이가 살아날 가능성이 있기는 한 게요?"

"살려내야지요. 그게 의술을 배운 자가 할 일이니까요. 화아야, 물은 아직 멀었느냐?"

"지금 들어갑니다. 키잉, 사부님, 막지 말고 좀 비켜보세요."

여느 아이들과 다르지 않는 작은 체구의 연화가 제 몸집보다 큰 독을 낑낑대며 들어오고 있었다. 게다가 독 안에 가득 찬 물은 아직 펄펄 끓고 있으니 그녀가 익힌 상승의 내공 공부를 짐작케 해주는 대목이었다.

"허허, 계집아이의 입이 어찌 저리도 험할꼬."

엄한 아비일지나 눈에는 장난기가 가득한 공야숙이 연화의 뒤통수를 사정없이 후려갈겼다.

픽!

연화는 독을 내려놓고 나서야 얻어맞은 뒤통수를 부여잡고 쪼그리고 앉았다.

"우아악! 우씨, 눈알 튀어나올 뻔했잖아요!"

"우씨? 허허, 화아는 밖에서 잠시 날 좀 봐야겠구나. 허허."

예의 당당함은 사라지고 순식간에 비굴한 낯빛으로 변해 버린 연화다.

"안 됩니다. 사모님 혼자 어찌 이 중환자를 돌보시게 할 수 있단 말입니까. 암요, 제자 된 도리로 그럴 수야 없지요."

"허허, 오늘만 날이더냐. 지금 잠깐 볼 것이냐, 나중에 길게 볼 것이냐? 순간의 선택에 평생의 안위가 달려 있음이렷다."

연화의 낯빛이 더욱 창백해졌다. 또다시 비무를 가장한 폭력을 행사하려는 것이다. 오늘 아침에 또 사모에게 혼구멍이 났으니 그 강도는 더욱 심해질 것이 뻔했다.

위기의 순간을 헤쳐 나갈 길은 오직 한 가지 방법뿐이었다. 연화는 한껏 불쌍한 눈으로 민초빈을 쳐다보았다.

민초빈은 엷은 미소와 함께 한쪽 눈을 찡긋해 보였다.

"도대체 중환자를 앞에 두고 뭐 하시는 거예욧! 당신은 어서 처방대로 탕을 올리시고, 화아는 짐도 준비를 서둘러라."

"옛! 사모."

그때서야 이 철없는 사제는 분주히 움직이기 시작했다. 물론 공야숙은 저 버릇없는 제자를 날 잡아서 확실히 교육시켜야겠다는 다짐을 잊지 않았다.

시술은 자그마치 세 시진이 지난, 자시(子時)가 되어서야 끝이 났다.

그럼에도 진의 상세는 별다른 진전이 없었다. 근골은 심하게 뒤틀려 있었고 자잘한 자상은 그 수를 헤아릴 수가 없었으며 근육과 뼈를 상하게 할 정도로 깊은 상처도 여섯 군데나 되었으니 한 번의 시술로는 어림도 없었던 것이다.

외상이야 상처가 깊다 해도 어느 정도는 추스를 수 있다 하나, 정작 심각한 것은 내상이었다.

가슴 한복판에 적중된 장력으로 거의 부러지다시피 한 갈비뼈 몇 개는 허파를 찔렀고, 오장육부는 모두 상하여 성한 곳이 없을 지경이었다.

숨이 붙어 있다는 것이 신기할 정도로 기식이 엄연한 지경. 한두 번의 내복 시술로 완벽하게 치유될 만한 것이 아니었다. 진에게 진기가 조금이나마 있다 하나, 이것이 내력이라 할 만한 것은 아닌지라 운기를 통해 스스로 내상을 다스릴 수는 없는 노릇이었다.

결국, 진의 치유는 고스란히 민초빈의 몫일 수밖에 없었다. 도통 의술에 관심이 없는 공야숙이야 말할 것도 없고, 연화의 설익은 의술로는 엄두도 못 낼 정도의 중상인 탓이었다.

이제 첫 번째 시술이 끝났을 뿐이었지만 민초빈은 기진맥진해 버렸다.

옆에서 노심초사하며 이를 지켜보던 공야숙이 화들짝 놀라 민초빈을 부축하여 통나무 의자에 앉혔다. 민초빈은 슬그머니 눈을 감더니 금세 편안한 표정이 되어갔다. 입공(立功)의 단계를 넘어 동공(動功)에 이른 그녀의 무위가 있기에 가능한 일이었다.

그러기를 일각. 민초빈이 가볍게 숨을 내뱉으며 눈을 뜨자 공야숙이 물었다.

"어떻소, 가망이 있겠소?"

"외상은 내상에 비하면 상처도 아니에요. 게다가 한 사람의 짓이 아닙니다. 여럿이서 동시에 구타한 흔적이 보여요. 도대체 누가 저런 짓을 했는지 내 손에 잡히면 똑같이 만들어놓을 거예요."

맹렬한 적개심을 드러낸 민초빈은 이내 근심 어린 표정이 되었다.

"어쨌든 오늘과 내일이 고비예요. 세맥은 어느 정도 터놓았고, 오장도 추슬러 놓았으니 이제는 이 아이의 운이 남은 생을 결정짓겠죠."

공감하듯 고개를 끄덕이던 공야숙은 고개를 갸웃거리며 자신도 모르게 혼잣말을 내뱉었다.

"음, 저 아이 어디선가 본 듯한데."

"네?"

"아, 아니오."

'그래, 맞아! 그때 춘연곡인가 하는 작은 마을에서 본 그 아이가 틀림없구나. 하지만 민초빈에게 백랑을 찾는다는 핑계로 기루에 간 사실을 들키면 절대 안 되지. 암! 들키는 날엔……'

죽는다.

"전 조금 쉬어야겠어요. 화아와 교대로 지켜보시다가 작은 변화라도 감지되면 절 부르세요."

"그리하겠소. 수고하시었소, 부인."

공야숙은 침소로 향하는 민초빈의 어깨를 가볍게 두드려 노고를 위로했다. 그러나 민초빈이 처소로 들어서는 순간 공야숙의 눈빛은 삽시간에 변했다.

사악하게 변한 그 눈빛은 시술 부위에 깨끗한 붕대를 감고 있는 데 여념이 없는 연화를 향해 고정되었다.

연화는 움찔하며 다가올 불행에 절망해야만 했다.

더 이상 사모를 붙잡고 늘어질 수 없는 상황이니 이 긴긴밤을 사부와 단둘이 있어야 한다는 불행한 현실을 절감한 것이다.

공야숙의 표정이 더욱 사악해지고 연화의 안색은 더욱 창백해질 무렵, 처소의 문이 빠끔히 열렸다.

"참! 환자 앞에서 경거망동하지 마세요, 절대 안정이 필요하니까. 그리고 한 사람은 꼭 지켜봐야 합니다. 아시겠죠?"

즉, 한 사람은 반드시 간호를 위해 옆에서 지켜봐야 하고 두 사람 모두가 간호를 하더라도 소란을 피우지 말라는 의미였다.

"끙, 알았소이다."

공야숙이 마지못해 겨우 대답했다. 민초빈은 씨익 미소 짓더니 이내 연화에게 시선을 돌렸다.

"알겠니?"

"헤헤, 그럼요. 저나 사부님이 중환자를 앞에 두고 망동할 개망나니로 보이세요. 염려 붙들어 매시고 푹 쉬세요."

공야숙의 얼굴이 일그러졌다. 연화의 말에 가시가 돋쳐 있음을 어이 모르리.

서전을 알리는 불꽃은 또다시 점화되고야 만 것이다.

"개망나니라……. 껄껄, 내일은 긴 하루가 될 듯하구나. 껄껄껄."

한줄기 전음에 연화의 안색은 다시 파리해졌다.

신발에 미꾸라지와 전갈 집어넣기, 속옷 구멍 내기, 뒷간의 발판에 톱질을 해 똥구덩이에 빠지게 하기 등의 공야숙과 연화의 유치하고 지리한 소모전이 한 달여가 지속되고 있었다.

진은 그 기간 내내 별다른 진전을 보이지 않고 있었다.

민초빈과 연화가 진의 옆에 붙어 간호를 해야 했던 탓에 약초를 캐는 등의 자질구레한 일은 공야숙이 전담할 수밖에 없었다.

"끙, 약초는 이미 많이 캐놓지 않았소. 오늘은 내가 간호를 할 테니 화아를 보내면 아니 되겠소?"

"언제, 어찌 쓰일지 모르는 것이 약입니다. 독과는 다르지요. 같은 약초라 할지라도 오늘 아침 캐온 것과 어제 저녁에 캐온 것은 그 쓰임 또한 다릅니다. 만월이냐, 반월이냐에 따라 음한 기운이 다르고, 아침 볕과 해가 한창일 때 받아들이는 양한 기운이 다른 법이지요."

일장 연설을 할 태세다.

언제나 이렇다. 매번 투정 부려 봐야 본전도 못 건진다. 이럴 때는 잔말하지 말고 시키는 대로 하는 것이 정신 건강에 이롭다. 벌써 반백 년이 되어가는 부부 생활이었으니 이 절대불변의 이치를 공야숙이 어찌 모를까.

"다녀오리다! 내 다녀오면 될 것 아니오."

자못 노기까지 내비치는 공야숙이었으나 민초빈에게는 어림도 없는 치기일 뿐이었다.

"당신은 의술을 모르잖아요. 그렇게 진작 좀 배워둘 것이지. 오늘도 약초 캐러 간답시고 마을로 내려가 술을 마시고 오면 한 달 동안 입침 금지예요. 알죠?"

"아, 알겠소. 명심하리다."

순식간에 얌전해지는 공야숙이다. 모든 것을 버리고 스스로 선택한 삶이 이러하건대 누구를 원망하겠는가.

“그럼 다녀오세요.”

“휴우.”

땅이 꺼져라 한숨을 내뱉는가 싶더니 공야숙의 안색이 다시 밝아졌다.

“그렇지! 백랑과 같이 가면 되겠구나.”

산채 옆의 조그마한 통나무집으로 들어간 공야숙은 사방을 두리번거렸으나 한 달째 꼼짝 않고 치료를 받고 있던 백랑, 즉 귀랑은 온데간데없었다.

“이 염병할 똥강아지 놈은 꼭 필요할 땐 안 보이는구나. 젠장, 어쩔 수 없지. 에구, 내 팔자야.”

옛말에 묵힌 생강이 매운 법이라 했고, 유비무환(有備無患)이라고도 했다.

누구보다 오래 묵은 매운 생강에다 선현들의 가르침에 충실한 공야숙이 중노동을 곧이곧대로 할 리가 없었다.

공야숙은 양광에 따뜻하게 달구어진 바위에 누워 온종일 빈둥거리다가 이럴 때를 대비해서 몰래 씨를 뿌려둔 약초밭에서 약초 몇 뿌리와 나물 몇 접을 뽑은 후 시내에서 물고기를 잡아 산채로 돌아왔다.

그러나 공야숙은 손에 들고 온 물고기를 떨어뜨리고는 멍하니 서 있을 수밖에 없었다.

산채의 앞마당에는 삼십여 마리의 토끼와 수를 알 수 없을 정도로 엉키어 꿈틀대는 갖가지 뱀들, 심지어 곰 한 마리까지 널브러져 있었던 것이다.

그것들을 손질하던 연화가 공야숙에게로 다가와 광주리와 물고기를 받아 들었다.

"이게 다 웬 것들이냐?"

"백랑이 잡아온 것들이에요. 이것 보세요. 백사예요, 백사! 이놈 내단이 은자 열 냥은 간다지요? 그리고 저 곰 좀 보세요. 저놈 쓸개가 세상에 제 주먹만하더라니까요."

연화의 호들갑을 뒤로하고 공야숙은 흐뭇한 표정으로 고단한지 제 집에서 고개만 빠끔히 내민 채 잠들어 있는 귀랑을 일별했다.

"허허, 저놈이 내 나이가 있어 지병이 있는 줄 알고 이리 귀한 것들을 구해온 모양이구나. 기특한 녀석. 껄껄껄."

"미안해서 어쩌죠. 내단과 쓸개는 아이의 약으로 쓸 건데요. 당신 몫은 없어요."

택도 없는 소리 말라는 게다.

"허허, 이리 많은데 내 입 하나 붙일 데 없을라고."

"없어요."

농담이 아니었다. 민초빈은 단호하기까지 했다. 여기서 대들어봐야 본전도 못 건질 것은 자명한 일이었다.

지금까지 수십 년의 세월을 함께 살아온 귀랑이었다. 귀랑은 저 좋은 것들을 잡을 수 있었음에도 단 한 번도 공야숙에게 가져다 준 일이 없었다.

공야숙은 분노로 이글거리는 눈으로 귀랑을 흘겨보았다. 그러나 귀랑은 눈만 몇 번 껌뻑거리고는 이내 고개를 휙 돌려 버릴 뿐이었다.

그래서 뭐 인마! 라는 식으로.

"저, 저……."

이리도 서러울 수가 있을까.

말 못하는 짐승이라지만 벌써 수십 해를 함께 살아온 녀석이 아니던

가. 그런데 단 며칠 같이 있었던 것으로 짐작되는 아이에게는 백사 내단에 웅담씩이나 건네주고, 자신에게는 매몰찬 콧방귀뿐이라니.

귀싸대기라도 한 대 올리자니, 순순히 당하고만 있을 녀석도 아니었다.

차마 어쩌지 못하고 부들부들 떨고만 있는 공야숙을 연화가 슬쩍 잡아끌었다.

"사부님, 잠시만."

"놔, 인마!"

"글쎄 잠시만 따라오시라니깐요."

공야숙이 소매를 털어냈지만 연화는 집요하게 소매를 잡고 늘어졌다.

"허어, 이 녀석이."

뭔가가 있다. 저 조심스런 행동과 속삭이는 말투를 보라.

공야숙은 어린 제자가 저런 행동을 할 때엔 민초빈 모르게 뭔가를 꾸밀 때라는 것을 알고 있었다.

공야숙은 못 이기는 척 연화가 이끄는 대로 쭈뼛대며 따라나섰다.

연화는 공야숙을 잡아끌고는 산채의 뒤 공터의 은밀한 구석으로 가서는 산채 쪽을 몇 번 살폈다. 역시 민초빈에게 들켜서는 안 되는 뭔가를 꾸민 모양이었다.

"사부님, 이거."

연화가 품에서 한참을 뒤져 내민 손에는 조그마한 하얀 구슬이 놓여 있었다. 공야숙은 그것이 무엇인지 단번에 알아보았다.

"헛! 이, 이것은 백사의 내단이 아니더냐!"

화들짝 놀라 작은 입술에 손가락을 가져다 대고 주위를 살피는 연

화. 산채에서 아무런 기척이 없음을 확인하고서야 비로소 안심한 표정
으로 공야숙의 귀에 대고 속삭였다.

"쉿! 조용하세요. 사모님이 아시면 우리는 맞아 죽을지도 몰라요."

"그, 그래. 이걸 어찌 빼돌렸느냐?"

"내단만을 빼돌리는 것은 사모님의 눈썰미를 보아 불가합죠."

"그럼 어찌……."

"백사 한 마리를 통째로 꿍쳐 놨습니다. 저녁에는 백사탕도 준비되
어 있습니다. 헤헤."

"호오, 기특한 녀석. 역시 사부의 마음을 헤아리는 사람은 네 녀석밖
에 없구나."

언제 그랬냐는 듯 히죽거리는 공야숙 역시 산채 쪽으로 고개를 쭉
빼고는 동태를 살폈다. 민초빈에게 들키면 정말 혼날 일을 벌이고 있
는 것이다.

"뭘요. 먼저 어서 이것 드시고……."

"오냐."

꿀꺽.

날름 백사의 내단을 집어삼킨 공야숙은 다시 한 번 주위를 둘러보았
다. 이 깊은 산중에 이런 범죄 행위를 눈여겨볼 사람이라곤 민초빈뿐
이었으나 죄를 지은 자는 언제나 주위의 이목이 불안한 법이다. 해서
사람은 죄 짓고는 못 산다고 하지 않았던가.

민초빈의 동향에 특이점이 없다는 것을 확인한 공야숙은 긴장한 마
음을 가라앉히며 기특한 제자를 바라보았다. 칭찬이라도 한마디 해줘
야 하지 않겠냔 말이다.

한데, 저 미소. 저 녀석의 입가에 걸린 사악한 미소는 뭐란 말인가.

‘뭐, 뭐야? 이 녀석.’

또 뭔가 있다. 뭘까. 혹시 백사 내단이라며 내민 것이 뱀의 똥집이라도 된단 말인가. 아니다. 그냥 뱀 똥일지도 모른다.

수만 가지 억측으로 공야숙의 안색이 창백해질 무렵 마침내 연화의 입이 열렸다.

“헤헤, 이제 사부님과 저는 공범입니다.”

“무, 무슨 뜻이냐?”

“사부님이 이제 저를 패실 일이 있더라도 한 번 더 숙고해 보시라는 의미입죠.”

“이, 이놈이? 흥! 내가 발뺌하면 그만 아니더냐.”

사악한 미소가 더욱 짙어지는 연화. 그 정도는 예상하고 있던 수였다는 의미다.

“아하! 사모님이 진맥 한 번만 하시면 사부님의 기맥이 달라지셨다는 걸 금방 알아채실 텐데요? 그럼 뭐라고 하실 거죠? 저야 뭐 한바탕 훈육을 들으면 그만이지만 사부님은 그 정도에서 끝나지 않을 성싶은데요?”

이거다! 어찌 된 것이 주위에 온통 다 적뿐이란 말인가. 말년에 거둔 제자마저도 이리 흉악하니 어디 기댈 데가 있을꼬.

공야숙은 한숨을 푹 내쉬었다.

“헤헤, 세상 사는 것이 다 그런 거 아니겠습니까? 오늘은 제가 백사탕을 근사하게 올릴 테니 사부님께선 약주나 준비하시지요.”

“험험, 아, 알았다. 그런데 말이다. 내가 마누라에게 맞아 죽어도 혼자는 절대 죽지 않겠다. 알겠느냐? 그전에 이 사실을 발설했다간 내 네 녀석 다리부터 분질러 놓을 것이야.”

"아무럼요. 그렇게 하셔도 저는 할 말이 없습니다요."

민초빈은 작은 창으로 밖을 내다보며 뒷마당에서 쑥덕거리고 있는 공야숙과 연화를 바라보며 고개를 절레절레 흔들었다.

'계집아이나 칠순을 넘긴 노인이나……. 아무래도 아이 둘을 키우고 있는 것 같아.'

민초빈은 이미 연화가 백사 한 마리를 빼돌린 것을 알고 있었다. 물론 그 사용 내역이라 봐야 뻔한 노릇이었다.

귀한 영약이기는 하지만 백사 내단 하나쯤이야 굳이 저리 기를 써가며 모의작당하지 않아도 남편을 위해 쓸 참이었다.

'백사 내단은 독성이 강해 중탕하지 않으면 뱃속이 편치 않을 텐데…….'

민초빈은 혼잣말을 중얼거리며 약탕기의 불을 살폈다.

민초빈의 우려대로 공야숙은 며칠 동안 하루에 스무 번은 넘게 뒷간에 들락거려야 했다.

"식사 더 안 하십니까? 노루 고기가 잘 익어 맛이 좋은데 손도 대지 않으시네요. 혹여 중탕하지 않은 백사 내단이라도 드신 듯 안색이 좋지 않으십니다."

이런 개 같은……!

또다시 지루한 소모전이 시작되고 있음을 알리는 신호였다. 금방이라도 바닥을 뒹굴고 웃어젖힐 듯한 저 표정을 보라. 녀석은 백사 내단을 중탕하지 않고 복용하면 탈이 날 것을 알고 있었던 것이다.

'내 저 녀석을!'

며칠 전 무공에 진전이 없는 것을 빌미로 혼쭐을 내놓았던 것을 그리 복수한 모양이었다.

복수는 복수를 낳는 법. 연화의 기지가 남다르다 하나 소싯적에는 천년기재 소리를 듣고 자란 자신이었다. 게다가 세월이 가르쳐 준 경험의 소산은 타고난 재주 못지않은 지혜를 선사해 주었다. 애초에 될 수가 없는 싸움이라는 게다.

그건 그렇고, 일단은 당장 해결해야 할 일이 있었다.

"아, 아니오. 내가 백사 내단을 중탕도 하지 않고 먹을 바보로 보이오? 내 배가 불러 더 이상은 못 먹겠소. 잠시 바람 좀 쏘이고 오리다."

민초빈의 입가에 걸린 희미한 미소. 제 눈에는 바보가 맞아 보입니다, 라는 의미의 미소였다.

공야숙은 뒷짐을 지고 느긋하게 걸어 나오는가 싶더니 바람같이 뒷간을 향해 달려갔다.

공야숙의 다급한 발걸음을 들은 연화는 고개를 묻고 키득거리기 시작했다. 아무도 없었다면 뒹굴며 박장대소를 터뜨릴 판이었다.

"이번에는 네가 심했다."

버릇없는 행동을 책망해야 하겠으나, 공야숙과 연화가 이 적적한 산중에서 서로 아옹다옹하며 지내는 것이 그들의 유일한 낙임을 모르지 않았기 때문에 민초빈은 엄한 한마디만으로 일책했을 뿐이다.

연화는 웃음을 뚝 멈추었다. 사모는 온화한 성품의 소유자였으나, 한 번 노기를 품으면 사부보다 훨씬 더 무섭게 변하였으므로 공야숙보다 어려운 것이 사실이었다.

그때다.

"으허허헛, 헙!"

틀림없이 뒷간에서 비롯됐을 비명이 아련히 들려온 것이다.

　터져 나오는 비명을 참으며 입을 틀어막고 있을 공야숙. 그 장면을 생각하니 민초빈 또한 웃음을 참지 못하고 고개를 파묻고 키득거리기 시작했다. 연화는 차마 대놓고 웃지 못하고 허벅지를 꼬집으며 가까스로 터져 나오는 웃음을 참아야 했다.

　잠시 후, 핼쑥해진 얼굴로 들어온 공야숙은 피가 거꾸로 솟는 장면을 목도해야 했다.

　"이야, 사모님. 이 노루 고기는 너무나 부드러운데요? 내일은 백랑이 뭘 잡아오려나."

　"글쎄, 내일은 멧돼지라도 잡아왔으면 좋겠구나."

　"멧돼지 좋지요. 살살 녹는 멧돼지 갈빗살. 캬!"

　공야숙은 뱃가죽이 등에 달라붙는 고통을 느끼며 오늘도 뒷간에서 하루의 대부분을 보내야 했다.

제2장

무예 속에 빠져들고 !

어느새 진이 누워 있은 지 석 달이 넘어섰다.

벌어진 상처에서 새살이 돋아나고, 혈변은 멈춘 지 오래이나 진은 여전히 깨어나지 못하고 있었다.

조금 전 민초빈의 시침이 끝났고, 시술 부위를 소독하고 깨끗한 새 붕대로 바꾸어주는 일은 연화의 몫이었다.

"으으음."

갈아놓은 붕대를 빨기 위해 문을 나서려던 연화는 인기척에 놀라 돌아섰다.

그러나 진은 지난 석 달 동안과 다름없이 죽은 듯 누워 있을 뿐이었다.

"이상하다. 헛것이 들렸나?"

그때다. 진이 얼굴을 뒤척이기 시작했다.

“무, 물.”

연화는 진이 생전 처음 듣는 말을 하고 있다는 사실을 인지할 겨를도 없이 재빨리 깨끗한 물을 헝겊에 적셔 진의 입술을 적셔주었다.

진의 표정이 다시 평온해지자 그 길로 뛰쳐나가 민초빈의 처소로 향하는 연화다.

“사모니임! 사모니임!”

책을 읽고 있던 민초빈이 의아한 눈으로 연화를 바라보았다.

“웬 호들갑이냐. 아이가 깨어나기라도 했더냐?”

“어? 어떻게 그걸…….”

들고 있던 책까지 내팽개쳐 버리고 벌떡 일어난 민초빈.

“정말 아이가 깨어났단 말이냐.”

“예. 방금 깨어나서 이상한 소릴 하기에 헝겊에 물을 적셔 입을 축여주고는 바로 이리로 온 것입니다.”

“그래, 어서 가보자꾸나.”

급히 약방으로 들이닥친 민초빈은 진의 손목을 잡고 진맥을 했고, 연화와 민초빈의 대화를 듣고 달려온 공야숙은 초조하게 이를 지켜보고 있었다.

“허어, 기적이로다. 아무리 초빈의 의술이 의선의 경지에 이르렀다지만 시체에 가까운 사람을 살려내다니.”

“아무리 의술이 뛰어난들 환자가 살고자 하는 의지가 없으면 절대로 불가능한 일이지요. 어린아이가 삶에 대한 애착이 어찌 이리도 강한지 저도 놀라울 따름입니다.”

삶에 대한 애착으로 볼 수도 있다. 복수에 대한 집념의 소산이라 해도 틀린 말은 아니다. 그러나 그 이면에는 가족에 대한 더욱 깊은 사랑이 있는 남자임을 민초빈은 알 수 없었다.

"아이는 잠이 들었어요. 마지막 고비를 넘겼으니 며칠 내로 깨어날 수 있을 거예요. 당분간 안정할 필요가 있겠지만 의식을 찾으면 음식을 먹을 수 있으니 나아지는 속도도 빨라질 겁니다. 이만 나가 있지요."

진은 또 긴 꿈을 꾸었다. 언제나 같은 꿈이다.

세상을 뒤덮은 폭음과 사랑하는 누군가의 죽음, 그리고 세상을 삼켜 버리는 섬광. 악몽은 언제나 자신을 구하기 위해 죽음을 불사한 의인 장공백의 머리가 폭죽처럼 터져 버리는 것으로 끝이 났다.

그들이 이루어낸 피의 강 한복판에 서서 진은 외쳤다.

"강해야 한다! 더욱 강해져야 한다! 다시는… 다시는 사랑하는 이들의 죽음을 보지 않으리라!"

침대에 기대어 깜빡 잠이 들었던 민초빈은 비명 소리에 놀라 깨어났다.

무슨 일인가 싶어 잠시 주위를 살피던 민초빈의 눈에 참담히 일그러진 표정으로 연신 도리질을 치는 진의 모습이 들어왔다.

민초빈은 헝겊에 물을 묻혀 땀과 눈물로 범벅이 된 진의 얼굴을 정성껏 닦아주었다.

낯선 손길을 느낀 탓인지 진의 눈이 서서히 뜨여졌다.

망막을 파고드는 강렬한 눈부심이 가라앉자 서서히 주위의 낯선 환경이 눈에 들어오기 시작했다.

'여기가……'

안간힘을 써 겨우 고개를 조금 돌리고 나서야 진은 자신을 내려다보고 있는 선이 고운 중년의 여인이 볼 수 있었다.

"이제 정신이 좀 드느냐?"

역시나 낯선 한어다.

"누, 누구……?"

진은 자신이 한어를 알아듣고 있다는 사실도 모른 채 한국어로 되물었다. 진의 대답에 민초빈의 눈이 휘둥그레졌다.

"고, 고려어! 넌 고려에서 왔더냐?"

'고려? 그렇구나. 꿈이 아니야…….'

이제야 그 긴 꿈이 모두 단지 꿈만은 아니었다는 걸 인식한 진이다.

진은 힘없이 대답했다.

"예, 전 고려에서 왔습니다. 그런데 여긴……."

"그렇구나. 고려의 아이였어. 고려의 아이였구나."

민초빈의 커다란 눈망울에 뿌옇게 물기가 서리기 시작했다.

'이게 대체…….'

도무지 이해할 수 없는 현재의 상황. 장공백의 머리 반이 잘려 나가고 다짜고짜 전장을 향해 뛰어들었다.

그리고 나선?

'그리고 나선 생각이… 기억이 나질 않아. 으으윽.'

생각을 해내려고 하자 바늘로 머리를 쑤시는 듯한 엄청난 두통이 밀려왔다.

지독한 두통에 고통스러워하는 진을 보고서야 벌겋게 충혈된 눈 주위를 훔친 민초빈이 걱정 섞인 말을 건넸다.

"넌 석 달 동안이나 누워 있었다. 무리하면 절대 안 된다. 그래, 정신을 차렸으니 뭘 좀 먹어야겠구나.”

아닌 게 아니라 극심한 허기가 느껴지기는 했지만 지금의 상황을 이해하는 것이 먼저였기에 묵묵히 주위를 살필 따름인 진이었다.

진의 그러한 반응은 충분히 이해할 만한 것이었기에 민초빈은 개의치 않았다.

“잠시만 있거라.”

민초빈이 간단한 죽이라도 끓여올 심산으로 일어서려는 찰나, 연화가 발로 문을 차며 사발을 들고 들어서고 있었다.

“뜨뜨뜨!”

연화의 손에 들린 것은 김이 모락모락 나는 죽사발이었다.

“혹시나 해서 멧돼지의 간을 푹 고아 죽을 끓였는데 깨어나면… 어? 일어났네.”

‘영특하고 기특한 녀석.’

오성이 밝을 뿐 아니라 사람의 맘을 정확히 짚어내고 편안하게 해주는 능력이 있는 연화였다.

‘사내로 태어났으면…….’

한 시대를 풍미할 영웅이 될 그릇이다.

그러나 민초빈은 연화가 여자의 몸으로 태어난 것이 외려 다행이라 생각하고 있었다. 자신이 겪어온 강호는 구역질나는 시궁창에 다름 아닌 바, 결국 인생은 제 스스로 개척해야겠지만 일찍이 경험케 해주고 싶은 마음은 추호도 없었던 탓이다.

민초빈은 직접 죽을 진에게 먹여주었다.

진은 병수발 따위는 받아본 적이 없어 어색하기 짝이 없었으나 손가락 하나 까닥할 기력이 없으니 어쩔 수 없이 수저를 받아 물었다.

오랫동안 음식물을 섭취하지 않아서인가. 진은 세 번째 수저가 입에 담기자 포만감을 느껴 가볍게 고개를 털었다.

"그래, 지금은 많이 먹는 것이 더욱 해롭다. 천천히 식사량을 늘리는 것이 좋을 게야."

대답 대신 날카로운 눈으로 방 안을 살피는 진.

낯선 환경에 대한 두려움이 아니었다. 상황을 분석하고 이해하려는 냉철한 눈빛이었다. 이를 읽은 민초빈은 순간 섬뜩한 기분이 들었으나 한편 이해가 되지 않는 것도 아니었다.

'필경 곡절이 가득할 아이일 터이니.'

영원히 지워지지 않을 굵은 상처가 그간의 고초를 가감없이 보여주고 있지 않은가.

"안심하여라. 여기는 안전하단다."

비로소 민초빈을 바라보는 진, 그러나 경계의 눈빛은 달라지지 않았다.

"고려 분이신가요?"

"그렇다고 볼 수 있지."

그러면 그런 것이고 아니면 아닌 것이지 그렇다고 볼 수 있다는 것은 무슨 뜻이런가. 진은 더 묻지 않고 민초빈의 다음 말을 기다렸다.

"아주 어렸을 때 중원 땅에 왔단다. 기억도 나지 않을 정도로 오래전의 얘기지."

조용하고 온화한 어조. 진은 민초빈의 말을 들으며 자신도 모르게 편안해지고 있었다.

"그런데 누가 저를……."

민초빈의 시선이 또랑또랑한 눈으로 진을 신기한 동물마냥 쳐다보는 연화에게 향해졌다.

진도 민초빈의 시선을 따라 연화를 바라보았다.

“저 아이의 빠른 조처가 없었다면 너를 이렇게 온전하게 살리기는 어려웠을 게다. 네가 위독할 땐 삼 일 밤낮을 수발을 들기도 했단다.”

연화는 사모와 진이 나누는 대화를 유심히 듣고 있었다. 알아듣지는 못하는 말이었지만 그래서 더욱 호기심이 일었던 모양이다.

연화는 여전히 눈을 빛내며 진에게 다가섰다.

“얘는 눈이 왜 이래요?”

연화의 당돌하고 거침없는 질문에 민초빈은 난감한 표정을 지어 보였다. 그 이유를 알 턱이 없거니와 사람의 신체의 일부를 들추어 입에 담을 경박한 성품도 아니었기 때문이다.

연화는 민초빈의 대답을 기다리지 않고 또다시 질문을 던졌다.

“얘는 사부님과 같은 남자니까 고추가 있겠죠? 아니면 크면서 그것도 같이 자라나는 것인가?”

사색이 된 민초빈. 연화는 아랑곳하지 않고 진의 사타구니를 물끄러미 쳐다보기 시작했다.

“화, 화아야, 오, 오후 수련 시간이 다 되지 않았느냐?”

연화는 활짝 웃으며 우렁차게 대답했다.

“네에.”

나중에 보여달래야지, 하며 폴짝폴짝 뛰어가는 연화를 보고 민초빈은 고개를 절레절레 흔들었다.

제딴에는 사내아이가 무척이나 신기해 보였던 모양이다. 여섯 살에 산에 들어와 하산해 본 적이 없는 연화였으니 남녀를 불문하고 제 또래를 보기는 진이 처음인 것이다.

진은 어리둥절한 표정으로 뛰어나가는 연화와 민초빈을 번갈아 볼 따름이었다.

"호호호, 우리 화아가 부끄러운 모양이다. 네게 관심이 많은 모양이구나."

진은 더욱 묘한 표정이 되어갔다. 얼굴이 벌겋게 변한 채 억지웃음을 지어 보이는 낯선 여인이 정상이 아니게 보였던 까닭이다.

무안해진 민초빈은 재빨리 화제를 바꾸었다.

"그런데 어찌하여 어린 나이에 이 먼 중원 땅까지 오게 되었느냐? 혹, 너도 상납되어 온 것이냐?"

진은 지금까지의 일을 딱히 설명할 길이 없어 그저 고개만 끄덕였다.

"그래, 그랬구나. 전쟁 후에 상납되어 온 아이들과 처녀들이 더욱 늘었다는 소문이 사실인가 보구나."

민초빈의 얼굴에 그늘이 드리워졌다. 어찌 되었든 고려는 그녀의 모국, 힘없는 조국의 현실이 달가울 리 없었다.

"집이 어딘지는 기억이 나느냐?"

고향, 집, 가족.

이제는 그저 과거의 잔상으로만 남아 있을 따름이었다.

진은 조용히 고개를 가로저었다.

"그렇구나."

비로소 똑바르던 진의 눈빛이 가라앉았다.

새삼 누군가의 도움 없이는 현실을 타개할 방도가 없는 자신의 상황이 기가 막힌 탓이었다.

"지난 기억은 잠시 덮어두어라. 지금은 회복하는 것이 우선이다. 그건 그렇고, 어디에서 이토록 심한 고초를 당했느냐. 네가 살아난 것이 기적일 정도였다."

잠시라도 덮어둘 수는 없었다. 그러나 목숨의 구함을 받은 지금의 상황을 짐작할 수 있는 바, 모든 것을 숨겨야 할 이유는 없었다.

"산적들을 만났는데… 사람들이 죽었습니다."

진의 자녹안이 더욱 깊이 가라앉았다. 들끓는 분노가 자리한 깊은 슬픔이었다.

'지인이 죽은 게야.'

진의 눈빛을 민초빈은 놓치지 않았다.

가끔은 속내를 털어놔 버리는 것이 홀가분할 때가 있다. 심신의 안정을 찾아야 하는 진의 경우는 말할 것도 없는 일이었다.

"내게 말해 주련?"

진은 민초빈을 물끄러미 쳐다보았다.

차분하고 부드러운 눈빛, 온화한 미소가 더없이 잘 어울려 까닭 모를 믿음이 가는 여인이었다.

기실 중원 땅에 온 연후의 일들을 감출 이유도 없었다.

"춘연곡이란 곳에서……."

본시 달변가는 아닌지라 생동감이 넘치는 이야기는 아니었으나 진은 그간 일어난 일들을 가감없이 늘어놓기 시작했다.

간결한 이야기였지만 민초빈이 그간의 사정을 알기에는 충분했기에 호걸의 기개를 보여준 장공백이 화적패의 두목에게 살해당했다는 대목에서는 더불어 분개하기까지 했다.

"최근 기근에 전란까지 겹쳐 민심이 흉흉하다지만 그리도 기세등등한 화적패라니. 대체 세상이 어찌 되려고……."

그들이 단지 화적패가 아닌 녹림천하문도임을 알았더라면 민초빈은
더욱 의구심을 가졌을 것이다. 강호에서 눈길을 두지 않은 시간은 오
래이나 녹림천하문이 더 이상 도적질로 연명하지 않는다는 것은 누구
나 알고 있는 사실이었기 때문이다.

"제가 무능하여 장 대인의 시신조차 거두지 못했습니다."

진의 고개가 다시 떨구어졌다.

번번이 나약한 자신에 분노가 인 탓이다. 무릇 힘이란 언제나 필요
한 만큼 가지지 못하는 법이지만 복수는 물론 저항할 힘조차 없는 철
저한 나약함이란.

참을 수 없는 치욕에 부르르 떨리는 손 위로 민초빈의 손이 덮였다.
손만큼이나 따뜻한 민초빈의 목소리.

"우선 몸을 추스르는 데 심혈을 쏟거라. 차후의 일은 연후에 생각해
도 늦지 않을 것이야."

백번 옳은 말이다. 당장은 다시 일어서야 할 때였다.

"그래, 몸이 다 나으면 어찌할 생각이냐."

몸이 다 나으면…….

고려에 가야 하는가?

아직은 아니다. 이런 몸을 이끌고 고려에 간다 한들 할 수 있는 일이
란 없을 것이다.

"아직 정해지지 않았습니다."

"저기… 말이다."

망설이는 민초빈이다.

책에서는 본 적 조차 없었던 독특한 체질의 아이, 더군다나 중원 땅
에서는 좀처럼 볼 수 없는 고려의 아이라 한다. 그러나 호기심과 연민

만으로 잡아둘 수만은 없어 입이 쉽게 떨어지지 않는 것이다.

"······?"

이내 작정한 표정으로 민초빈이 말했다.

"너만 좋다면 이곳에서 함께 지내는 것이 어떻겠느냐."

진은 의구심이 가득한 시선으로 민초빈을 쳐다보았다.

민초빈으로서는 내심 뜨끔하지 않을 수 없었다. 자신의 뜻을 진이 곡해하면 어쩌나 싶어서다.

"너의 유별난 체질을 좀 더 지켜보고 싶은 마음이 없진 않지만 오십여 년 만에 만난 조국의 인연을 쉬이 놓고 싶지 않은 이유도 크다. 물론 네가 내키지 않는다면야······."

"제 배 밑이 따뜻합니다. 무공입니까?"

민초빈의 말을 끊고 진이 물었다. 기력없는 어조와는 달리 그의 눈은 맹렬한 빛을 발하고 있었다.

진이 다시 물었다.

"저에게 무공을 가르쳐 주실 수 있습니까?"

깨어나면서부터 점검해 본 몸 상태. 엉망이긴 했지만 아랫배에 머물러 있는 따뜻하고도 이질적인 기운은 그에게 이미 익숙한 것이었다.

김팔봉이 그러했고, 춘연곡 대로에서 만난 노인이 그러했다. 장공백에게 무예를 전수받고 나서야 그것이 내력이라는 것이며, 남에게 자신의 내력을 흘려 치료하는 경지의 무인이 얼마나 뛰어난 고수인가를 알게 되었다.

눈앞의 여인. 피부는 팽팽하기 이를 데 없으나, 그녀의 눈은 세월의 깊이를 고스란히 간직하고 있었다. 또한 스스로도 오십여 년 만에 고려의 인연을 확인했다고 했다. 보기에는 삼십대 중년으로 보이나 실제

로는 어림잡아도 육십이 목전이라는 얘기가 된다.

장공백이 이르기를 절정에 이른 고수들은 더 이상 나이를 먹지 않는다고 했다. 결론은 하나인 것이다.

"저는 강해져야 합니다. 무공을 가르쳐 주십시오."

민초빈의 얼굴에 놀라움이 그려졌다.

자신의 눈을 직시할 때의 날카로움이란, 열 살 남짓의 아이에게는 어울리지 않는 것이었다. 게다가 이제는 자연스레 기운을 갈무리할 정도가 되었기에 무공을 익힌 흔적은 어지간한 고수라도 알아차리기 힘든 일이거늘, 다짜고짜 무공을 가르쳐 달라니. 결국 아이는 자신의 무인이라는 사실을 알아차렸단 말이 아니던가.

"저에게 무공을 가르쳐 주십시오. 그렇게만 해주시면 무슨 일이든 하겠습니다."

순식간에 입장이 바뀌어 버렸다. 이제는 민초빈이 아니라 진이 남겠다고 통사정을 하는 것이었다. 적잖이 놀라기는 했지만 민초빈으로서는 반가운 일이었다. 무공을 배우게 하고 지켜보는 것은 본래 자신이 부탁했을 일, 또한 고초를 겪은 아이를 거두고 적적한 산중에 식구가 늘어 사람 사는 냄새가 날 터이니 이 또한 반가운 일이었다.

희미한 미소를 지어 보이는 민초빈이다. 기쁨을 표현함에도 호들갑스럽지 않은 조용한 미소였다.

"환영한다. 이제 이 적막한 산채에도 사람 사는 냄새가 나겠구나. 나는 민초빈이라 한다. 앞으로 잘 부탁한다."

"감사합니다. 정말 감사합니다. 실망시키지 않겠습니다."

당장에 일어나 큰절이라도 올리고 싶지만 마음처럼 몸이 움직여 주지 않아 불편한 기색만 역력한 진이었다.

“되었다. 당분간 몸놀림에 주의를 해야 한다. 자칫 근맥에 손상이 가면 두고두고 고생할 터이니.”

“죄송합니다. 인사라도 드려야 도리인데.”

그저 한줄기 미소만으로도 까닭 모를 신뢰가 가는 여인이다. 진은 깨닫지 못하고 있지만, 그녀의 잔잔한 미소는 진에게는 생소한 모정을 이끌어내고 있는 것이었다.

“되었다고 해도 그러는구나. 근데 이 양반은 어디서 뭘 하느라 코빼기도 안 보이는 거야? 예서 잠시 쉬고 있거라. 산채 식구들을 소개해 주마.”

민초빈은 아침나절부터 보이지 않는 남편 공야숙을 찾아 산채를 나섰다.

‘휴우, 들키지 않은 모양이로군.’

사실 공야숙은 진이 깨어날 때부터 산채의 천장에 숨어 이를 지켜보고 있었다. 과거 취미 삼아 익혔던 은잠술을 극성으로 끌어올린 탓에 민초빈의 민감한 오감마저 속일 수 있었던 것이다.

민초빈이 자신을 찾아 방을 나서자 공야숙은 순식간에 은잠술을 풀고 천장에서 떨어져 내렸다.

너무 놀란 진이 기겁성을 터뜨리려는 찰나, 공야숙의 손이 진의 입을 막았다.

“쉿! 조용조용. 알겠느냐?”

‘어라?

낯이 많이 익은 영감이다. 어디서 봤더라?

사람 얼굴을 잘 기억하지 못하는 진이었지만 그가 이곳 중국 땅에 와서 지금껏 만난 인물이 백이던가, 천이던가.

진은 공야숙을 어렵지 않게 기억해 낼 수 있었다.

"당신 안다. 진. 구했다."

"헉! 조용히 해라, 아가야."

공야숙은 재빨리 문 쪽으로 가서 아무도 오지 않는 것을 확인하고 나서야 다시 진에게로 다가섰다.

"오오, 벌써 말을 많이 익혔구나."

진은 대답 대신 반갑다는 의미의 미소를 지어 보였다.

"허허허! 그 녀석 웃는 것이 여전하구나."

정작 조용히 하라던 공야숙이 귀엽기 짝이 없는 진의 미소를 보며 소리 내어 크게 웃고 말았다.

"헙! 이런."

비로소 자신의 실수를 깨달은 공야숙이 급히 주위를 훑어보더니 이내 나지막이 속삭였다.

"그래, 알아듣는다니 더욱 말하기 쉽겠구나. 내 사정이 있어 저번 춘연곡에서 널 만난 사실을 숨겨야 한다. 그리 해줄 수 있겠느냐?"

이번에도 대답 대신 활짝 웃어 보이는 진이다.

"껄껄껄, 헙! 왜 내가 자꾸… 알아들었으면 웃지만 말고 고개를 끄덕여 봐라."

"진. 알았다."

"그래, 그래, 껄껄껄."

그때 민초빈이 산채로 막 들어서며 의심 가득한 눈초리로 공야숙을 흘겨본다.

"언제 들어오신 거죠? 둘이서 무슨 이야기를 그리 하시는 거예요?"

근처에서 계속 공야숙을 찾고 있었으나 민초빈은 남편이 산채의 문을 열고 들어가는 것을 본 적이 없었다. 그런데도 인기척이 들려 들어와 보니 진과 남편이 뭔가를 쑥덕거리고 있는 상황이니 의심이 가지 않을 수 없는 노릇이었다.

공야숙이 뭐라 대꾸를 하려 하자 민초빈은 날이 잔뜩 선 눈초리를 진에게로 돌렸다.

"둘이서 방금 뭐라고 한 거니?"

고려어다. 자신만 못 알아듣는 말을 하니 당황하며 당장에 낯빛이 창백해진 공야숙이었다.

"아닙니다. 이분이 들어와서 인사를 나누고 있던 중이었습니다."

"그래?"

진과 민초빈을 번갈아 보던 공야숙은 진이 한쪽 눈을 순간 찡긋해 주었기 때문에 진이 배신하지 않은 것을 짐작할 수 있었다.

"험험, 아이가 일어났다 하기에 내 인사를 하기 위해 들렀을 뿐이오. 무슨 의심이 그리도 많소."

"의심이 안 가게 행동을 했어야지요. 잠시만 한눈팔면 약을 몰래 빼돌려 술과 바꾸어 먹질 않나, 화아와 짜고 내단이나 훔쳐 먹으니 의심을 안 하겠어요?"

공야숙의 안색이 또다시 핼쑥해졌다.

"헉! 화아 이 녀석이 벌써 찔렀단 말이오?"

민초빈은 고개를 절레절레 흔들었다. 단 한 번의 심문에 여지없이 실토하는 단순한 성정. 한때나마 만인지상(萬人之上)의 위치에 있던 그였기에 얄팍한 술수에는 더없이 약한 공야숙인 것이었다.

"화아나 찾아오세요. 새 식구를 맞이했으니 모두들 정식으로 인사를 해야지요."

공야숙이 의아한 듯 물었다.

"새 식구?"

"네. 진은 이제부터 우리와 같이 지낼 거예요."

"하나 제자를 더 이상 받지 말자고 한 건 당신이 아니오?"

"언제나 예외는 있는 법이에요. 아니, 그럼 저 풍진 강호에 이 어린 것을 내팽개치기라도 하겠단 말이에요?"

그저 네, 한마디면 될 것을 토를 달아 결국 본전도 못 찾는 공야숙이다.

"원 참, 부인도. 말이 그렇단 이야기지 웬 성을 그리 내시는 게요."

"어서 화아나 불러와요."

"알겠소이다."

아무런 장식도 없는 산채에 간만에 진수성찬이 차려졌다. 진수성찬이라고 해봐야 멧돼지 고기와 통으로 구운 꿩 한 마리, 그리고 소채 몇 가지가 전부였지만, 이곳 산채에서는 중추절에나 차려질 법한 거한 상차림이었다.

"진아야, 이 아이는 우리가 말년에 받은 제자란다. 화아도 고아로 자랐으니 너와 닮은 점이 있구나. 혈연으로 맺어진 인연은 아니다만 우리의 딸처럼 지내고 있단다. 심성이 곱고 머리가 좋은 아이라 네가 배울 점이 많을 것이다."

딸? 이 검은 땅콩 같은 시커멓고 쬐끔한 녀석이 계집아이라고?

진은 의아하여 연화를 찬찬히 쳐다보았다.

그러고 보니 피부가 까맣기는 하지만 커다랗고 흑백이 선명한 맑은 눈동자와 눈 밑에 그늘을 드리우는 긴 속눈썹, 선이 고운 아미를 간직하고 있는 녀석이었다. 까맣지만 않았다면 틀림없이 빼어난 미인이 될 여자 아이가 틀림이 없었다.

"뭘 봐, 인마!"

연화는 진이 물끄러미 쳐다보자 얼굴을 붉히더니 싸늘하게 쏘아붙였다.

"어허! 화아야, 말버릇이 그게 뭐냐."

"애가 사람을 빤히 쳐다보잖아요."

공아숙은 고개를 절레절레 흔들었다. 인적이 없는 거친 산속에서 늙은이들과 생활해 오던 연화다 보니 여염집 금지옥엽의 성정을 기대할 수는 없는 노릇이었다.

"그러지 말고 소개를 하자꾸나. 앞으로 네 사제가 될 진아가 아니더냐."

연화는 팔짱까지 끼고 크게 콧방귀를 뀌었다.

"흥! 누가 사제란 말예요? 사저라면 모를까."

그렇다. 연화는 이미 텃새를 부려 주도권 싸움을 시작한 것이다.

이유없이 또래에게 경쟁심을 가질 만한 어린아이일 따름이다. 이런 유치한 싸움에 끼어들 마음도 없고 쓸데없이 낭비할 정력 따위는 더더욱 없었다.

진이 쓴웃음을 지으며 말했다.

"당연히 사저로 모셔야죠."

"그래, 강호의 문파가 아닌 다음에야 사형제 간의 서열 따위는 중요한 것이 아니다. 이제 우리는 한식구가 된 것이니 진아가 조금 양보를 하면 되는 일이다."

민초빈의 말을 전해 듣고 연화의 얼굴은 금세 밝아졌다.

"그럼. 당연히 그렇게 나와야지. 키키킥."

민초빈은 뭐가 그리 좋은지 연신 킥킥대는 연화를 보고 고개를 절레절레 흔들었다.

"당신도요. 어서 소개를 해야지요."

"그래야지. 난 공야숙이라 한다. 저 아름다운 여인의 평생 배필이지. 껄껄껄."

"흥! 입에 발린 소리는."

자고로 연배를 불문하고 아름답다는 소리를 싫어하는 여인은 없는 법. 민초빈 역시 가히 기분 나쁘지는 않다는 표정이었다.

"발린 소리가 아니라 사실이 그렇다는 거요. 중원 천지에 젊었을 적 미색이 한결같은 여인이 또 있을까."

내단 사건을 무마하려는 속셈이 숨어 있을지라도 공야숙은 본래 거짓이 서툰 사람이었다. 진이 봐도 영감이 장가는 잘 들 정도였으니…….

"그만 하시래도요. 아이들 앞에서 못하시는 소리가 없네."

시종일관 화기애애한 분위기임에도 진의 입가에 씁쓸한 미소가 걸려들었다.

두 노부부의 삶, 진이 꿈꾸던 인생이었다.

궁핍할지언정 소반 한 상을 마주하고 가족들과 하루의 일을 담소하며 소박한 삶을 영위하는 것. 이 작은 행복이 진의 소망이었다.

어디서부터 잘못되었는가.

분명한 것은 자신의 의지가 개입될 여지가 없었다는 점이다.

그리고 그 대가는 누군가 반드시 치러야 한다. 되돌릴 수 있는 것이라면 반드시 그리될 것이다.

진의 의지를 담은 작은 주먹이 차돌처럼 단단하게 쥐어졌다.

심상치 않은 기파를 느꼈음인가?

두런두런 이어지던 산채 식구들의 대화가 일시에 끊어졌다.

"은원의 사사로움이 곧 강호다. 평정을 잃은 자에게 강호는 지옥에 다름 아닐 터. 결국 깨지고 부서지는 이는 제 자신일 것이니 먼저 심력을 가다듬어야 할 것이다."

지금까지와는 달리 잔뜩 가라앉은 음성을 던져 놓는 공야숙이었다.

퍼뜩 정신을 차린 진의 시선이 공야숙에게 향했다. 깊이를 헤아릴 수 없는 심안이 그곳에 있었다.

'이, 읽히고 있어!'

가슴이 서늘해졌다. 공야숙의 시선 앞에 실오라기 하나 걸치지 않는 완벽한 나신으로 서 있는 듯한 느낌. 가히 좋은 느낌일 수가 없었다.

의지와 상관없이 가슴이 거칠게 뛰놀기 시작했다.

이때, 진의 손을 덮어오는 따뜻한 손길. 민초빈이었다.

"뭐든 차차 하는 것이다. 심신을 가다듬고 스스로 다스릴 수 있을 때, 그때에도 은인에 대한 은원을 청산하려는 마음이 남아 있다면 우리도 막지 않을 것이다."

뜀박질하던 가슴이 차츰 가라앉기 시작했다. 또다. 배꼽 아래에서는 뜨거운 것이 뭉쳐지지만, 머리와 가슴은 차갑게 식어 평정을 이끌어낸다. 엄밀히 말하자면 김팔봉과 공야숙의 느낌이 달랐고, 민초빈의 것도 다르지만 도출해 낸 결과는 하나였다.

'심력을 가다듬고 자신을 다스린다. 이런 것이구나, 진정한 강함이란……'

평정을 찾고 나니 새삼 김팔봉과 공야숙 부부의 능력에 대해 경외하지 않을 수 없었다.

그때 산채의 문이 빠끔히 열리면서 백설(白雪) 덩어리가 모습을 드러냈다.

"그렇구나. 아직 소개할 사람, 아니, 견공이 있다. 이 녀석이 아니었다면 넌 이미 불귀의 객이 되고 말았을 게다. 백랑."

문을 열고 들어오는 거대한 백색의 물체, 귀랑이었다.

"야, 인마! 어디 갔다 이제 오는 거야. 한참 찾았⋯⋯."

어디를 돌아다니다 온 건지 며칠 동안 보이지 않던 귀랑을 꾸짖으려 했던 공야숙은 말을 끝맺지 못했다.

진이 귀랑을 향해 성큼 다가섰기 때문이다.

"안 돼! 놈은 잘 아는 사람이 아니면⋯⋯."

"이 녀석, 내가 또 빚을 진 것이냐?"

진은 덥석 귀랑의 머리를 끌어안았다.

"마구⋯ 물어뜯는데⋯ 안 무네?"

물어? 죽은 아비가 살아와도 저리 살갑게 대하지는 않을 터였다. 민초빈과 공야숙은 놀란 눈을 잔뜩 치켜뜨고 눈앞에서 벌어지고 있는 일에 어안이 벙벙해할 뿐이었다.

"귀랑? 백랑의 이름이 바뀌어 버렸구나. 너는 어찌 백랑, 아니, 귀랑을 알게 되었느냐?"

진은 민초빈에게 산속에서 이리 떼의 밥이 될 뻔했던 것을 귀랑이 구해준 사실과 자신을 태워 산을 내려왔던 이야기를 해주었다.

말을 마친 진은 자신의 두 눈을 손가락으로 가리키고 다른 손으로는 귀랑의 눈을 가리켰다. 눈의 색이 똑같다는 것을 이야기하는 것이다.

"그러고 보니 둘 다 자녹안이로구나. 묘한 인연이로다. 기이한 인연이야."

민초빈이 진의 이야기를 공야숙과 연화에게 통역해 주자 공야숙은 자못 노기까지 실어 폭갈을 터뜨렸다.

"노옴! 내가 그리 태워달라고 졸랐을 땐 소 닭 보듯 하더니만, 진아는 냉큼 태워? 이놈아, 진아는 여자가 아니라 사내다! 네놈이 헛다리 짚은 게야. 껄껄껄."

"호호호."

"낄낄낄."

모두들 호탕하게 웃어대자 어리둥절한 진도 따라서 크게 웃었다.

그렇게 산채의 밤은 깊어갔다.

제3장

무예 속에 빠져들고 2

진의 회복력은 놀라운 것이어서 이 주가 지나지 않아 자리를 털고 일어서 거동을 할 지경이었다.

본래 의지가 남다르긴 했지만 불편한 몸을 이끌고 움직여야 했던 이유는 매일 들려오는 연화의 힘찬 기합 소리 때문이었다.

저 까맣고 당돌한 계집아이의 나이가 올해로 열 살이라고 했다. 물론 겉으로 보기에도 과함이 없어 보인다.

그러나 저 녀석이 목검을 들 때에는…….

자그마한 몸집에서 터져 나오는 기세는 실로 놀라웠다. 짤따랗고 투박한 칼로 어른 팔목 두께의 나무를 일도에 갈라낼 때에는 두 눈으로 보고도 믿을 수 없을 지경이었다.

저 무시무시한 여자 아이를 키워낸 민초빈과 공야숙은 무공을 익혀 늙지 않는 지경의 고수라 했다.

도무지 인간이라고 볼 수 없는 이들.

가히 총포의 한계를 뛰어넘는 힘을 지닌 자들이다. 이들의 존재는 진에게 있어 또 다른 가능성으로 다가왔다.

공교롭다고 할 수밖에 없는 모진 삶, 구렁텅이로 몰아붙이는가 싶더니 우연치고는 기막힌 인연을 주는 것인가. 가능성을 발견한 만큼 더 이상 침상 위에서 세월을 죽일 수는 없는 노릇이었다.

민초빈은 말렸지만 진이 고집을 피워 민초빈과 공야숙에게 구배지례(九拜之禮)를 올림으로써 사제 간의 격식도 갖추었다.

따로 조사(祖師)가 있는 것도 아니고, 형식을 갖추어 내규를 세우는 강호의 문파도 아니었기 때문에 사제의 예식은 간단한 의식만으로 행해졌다.

"무릇 무예란 마음을 다스리는 것으로 시작하며 끝이 난다. 권, 장, 각은 육신을 절제함이요, 십팔반병기술(十八般兵器術) 또한 이의 연장일 따름이다. 내력은 의념의 세계이나 실재하는 힘임을 의심치 말라. 이는 몸과 마음을 하나로 엮는 데서 비롯된다. 의지가 일어남에 육신은 통제되는 바, 바로 내공의 효험이다. 지켜본 바, 너의 체질은 검(劍)이 적당하다. 검은 십팔반 병기의 으뜸, 만병지왕(萬兵之王)이니 깨우침이 극에 이르면 적이 있을 수 없다."

자부심이 넘치는 어조다.

민초빈의 말을 가만히 듣고만 있던 진의 얼굴에 낭패함이 서렸다.

"저……."

"왜 그러느냐?"

"어제 공 사부님께서……."

진이 주춤대자 민초빈이 말을 받았다.

"도법 만일연성이면 검법 만일연성에 일초지적도 되지 못한다. 사내란 무릇 도를 들어야 한다. 사내자식이 그깟 버들가지마냥 하늘거리는 검을 들어 무엇 하랴, 이런 말을 했으렷다."

진의 얼굴에 놀라움이 그려졌다.

토시 하나 틀리지 않은, 공야숙이 했던 말 그대로기 때문이었다.

"무시해라. 네 형질은 음기강성체(陰氣强盛體). 사내에게는 좀처럼 볼 수 없는 특이한 체질이다. 뼈가 가늘고 근육에 좀처럼 힘이 붙지 않은 이유도 이 때문이다. 도는 중병. 네게 맞질 않아. 굳이 어려운 길로 돌아갈 이유가 없다."

사내는 불문곡직 도를 들어야 모양새가 난다, 는 공야숙의 억지보다 한층 논리적인 설득이 아닐 수 없었다.

진은 갈등하지 않았다.

"고인이 되신 장 은인께서 생전에 제게 개산초월검이라는 검술을 가르쳐 주셨습니다. 검의 길, 발을 들였으니 끝을 보고 싶습니다."

진의 말에 눈이 화등잔만큼이나 커진 민초빈이다.

시작도 하기 전에 끝을 운운하는 진의 당돌함 탓도 있겠지만 다른 이유가 더욱 컸다.

"개산초월검? 그것을 그분이 어찌 알고 계시더란 말이냐."

"말씀하시길 강호에 가장 널리 퍼져 있는 기초적이고 기본에 충실한 검법이라 들었습니다. 오십여 년 전, 천하제일의 여검객이던 검극여제께서 창안하신 검법이라고……."

"검극여제는 무슨… 다 말하기 좋아하는 호사가들의 입방아일 따름이지. 당시에 승부를 장담할 수 없었던 여고수도 최소 셋은 있었다. 아미의 복마검후 의림 사태, 항산의 멸천검 하리수, 모용세가의 자미연검

모용청도 굉장했지. 드러난 사람만 그런 것이고 심산유곡에 묻혀 사는 은거 기인도 모래알같이 많은 곳이 강호다. 내겐 과분한 우호일 뿐이지. 숨기려 한다 해서 숨겨질 만큼 복잡한 초식이 아니라 하더라도 따로 검보를 만들어둔 일이 없는데 어찌 강호에 퍼졌을꼬.”

민초빈의 말이 이어짐에 따라 진 역시 놀라지 않을 수 없었다.

전설의 검극여제가 지금 눈앞에 있는 민초빈일 줄이야 꿈에서라도 생각했던 일일까?

그녀가 창안한 검법을 전수받는다면 이것이야말로 저자직강이 아니겠는가.

진이 민초빈의 진면목을 전해 듣고 흥분해 있는 사이, 민초빈은 착잡한 눈길을 허공에 뿌렸다.

“강호… 강호라…….”

그리움이 아니다.

인연을 끈을 끊어버리려 애쓴 사람은 결국 자신뿐이었다는 허탈감이 가득한 기색이었다.

민초빈의 심상치 않은 얼굴을 읽은 진은 흥분을 가라앉혔다.

문득 더불어 침울해져 있는 진을 본 민초빈이 번뜩 정신을 차리며 물었다.

“어디 한번 보자꾸나.”

“……?”

의문이 담긴 눈을 말똥거리는 진.

“장 대인에게 전수받았다는 개산초월을 한번 보고 싶구나.”

진의 얼굴에 홍조가 피어올랐다.

부끄러운 것이다.

기껏 한 달의 기간, 빽빽했던 일정 중에 익혔던 칼부림 수준의 검술을 내비치기 민망한 노릇이었다.

그러나 선택한 숙명 앞에 알량한 자존심이 끼어들 자리는 없었다.

진은 마음을 다잡고 주섬주섬 일어섰다.

주변을 두리번거리는 진.

검을 대신할 만한 물건을 찾는 것이다.

"검은 팔의 연장일 따름이다."

민초빈이 수도(手刀)를 들어 보였다. 그것으로 충분하다는 의미다.

선뜻 이해가 되지 않은 대목이었지만 달리 수가 없었기에 진은 수도를 펼쳐 들었다.

"후우~"

긴 호흡을 가다듬은 후, 매섭게 뜨여지는 눈.

눈앞에 가상의 적을 그리고 적의 인중에 겨누어지는 수도다.

쉭!

장중하게 시작되는 대적세(對敵勢).

뒤이은 검초가 자못 날카롭게 연결된다.

일검에 명을 취하려는 듯 가차없이 베어나가며 연이어지는 손속이 매섭기 짝이 없다.

차 한 잔 마실 시간이 되지 않아 개산초월검은 마무리되고 진은 거친 숨을 몰아쉬었다.

"……!"

민초빈의 얼굴에 놀라움이 그려졌다.

재능에 대한 탐복이 아니다. 매초가 그려내는 살의(殺意) 때문이었다.

지나치다.

무(武)는 없고 살(殺)만 있다.

바로잡지 않으면 살검(殺劍)이, 결국은 마검(魔劍)이 되고야 말 개산초월검이었다.

굳어지는 민초빈의 안색.

"장 대인이 일러준 대로 따른 것이더냐?"

표정과 함께 목소리마저 달라진 민초빈의 물음에 진은 당황했다. 무엇이 잘못되었는지를 모르는 것이다.

"제자가 나름대로 연습한……."

"버려라."

"……?"

"네가 배운 것은 개산초월검이 아니다."

일어서는 민초빈.

곧이어.

너울너울.

한 편의 승무를 보는 듯, 아름다운 춤사위가 펼쳐졌다.

허공을 격하는 수도는 부드러운 호선을 그려내며 물 흐르듯 흘러갔다.

끊임없이 이어지는 검로.

손끝에 붓을 들었다면 일필로 수묵화를 그려낼 움직임이었다.

진이 배운 개산초월검이 아니었다.

아니, 투로가 그려내는 호선은 분명히 개산초월검이다.

그러나 민초빈의 개산초월검은 무공이 아닌 검무에 가까웠다.

장공백이 시전할 때 보여준, 힘을 집중해 격발하는 매듭도, 압도적인 속도도 보이지 않았다. 도무지 인마를 격살할 수 있는 무위라 볼 수 없는 한가로운 검무에 지나지 않았다.

진의 얼굴에는 실망이 스쳐 갔다.

그 순간.

진의 이색안에 의아함이 떠올랐다.

'뭔가 이상하다.'

그렇다. 이상하고 묘하다.

그러나 그것이 무엇인지는 모르겠다.

개산초월검이 연장되고 있었다. 단 일 초식의 개산초월검이 끝나는가 싶더니 자연스럽게 반복되면서 다른 모양으로 변질되어 가고 있었다. 딱히 뭐가 바뀌고 있는 것인가를 묻는다면 선뜻 대답할 수 없지만 조금씩 변화되고 있는 것만은 분명했다.

'아니야. 이상한 것은 이것이 아니야.'

문득.

민초빈의 주위로 떨어지는 낙엽 한 잎.

민초빈의 머리 위에서, 어깨로, 허리로, 마침내 지면에 떨어지는 낙엽.

"……!!"

격하지는 않지만 사방을 잠식하는 민초빈의 춤사위건만 낙엽은 바람 한 점 없는 화창한 봄날 천천히 내려앉는 깃털처럼 다소곳이 내려앉을 뿐이었다.

진은 눈을 감았다.

멀리서 들려오는 산새의 지저귐, 아련한 시냇물 흐르는 소리, 울어 대는 풀벌레 소리.

그러나 민초빈의 옷깃은 침묵하고 있었다.

다시 눈을 떠보는 진.

민초빈의 개산초월검은 연환 사초식을 넘어 오초식에 들어서고 있었다. 결코 멈춰 선 것이 아니다.

그러나 역시 민초빈에게서는 아무런 소음이 새어 나오지 않고 있었다.

철렁!

가슴이 답답해지고 오한이 들었다.

아름답기는 하나, 무공과는 거리가 있어 보였던 민초빈의 개산초월검이었건만 어느 순간부터는 당장 목을 떨궈낼, 거대하고 날카로운 검이 되어 목을 조여오고 있었다.

주춤주춤.

진은 자신의 의지와는 달리 물러서기 시작했다.

두려움과 공포. 이것이 진을 밀어낸 것이다.

그 순간, 채 마무리되지 않은 민초빈의 검무가 멈춰졌다.

그와 동시에 무너지듯 털썩 주저앉아 버리는 진.

“하아~ 하아~”

진은 온몸이 땀에 젖은 채 가쁜 숨을 몰아쉬었다.

진에게 다가서는 민초빈의 걸음도 당황이 곁들여져 있었다.

그녀의 눈, 경악이 가득하다.

‘대체……’

지금의 진의 상태가 말해 주는 것은 명확했다.

본 것이다.

검무 중에 몸에서 발산되는 의기지기(意氣之氣)의 실체를 정확하게 꿰뚫어 보고 두려움을 느낀 것이다.

입신에 이른 무인이 아니면 불가한 이야기다. 이제 무공을 익히기 시작한 초출에게는 너무나 높은 이상이므로 그렇다. 열 살에 불과한 아이인 다음에야 말해 뭐 하랴.

어디까지 놀라게 할 것인가.

기실, 민초빈이 진을 잡아두고픈 이유는 고려의 아이라는 이유도 있지만 진의 특이한 체질에 대한 호기심이 더욱 크게 작용했다.

순음지체(純陰之體)라니…….

그것도 사내아이가.

여자 아이라도 순음지체는 중원 전체에서 한 명이 있을까 말까다. 약점이 많은 체질이지만 무공을 익히게 되면 이야기가 달라진다.

천하무적(天下無敵). 일 년을 연성하면 반열에 들어서고, 오 년을 익히면 입신을 이루며, 십 년을 익히면 천하를 굽어본다.

그러나 사내아이라면 어찌 될 것인가.

그것을 확인하려 무공을 가르쳐 보겠다고 마음먹은 첫날이건만 의기지신을 꿰뚫어 보다니.

기대와 호기심보다는 두려움이 앞서기 시작했다.

'이대로라면 마검이 될 거야. 분노를 다스리지 못하면 천하는 이 아이의 칼 아래 피를 흘리고 말 거야. 이끌어야 해. 아아, 민초빈. 큰 짐을 떠안고 말았구나!'

짐이라면 짐이다. 그러나 어린 나이에 온갖 궂은일을 당해 마음이 닫혀 버린 아이에게 갖는 연민이 더욱 컸다.

민초빈은 마음을 다잡고 엄한 음성으로 말했다.

"활인검(活人劍)이 존재한다는 것은 나조차 믿을 수 없다. 사람을 해하지 않는 검이 오히려 모순이겠지. 그러나 마검은 분명히 존재한다. 슬픔을 주는 검이 마검이다. 백성을 도탄에 빠지게 하고 천하를 전란으로 물들게 하는 검이 바로 마검이다."

엎드린 채 숨을 고르던 진이 고개를 뽑아 올렸다.

"단지 적을 베어낼 검이라면, 군부의 무예를 배우는 것이 낫다."

"……!"

"원수를 베고, 너의 적들을 모두 베고 나서는 어찌할 것이냐. 그래도 네 한을 모두 떨쳐 버릴 수 없다면, 그 다음은 누구를 벨 것이냐."

진은 침묵했다.

원수를 베고 적들을 벤다.

그 후는 생각한 바가 없었다. 그럴 필요가 없었다.

적들과 함께 갑니다. 모든 것을 잃은 남자가 선택할 수 있는 유일한 길입니다.

진은 가슴속의 말을 내뱉지 못했다.

부르르 떨고 있는 진의 작은 주먹을 덮어오는 따뜻한 손길.

"배움은 그 자체로 가치가 있는 것이다. 네 말대로 끝을 보거라. 그런 연후에 네 검이 갈 길을 결정해라. 지금은 오직 검만을 생각해야 한다."

목적 없이 연성되는 검은 없다.

복수의 검, 천하제일이 되겠다는 검, 입신출세의 수단으로 삼고자 하는 검.

목적이 없으면 결국 스스로 타협하여 표류하고야 마는 것이 바로 무공이다.

민초빈이 이 점을 모를 리 없었다.

진의 이색안에는 강철 같은 의지가 담겨 있었다. 결국은 복수를 위한 무공을 익히고야 말 것이고, 그의 재능은 대성의 길로 이끌 것이다.

행여 그릇된 스승을 만난다면? 간악한 무리들에게 재능을 악용당하기라도 한다면?

그럴 바에야 자신이 인도해 줘야 한다는 생각에 민초빈은 평소의 지론에 배반되는 말을 하고야 만 것이었다.

안으로 내뱉은 민초빈의 한숨을 아는 것인지 모르는 것인지, 진은 묵묵히 듣고만 있을 따름이었다.

민초빈이 말을 이었다.

"네 심법은 뭐라 일컫는 것이냐?"

딱히 규정된 것은 아닐지나 진은 분명 기맥이 개척되어 있었고, 진기가 운행된 흔적이 있었던 것이다. 게다가 조금 전, 개산초월검을 시전할 적에 문득문득 드러난 날카로운 예기를 통해 확신했다.

진의 얼굴에 의문이 떠올랐다.

심법에 대해서는 들어 알고 있었다. 경지에 이르면 병기의 위력을 배가시킬 수 있으며 심신의 능력을 무한대로 끌어올린다고도 들었다. 그러나 그러기 위해서는 먼저 기맥을 개척해야 하고 십팔 경락과 임, 독맥을 타동시켜야 하는 기연을 얻어야 한다고도 했으며 장공백 자신은 환갑이 되어서야 가능했다고 했다. 그래서 진은 장공백이 가르쳐 준 운기토납법을 표행 내내 거른 적이 없었다. 그러나 분명히 그것들은 심법이라 할 만한 것이 아니었다.

"심법은 아직 익히지 않았습니다. 장 표주님께서 숨 쉬는 법을 가르쳐 주시기는 하셨습니다만……."

"숨 쉬는 법? 토납법을 말하는 것이냐? 흐음, 아닐 게다. 토납법은 몸 안에 움츠려 있는 오행기의 길을 내어주는 것이지 이리 진기를 쌓을 수 있는 것이 아니다.”

진은 눈만 끔뻑댈 따름이다.

이에 더욱 황당한 민초빈이었다.

한 달이라 했다. 그 기간 동안 익힌 토납법만으로는 좀 전의 검기(劍氣)에 대해서 설명이 되지 않았다. 달리 생각하면 자신이 익힌 심법을 감추려 한다는 이야기가 되는 것이었다.

숨기려는 것인가?

민초빈은 진의 이색안을 물끄러미 들여다보았다.

자녹의 빛을 발하는 묘한 눈.

숨기려 하나, 숨겨지지 않는다.

진의 눈에서 거짓부렁은 찾아볼 수 없었다.

뿐만 아니다.

당당함 뒤에 침전되어 있는 깊은 슬픔. 의연함으로 포장된 한(恨)이 새겨놓은 상처는 더없이 깊었다.

‘세상을 향한 마음이 닫혔구나. 비단 장 아무개의 일 때문만은 아니겠지. 열어주마. 내가 그리 해주마.’

어린 민초빈도 그랬다.

아무도 믿을 수가 없어 세상과 담을 쌓았다. 진의 경우와는 달리 자신을 보호하려는 수단으로 고립을 선택한 것이었다.

민초빈은 진에게서 과거의 자신을 본 것이다.

진에게 내재된 슬픔과 분노를 단숨에 읽어낼 수 있었던 이유다.

결국 시간이 해결해 줄 것이다. 치밀어 오르는 분노가 가라앉으면 냉정이 눈을 뜨고 현실을 직시하게 된다. 필요한 것은 적당한 시간과 세상에 혼자가 아니라는 것을 깨닫게 해줄 관심이리라.

민초빈은 굳은 표정을 풀고 예의 온화한 미소를 지어 보였다.

"너의 진기는 아직은 백지. 기반이 갖추어져 있으니 질이 좋은 백지라 생각하자. 이 백지에 그려 나갈 그림이 바로 옥녀심공(玉女心功)이다. 옥녀심공은 음기 요결. 비록 여성에게 적합한 심공이기는 하나 네게는 꼭 필요한 심법이다. 후에 양공을 익혀 조화를 맞추어야 하는 불편이 있으나 현재로서는 최선이다. 내 말 이해하겠느냐?"

사내아이로서의 순음지체.

간혹 음기가 강성한 사내가 있기는 하나, 양기가 전무한 순음지체의 사내가 있다는 말은 다방면에 해박한 지식을 가지고 있는 민초빈으로서도 금시초문이었다. 문제는 여기에서 생겼다.

아직은 성징(性徵)이 뚜렷하게 두드러지지 않았지만 이차 성징기가 되면 비로소 남녀의 구분이 확실해진다. 사내는 양기가 강성해지고, 여인은 음기가 주류를 이루는 것이다. 어린 시절 내재된 음, 양의 기운이 갈리는 시점이 바로 이차 성징기인 것이다.

여자 아이가 순음지체라면 딱히 곤란한 점이 없다. 그러나 사내라면 얘기가 달라진다. 이대로 몸에 음기만이 남아 있다면 사내의 몸을 가지고 있되 사내 구실을 못하게 될 가능성이 십 중 구 할이다.

사내가 사내 구실을 못하고 여자가 여인으로서의 축복을 누리지 못한다면 그 또한 불행일지니.

민초빈은 이것을 고쳐 보려고 옥녀심공을 택한 것이었다. 옥녀심공으로 일단 음기를 다스리고, 후에 자하공이나 태양공과 같은 양공을 익히게 하여 음양의 균형을 이루게 하는 것이다.

본인은 물론 지켜보는 이도 주의 깊게 살펴봐야 하는 복잡한 과정이

나 성공하게 되면 사내의 구실도 문제가 없어 정상적인 삶을 살아갈
수 있으리라.

그러나 민초빈의 사려 깊은 복안과는 달리 진의 속마음은 전혀 다른
곳을 헤매고 있었다.

"옥, 옥녀심공이요?"

본래 '옥녀(玉女)'라 함은 마음과 몸이 깨끗하고 정신이 강한 여성
을 일컫는다. 그러나 진의 기억 속에 있는 옥녀는 그런 의미와는 전혀
달랐다는 데서 문제가 생긴 것이다.

변강쇠의 정력을 받아낼 수 있는 유일무이한 여자 친구, 옹녀.

옹녀와 옥녀는 글자만큼이나 전혀 다른 존재지만 진을 비롯한 한국
남성들의 머리 속에서는 이마와 마빡이요, 궁둥이와 엉덩이였다.

그게 그거라는 말이다.

"그래, 옥녀심공. 무슨 문제라도 있더냐?"

"아, 아뇨, 그냥."

"그냥 뭐?"

"아니에요. 좋네요, 옥녀… 심공. 헤헤헤."

"원, 애도 싱겁기는."

'변강심공, 나라도 변강심공이라 부르자. 젠장……'

진의 긴 한숨을 들었는지 못 들었는지 민초빈의 강의 계획은 한참
동안 이어졌다.

무예 속에 빠져들고 3

진의 수련법은 가혹했다.

민초빈과 공야숙이 엄한 스승이어서가 아니다.

팔조차 들어올릴 힘이 없을 때까지 목검을 휘두르고는 기어이 한 번을 더 휘두른다. 폐가 터져 버릴 만큼 뛰고 나서 한 걸음을 더 떼고서야 쓰러진다.

스스로 한계까지 몰아붙이며 마지막 한 발자국을 더 전진하면서 극복해 나가는 호된 수련은 그의 오랜 습관이었던 것이다.

외려 민초빈과 공야숙이 뜯어말릴 지경이었으나 진은 씨익 한 번 웃어 보이며 다시 가혹한 환경으로 자신을 밀어붙일 뿐이었다.

바야흐로 한여름.

중천에 걸린 태양이 산채의 한쪽에 마련된 작은 연무장을 뜨겁게 달구고 있었다.

"헉, 헉, 헉……."

물에 빠진 생쥐마냥 흠뻑 젖어 있는 진이 거친 숨을 몰아쉬었다.

부들부들.

온몸은 새끼 고양이처럼 떨리고 있었으나 매서운 눈길은 수그러지지 않았다.

'다시 한 번.'

쉭.

의지를 담지 못한 진전격적세(進前擊賊勢)는 심하게 흔들릴 뿐, 날카로운 기세를 완전히 잃어 있었다.

'한 번 더!'

쉬익.

산채에 난 작은 창으로 이 광경을 지켜보고 있는 두 중년인.

공야숙과 민초빈이다.

공야숙이 근심을 실어 말했다.

"지독한 녀석이구려."

민초빈은 말없이 작설차를 입에 가져갈 뿐이었다.

공야숙은 혼잣말을 이어갔다.

"왠지 섬뜩한 것은 내 기분 탓이기만 할까."

"글쎄요. 전 그리 낯선 광경은 아닌걸요?"

공야숙이 의아한 듯 민초빈을 돌아보았다.

"제가 아는 어떤 남자랑 무척이나 닮은 모습이군요. 무엇엔가 빠져들면 좀처럼 헤어 나오지 못하는 바보 같은 사람."

그 바보가 자신을 가리키는 것을 알고서야 공야숙은 머쓱한 표정이 되었다.

"그렇다면야……. 무, 그 자체에 빠져 세상과 자신을 잊는 것임에야 녀석은 천하에 둘도 없는 무공광일 것이오."

"우리가 얼마나 더 살까요?"

난데없는 질문에 의문을 표시하는 공야숙에게 민초빈이 활짝 웃어 보였다.

"죽기 전에 보고 싶어요. 검황도제(劍皇刀帝). 우리 아이들, 그렇게 되겠죠?"

의아해하던 공야숙 역시 미소를 지어 보이며 대답했다.

"자존심 상하는 일이지만, 그렇게 될 것이오. 검황도제라……. 되고 말고! 그리고 보니 이곳이야말로 와호장룡이구려. 껄껄껄."

너털웃음을 터뜨리는 공야숙의 뒤로 민초빈의 얼굴이 슬그머니 어두워졌다. 그녀의 침잠된 시선 속에는 녹초가 되어 검을 휘두르는 진의 모습이 담겨 있었다.

호흡에 근간하는 축기, 축기의 누적이 내력으로 발전하여 이를 발출하는 발경의 길은 아직 요원하다. 그러함에도 권형과 보법을 기본으로 하는 품세를 익히는 것은 무예의 기본. 문자를 배우기 앞서 붓을 쥐는 법을 익히는 것과 다르지 않다.

뉘엿뉘엿 해는 서산으로 넘어가련만, 오늘도 종일 수련에 매진했던 진의 얼굴에는 오히려 생기가 가득했다.

마보(馬步)와 격보(擊步)의 형질을 몸에 익히고 이제야 본격적인 박투술을 익히게 된 까닭이다. 본격적이라고 해봐야 형과 세를 익히는 데 국한될 뿐이다. 그러나 이것 또한 발전의 한 과정이니 스스로 성장하는 자신을 발견한 것에 대한 기쁨에 피로를 잊은 것이었다.

창궐하는 권형.

조밀하고 유연할 뿐 아니라 허공에 격하는 힘이 충만하다.

팍, 팍!

"우 삼 보! 허리는 내줄 참이냐!"

공야숙의 노호성.

진은 흐르는 땀에 도복이 몸에 감겨 있을 지경. 그러나 공야숙은 다그치는 데 여념이 없다.

수련에 임해서는 예의 장난기는 흔적을 찾아볼 수 없는 공야숙이니, 이 또한 그의 진면목이었다.

딱!

"삼품 오계에 허점! 네놈은 방금 팔을 잃었다!"

어느새 공야숙의 주먹이 진의 어깨를 파고들어 멈춰져 있었다.

"보(步)란 무릇 형(形)의 기본이다. 기본이 부실한 자, 무릇 속된 현혹으로 시정잡배를 속일 수 있을는지는 모르나 현자의 혜안은 결코 어지럽힐 수 없는 법. 어찌하여 스스로 마음을 재촉하여 형을 쉬이 보는 것이냐!"

권형과 각술을 의식하다 보니 보법이 헝클어지는 것을 지적하는 공야숙. 진은 옥녀심공의 구결을 재차 되새기고 마음을 가라앉혔다.

스스로도 느낀 바, 눈을 감고 그 원인에 대해 생각하기 시작했다.

조금 더 다그치려던 공야숙은 진의 진지한 표정에 결국 시간을 주기로 한 모양이다.

'서두른다 하여 힘이 빨리 길러지는 것은 아니다. 심법의 공능이 있다 하나 심력을 다스리는 것은 결국 자신의 평정이다. 서두르지 말자. 늦지 않으면 되는 일이다.'

힘을 길러야 하는 뚜렷한 이유가 있음에 서두르고 조급해하는 것일 터. 옥녀심공의 구결이 박동질치는 심장을 이미 진정시켜 놓고 있었다.

불현듯 뜨여지는 이색안.

"다시 갑니다."

공야숙의 노안에 놀라움이 배어난다. 예상보다 한참이나 이른 시간에 심기를 다스리는 재주에 놀란 것이다.

"보자꾸나."

조잡한 내력이 담겼을지언정 잘 별러놓은 칼날 같은 예리함이 묻어 있는 일권.

더불어 전진하는 월영보(月影步).

월영신공(月影神功)과 어우러지는 품세다. 공야숙은 역(逆)으로 월영보를 밟아나가며 월영신공의 품세 또한 역으로 풀어내기 시작했다.

진의 품세에 역으로 대치가 되니 톱니바퀴처럼 정확하지 않는다면 권과 각이 서로 엉키게 된다. 충격은 고스란히 진의 몫, 바짝 긴장하지 않을 수 없었다.

'이크!'

보가 미세하나마 틀어졌다. 그러나 형(形)이 망가질 정도는 아니니 수습이 빠르다.

공야숙의 역품세가 더욱 빨라졌다. 두들겨 맞지 않기 위해서는 그 속도를 맞출 수밖에 없는 상황.

'육신의 한계는 극복되는 데 의미가 있으니.'

또다시 옥녀심공이 일어나 심장을 식혀가니 현란하기 이를 데 없는 속도에도 진의 권형에서 흔들림이라고는 찾아볼 수 없었다.

그 순간.

'뭐……?'

가슴이 가라앉고 나니 시야가 넓어졌고 자꾸 눈에 밟히는 곳.

공야숙의 오른쪽 어깨다.

격한 움직임 속에서도 유난히 고요한 곳. 가라앉은 마음에서 동요가 일어나기 시작했다.

'허점인가?'

생각보다 몸이 먼저 반응했다.

까닭없이 변형되는 품세.

'권, 장은 닿지 못하니 각을 쓴다. 좌각은 허세, 진짜는!'

월영보의 변화.

순식간에 진의 왼발이 공야숙의 왼쪽 허벅지를 노려 파고들었다. 직선으로 빠르게 빠지는 공야숙의 좌각. 그 순간 진의 오른발이 공야숙의 어깨로 쇄도해 나갔다.

'호오!'

내심 놀라면서도 공야숙은 찰나간 거리를 좁혀 어깨로 진의 우각을 밀어내 버렸다.

보기 좋게 패대기쳐지는 진.

"으으윽."

적지 않은 충격을 받았음이 분명함에도 진은 재빨리 일어섰다.

"죄, 죄송합니다. 또 미혹을 뿌리치지 못하고 망동하고 말았습니다."

"되었다. 운기하여라."

불호령을 각오한 바, 예상 밖의 공야숙의 말에 오히려 당황한 진이다. 천암봉까지 물동이를 지고 오르내리기로 하루를 마감할 줄 알았거늘, 공야숙의 표정에서 노기는 찾을 수 없었다.

어찌 되었든 운기가 필요한 시점에서 하라 하니 마다할 이유가 없었다.

좌정하고 운기를 시작한 지 반 시진.

눈을 뜬 진은 더욱 당황할 수밖에 없었다.

공야숙은 사라지고 까만 가죽을 뒤집어쓰고 유난히 흰 눈동자를 번뜩이는 괴생명체가 해죽해죽 웃고 있었기 때문이다.

“사부님은?”

“약제실 털러 가셨어.”

다름 아닌 연화다.

“약제실을 털어?”

약제실은 말 그대로 산에서 캔 약재를 모아둔 창고다. 진이 아는 한 그곳에는 약 외에는 아무것도 없었다.

“거기 뭐 훔칠 게 있나?”

“있지.”

“뭔데?”

“약.”

“…….”

“사모님 몰래 약을 훔쳐서 술이랑 바꿔 드시거든. 그래 봐야 하룻밤이면 들켜서 혼쭐나지만 가끔 그것도 감수하실 때가 있어.”

“감수해? 왜?”

진은 민초빈에게 혼나는 공야숙을 수차례나 본 적이 있었다. 실로 참혹하고 무시무시한 장면이었기에 그것을 감수하면서까지 약재를 훔쳐 내야 했던 이유가 궁금하지 않을 수 없었다.

"글쎄, 나도 그게 궁금해서 물어봤지."

"그래서 뭐라셔?"

갑자기 피어오르는 막대한 투기. 옥녀심공의 공능이 연신 경호성을 울려댔다.

"직접 알아보라고 하시던걸?"

"뭐……?"

진의 반문을 비추기도 전에 연화의 신형이 흩어졌다.

'일진세(一眞勢), 우찬격보(右鑽擊步)!!'

왼쪽은 허세, 주공은 우측에 밀집된다. 월영신공의 초입이다.

펼쳐지는 을보(乙步).

자연스럽게 흘리고 받아야 공수의 전환이 용이하다.

그러나 수세를 갖추기도 전에 변화되어 있는 연화의 신형.

형은 월영신공의 것이나 호선은 전혀 생소한 것이다. 낯선 권형이니 목표를 알 수 없었다.

눈과 이성이 판단을 못하니 곧바로 옥녀심공이 일어나 위험을 알려왔다.

'백회? 이건 불가능……!'

이성의 판단에도 불구하고 진은 본능적으로 두 팔을 교차하여 두정(頭頂)에 올려놓았다.

펙!

권은 허세, 각이 진세였다. 품세를 파괴한 실전적 응용. 월영신공의 진면목이 펼쳐진 것이다.

광장한 충격이 온몸을 강타하여 골이 흔들릴 지경. 그러나 방심하기엔 이르다. 옥녀심공이 또 다른 위험 신호를 보내왔던 것이다.

완전히 비어버린 양 옆구리.

'등을 내준다.'

또다시 을보. 몸을 틀어 양 옆구리를 가슴과 등으로 대체, 가슴을 보호하고 등을 내주는 고육책이다.

퍽!

오장육부가 뒤집어지는 고통이 파도처럼 밀려왔다. 그러나 위험은 여전했다.

'이대로는 당한다.'

도저히 월영신공이라 부를 수 없을 만큼 다채로운 초식의 운영. 속도는 더더군다나 따라잡을 수 없었다.

'니미. 한 방만 걸려라!'

사혈은 가까스로 보호하고 있지만 엄청난 권각풍이 온몸을 두드리고 있을 무렵 문득 연화의 신형 중 한곳이 유독 밝게 보였다.

역시 우측 어깨다.

충권을 내지를 때 힘이 달리다 보니 이를 보충하려 팔을 뒤로 젖히는 버릇이 생긴 모양. 지독히 짧지만 허점이 생기는 순간인 것이다.

'지금!'

진의 월영신공도 변화했다. 좌각이 연화의 허벅지 안쪽을 파고드는 것으로 눈을 현혹하고 우각이 충권을 수습하지 못한 오른쪽 어깨로 쇄도해 나갔다. 조금 전 공야숙에게 도발했던 수법이었다.

스팟.

퍽.

연화의 어깨에 진의 발끝이 스쳐 갔으나 연화의 충권은 손실없이 진의 옆구리에 박혔다.

"컥컥……."

엎드린 채 막혀 버린 숨길을 추스르고 있는 진. 그의 등 뒤에서 싸늘한 목소리가 들려왔다.

"네가 날 쳤어?"

쳐? 그럼 이건? 이건 보듬어준 거냐? 이 빌어먹을 녀석아!

복날 개 패듯 패놓고서 어깨 한 번 스친 것 가지고 쳤다니. 기가 막히고 자존심 상해 아직 좀 더 엎어져 있어야 함에도 몸을 일으키는 진이다.

그러나 진은 입을 다물 수밖에 없었다.

커다란 두 눈에 가득 차 올라 있는 물기. 연화는 금방이라도 울음보를 터뜨리기 직전이었던 것이다.

'그, 그런 건가?

진이 무예를 익히기 시작한 지 이제 겨우 수개월. 입문의 시기도 삼 년이나 빠르고 자질에 있어서는 비교도 할 수 없거늘 단 일 격일지언정 허용하였다는 것이 스스로 견딜 수 없는 일이었을 것이다.

하지만.

'복싱 칠 년, 태권도 이십 년, 특공무술 팔 년, 검도 십육 년을 배운 나다. 지금 울고 싶은 건 나란 말이다, 이 꼬마 계집 녀석아!'

울먹울먹.

아무리 눌러 담아도 서러워서 견딜 수가 없는 진이었다.

어째서 열 살짜리, 그것도 계집아이한테 이렇게 두들겨 맞아야 한단 말인가. 어째서 이 동네는 이렇게 강한 연놈들이 지천에 깔렸단 말인가. 이래서야 복수고 나발이고 할 수나 있을까?

기구한 팔자를 생각하니 울화통이 치미는 것을 막을 재간이 없었다.

주루룩.

훔쳐 낼 겨를도 없이 속절없이 흘러내리는 한줄기 눈물.

"마, 많이 아파?"

사내아이가 눈물을 흘리는 모습에 연화도 당황한 모양이었다.

"이 씨이."

이게 무슨 꼴이란 말인가. 지금껏 남에게 보이지 않았던 눈물이었는데……

"미, 미안해."

양쪽 소매로 눈물을 깨끗하게 닦아내고 나서야 진은 연화를 노려봤다. 날이 서 있는 눈길에 흠칫 놀라는 연화다.

"넌 아무것도 못 본 거다. 이 일이 알려지면 넌 죽는다."

알려져도 안 죽는다.

연화는 이미 진과는 차원이 다른 세계에 있는 무인이었다.

그럼에도 연화는 겁에 질린 표정으로 급히 고개를 끄덕거렸다.

비로소 드러나는 여자 아이의 여린 심성이니 비단 이채로운 이는 진만이 아니었다.

"오잉? 저 녀석이 저런 구석이 있네?"

연무장에서 이십여 장 떨어진 잣나무 위에 숨어 있던 공야숙이다.

약재와 바꿔온 백주 한 병이 슬슬 바닥을 드러내고 있었다.

공야숙은 요사이 신이 나 있었다. 하나를 가르치면 열을 아는 두 제자들의 영특함 때문이다. 어디 한군데 나무랄 곳이 없는 연화는 말할 것도 없거니와 구결의 암기와 초식의 운영은 범재일 따름이나 응용과

임기응변에 있어서는 연화를 능가하는 진이 있으니 가르치는 것이 이 토록 재미가 있을 수 없었다.

기실 월영신공은 민초빈의 개산초월검을 보고 문득 창안한 아직 완성되지 않은 무공. 좀 더 정확히는 완성의 과제를 두 제자에게 남겨두려던 미완의 무공이었다.

그런 월영신공이 이제 열 살 남짓의 두 어린 제자들에 의해 빠르게 완성의 기로에 접어들고 있는 것이었다.

어찌 술 한잔 기울이지 않을 수 있겠는가.

"각법이라, 좌우를 교차하는 연속적인 각법으로 수세를 공세로 채워 넣는단 말이지?"

공야숙은 품에서 다시 술병을 꺼내 마셔대기 시작했다.

오늘은 기분 좋게 취해보리라.

그렇기에 공야숙은 당면한 현실을 극복하는 것이 우선이라는 것을 깨닫지 못하고 있었다.

"그래, 또 훔쳐 냈단 말이지? 후후후……."

약제실에 들렀다가 신선초가 한 두릅이나 없어진 것을 알아낸 민초빈의 사악한 웃음이 조용히 퍼져 나갔다.

제5장

출도(칠 년 후)

힘차게 장작을 패고 있는 청년.

벗어젖힌 상체는 마르고 호리호리하기만 하여 도무지 사내다움이란 찾을 수 없었다.

그러나 겉보기와는 다른 면모도 보이고 있었다.

청년의 손에 들려 장작을 단박에 두 조각으로 갈라내고 있는 것은 도끼가 아닌 둔탁하게 생긴 목검인 것이었다.

움칠대는 근육은 찾아볼 길이 없고 왜소하기 짝이 없는 밋밋한 육신이지만 전신에 흐르는 역동적인 패력은 여느 사내를 능가하고도 남는 그. 가는 붓으로 그려놓은 듯, 미려하고 차가운 얼굴은 격한 장작 패기 와중에도 한 치의 흐트러짐을 찾아볼 수 없었다.

"어~이, 밥 먹고 해."

고운 음색이나 투박하기 이를 데 없는 어조가 한 켠에서 들려왔다.

청년은 비로소 장작 패기를 멈추고 고개를 돌렸다.

청년을 바라보고 있는 이.

투박한 솜씨로 지어 입은 장배자 사이로 훤히 드러나 있는 길고 가느다란 다리. 맵시라고는 찾을 구석이 없지만 건강해 보이는 까만 피부에 유난히 커다랗고 흑백이 분명한 눈을 반짝이는 여인이었다.

청년은 장배자 여인에게 그저 일별을 던질 뿐 다시 장작을 패기 시작했다.

"다 되간다."

청년의 입에서 나온 음성은 변성기를 지나지 않은 소년과 같은, 혹은 소녀와 같은 묘한 음색이었다.

도무지 성별을 분간하기 힘든 두 남녀.

이들은 진과 연화다.

중공산에 찾아든 일곱 번째 여름. 이 세월의 숫자가 이들의 용모를 이렇듯 변화시켜 놓았다.

팍!

진은 마지막 장작을 쪼개어 포개놓고서야 목검을 거두어들였다.

적당한 넓이의 고운 이마에는 땀이 송골송골.

이미 옥녀심공과 태양공의 조화지경에 이르러 있는 그이기에 땀이라는 부산물은 의외일 수밖에 없었다.

땀을 닦는 것도 잊은 채 진은 자신의 희고 가는 팔뚝을 내려다보았다.

"휴우~"

수심이 가득한 한숨.

무릇 사나이 로망은 넘실대는 근육이라.

용모와 어울리는 매끈한 육신이라 하나 진의 마음에 들 턱이 없는 노릇이었다. 내력과 무공을 배제한 채 장작 패기를 거르지 않는 것은 근육의 크기를 늘려보려는 시도였던 것이다.

그러나 몸뚱이는 아무리 노력해도 근육은 붙질 않았다. 처음엔 신경질만 나게 하더니 최근 들어서는 거의 포기 직전까지 몰아세우는 빌어먹을 몸뚱이였다.

고개를 절레절레 흔들고 상의를 챙기려다 문득.

"아직도 변비냐?"

요 며칠 부쩍 연화의 안색이 좋지 않았던 것이다.

"신경 꺼라, 또 쥐어 터지고 나서 뒷간 문고리 잡고 울기 싫거들랑."

"……."

남녀 간에 나누었다고 볼 수 없는 삭막한 대화였으나 이들에게는 일상인 대화 방식이기도 했다.

실제 나이 차이는 현저하나, 이제 와서 연장자에 대한 권리의 주장이 먹힐 리도 없거니와 적적한 산중에서 아옹다옹 살아가는 유일한 재미였으니 장유유서(長幼有序) 따위는 잊은 지 오래였다.

연화는 문을 쾅 닫고 산채 안으로 들어가 버렸다.

"……."

평소의 연화와는 분명히 다른 모습이었다. 어딘가 불편해 보이고, 말수는 줄었으며 신경질은 늘었다.

아니라고는 하지만 진은 최근 산채의 무거운 분위기 때문인 것이라고 생각할 수밖에 없었다. 원인 제공자가 자신에게 있는 다음에야 연화를 탓할 수도 없는 노릇이었다.

개울가에서 세수를 하고 산채로 향하는 진의 발걸음이 가볍지만은 않았다.

"왔느냐?"

산채에 들어선 진에게 공야숙이 물었다.

여든을 앞둔 노인치고는 지나치게 팽팽하던 공야숙이었지만 지금의 모습은 그렇지 못했다. 건조한 피부는 푸석거리고, 두 눈은 피로가 겹겹이 쌓여 초췌하기 이를 때 없었다.

"오늘도 주무시지 않으셨습니까?"

"자연의 품에 돌아가서는 싫어도 매일 자게 될 터인데 하루 이틀쯤 이야……."

하루 이틀이 아니다.

벌써 보름째다. 진은 지난 이 주 동안 공야숙이 저 자리를 떠난 것을 본 적이 없었다.

공야숙이 앉아 있는 맞은편 침상 위에는 민초빈이 창백한 인상으로 누워 있었다. 공야숙이 침식을 소홀히 하던 지난 보름 동안 민초빈도 침상에서 일어난 적이 없었다.

진의 고개가 깊이 숙여졌다.

불로의 경지에 이른 초절정고수 민초빈이 남의 수발을 받아야 했던 이유는 다름 아닌 자신에게 있었기 때문이다.

보름 전이었다.

"크어어억!"

진은 아침 산행 길에 갑자기 피를 토하고 쓰러져 버렸다.

최근 삼 년간은 잠잠했기에 진도 미처 신경 쓰지 못한 일이었다. 전과는 달리 아무런 징후도 없이 갑자기 음기가 치밀어 올라 기혈이 역류해 버린 것이다.

연화는 이제 저보다 머리 하나는 더 자라 버린 진을 들쳐 엎고 울며불며 산채로 뛰었다.

그러나 산채에 다다랐을 때에는 이미 지독한 음기로 오장육부가 차갑게 식어 제기능을 모두 잃어버린 후였다.

정신마저 놓아버린 상태였기에 운기요상조차 요원한 상태였고, 결국 유일한 방법은 타인에 의한 기혈 타통의 수밖에는 없었다.

이 일은 오직 민초빈밖에 할 수 없는 일이었다. 내력의 수위는 공야숙이 높다 하나 그의 내기는 진이 수련한 옥녀심공과 태양공과는 전혀 다른 성질을 띠고 있는 탓이었다.

민초빈은 결국 자신의 본정까지 손상해 가며 진의 기혈을 바로잡아야 했다. 추궁과혈의 고절한 수법조차도 별무소용이었던 심각한 상태. 방법은 진의 기맥과 민초빈의 기맥을 일통시키고 음기를 민초빈이 모두 흡수하는 것뿐이었다.

어렵고 복작한 대법은 성공했다.

진은 며칠 후 정신을 차리고 가뿐히 일어났을 뿐 아니라 민초빈의 막대한 양기까지 받아들여 음기와의 조화를 이루어낼 수 있었다.

어느 순간부터 답보 상태에 머물러 있던 무공이 뜻밖의 돈오를 얻은 것이니 기연 속 기연을 얻은 셈이었다.

그러나 문제는 그때부터 발생했다.

과한 음기를 흡수하고 이를 소화시키지 못한 민초빈이 쓰러져 버린 것이다. 팽팽했던 피부는 쪼그라들었고 본정까지 크게 상해 버려 하루이틀 운기조식으로 회복은 어림도 없는 상황까지 되어버린 것이다.

부쩍 늙어 힘없이 누워 있는 민초빈을 두고 눈물을 흘리던 진에게 민초빈이 했던 말은 아직도 진을 부끄럽게 하고 있었다.

"너는 내 아들이다. 어미가 아들을 살리는 것은 당연한 일. 너는 눈물을 거두어라. 나는 죽을병에 걸린 것이 아니다. 잠시 요양을 하면 되는 일이니 슬퍼할 이유가 없다."

공야숙과 연화의 위로에도 불구하고 진은 더욱 그들의 얼굴을 똑바로 쳐다볼 수가 없었다.

그들은 진을 가족으로 대하며 진심을 보여주고 있건만 자신은 그렇지 못하고 외려 내력을 숨기고 있다는 자괴감 때문이었다.

진은 초췌한 공야숙과 민초빈을 뒤로하고 산채를 빠져나와 가슴이 답답할 적에 자주 찾곤 하는 개울가를 찾았다.

그곳에는 이미 한자리를 차지하고 있는 사람이 있었다.

연화다.

진은 말없이 연화의 곁에 앉았다. 인기척에 돌아볼 만도 하건만 연화는 무릎에 고개를 파묻고 졸졸 흐르는 시냇물을 뚫어져라 바라볼 따름이었다.

한참 동안을 말없이 그렇게 앉아만 있던 진은 나직이 한숨을 내뱉었다.

"그 정도로 땅이 꺼지겠냐?"

진은 소리없이 웃었다.

본래 조신한 성격은 아니라지만 저 정도로 입이 험하지는 않았다. 연화를 저리 만들어놓은 것은 다른 누가 아닌 진이었다.

연화는 소름이 돋도록 뛰어난 오성과 누구 못지않은 의지를 지녔다. 본신의 근력에서조차 평수를 이루니 결국 모든 면에서 진을 압도하는 연화였다.

그럼에도 연화는 강아지마냥 진을 졸졸 쫓아다니기만 했다. 진이 하는 것은 뭐든지 하려 들었고 심지어 서서 소변을 보려고까지 했다.

자기만의 묘한 세계가 있는 것 같으면서도 쫄랑쫄랑 진을 따라다니는 것이 귀엽고, 어느 면에서는 동생 선아를 닮은 것 같기도 해 진도 쉽게 대했고, 그 결과로 진과 다름없는 시궁창 언변을 구사하게 된 것이었다.

"좋겠다, 넌."

연화는 진을 물끄러미 쳐다보며 밑도 끝도 없는 말을 던져 놓았다.

"뭐가?"

"남자니까."

"난 남자치고는 웃기는 몸이다."

벌렁 누우며 팔베개를 뒤통수에 끼워 넣는 연화다.

"그래도 넌 몸에서 피는 안 나잖아."

"⋯⋯!"

이게 대체 뭔 소린가.

진은 당황하지 않을 수 없었다.

'그러고 보니⋯⋯.'

최근의 일들이 주마등처럼 떠올랐다. 복통을 호소하면서도 누구보다 의술에 밝은 그녀가 약을 지어 먹지도 않았다. 매사에 신경질적이었고 수련도 빠지기 일쑤였다.

연화도 여자로서의 삶이 시작된 것이다.

"사모님은 축복이래. 여자로서 누릴 수 있는 최고의 축복. 그런데 난 왜 이렇게 슬프지? 언젠가는 이렇게 될 줄 알았지만⋯ 아니, 실은 여태 별 이상이 없길래 난 그런 거 안 하는 줄 알았어."

숫제 안색이 파리해지는 진이다.

여자에게는 일생일대의 변화의 시점이겠지만 대부분의 남자는 이에 관심이 없었고, 진도 그랬다. 그저, 날짜를 파악하여 안전한(?) 시기를 가늠하는 것에만 관심있는 동물이 바로 남자다.

연화는 벌떡 일어나더니 진의 얼굴을 빤히 쳐다봤다.

"내 꿈이 뭔 줄 알아?"

꿈이라.

아주 오래전에는 그런 것이 있기는 했다. 그리고 그것을 이루기가 얼마나 힘든 것인가를 너무나 가혹한 과정을 통해 알아야 했다.

"마교 새끼들을 몽땅 죽여 버리는 것!"

파리해지다 못해 사색이 되는 진이다.

현모양처 따위는 아닐 거라고 짐작은 했지만 이건 좀…….

"그 새끼들 시체 위에서 고기만두를 맛나게 먹을 거야."

진은 착잡해하지 않을 수 없었다.

그따위 것은 꿈이라 말할 수 없다고 말해 주고 싶지만 정작 자신도 복수의 일념만으로 하루하루 연명하고 있지 않은가.

그들에게 죄를 묻고,

그리고 그 다음은…….

아직 생각해 보지 않았다.

그때 가서, 한진회 후레자식들을 뿌리째 뽑아버리고도 살아남는다면 그때 생각해 보리라.

"그리고 그 다음엔……."

얼굴을 불쑥 들이미는 연화. 예의 불같이 타오르던 집념의 눈빛은 자취를 감추고 뭔가 희망에 가득 찬 기운이 넘쳐흐르고 있었다.

"시집을 갈 거야."

그래야지. 그래서 예쁜 아이를 낳고 정인과 오래오래 잘사는 것을 꿈이라고 하는 거다.

"바로 진아한테."

"케켁!"

진은 먹은 것도 없이 사레에 걸리고 말았다.

"괘, 괜찮아?"

도대체 이 계집아이는 부끄럽다는 의미를 알기나 할까.

겨우 진정한 진은 흑백이 또렷하고 맑은 연화의 눈을 마주 보았다.

맑고 순수한 아이. 거칠지만 명경지수와 같은 영혼을 지닌 아이다.

반면에 자신은…….

복수의 일념만으로 삶을 영위하는, 타락한 영혼의 소유자다.

누군가의 사랑을 받을 자격이 있는가?

없다.

아내, 혈육, 전우들, 김팔봉, 장공백.

자신과 얽힌 모든 이들이 원혼을 간직한 채 구천에서 떠돌고 있다.

단순한 우연이든 시기에 찬 신의 저주이든 지금까지의 운명은 가혹했다. 그리고 앞으로의 행보도 그리 간단치만은 않을 것이었다.

누군가 또 가혹한 자신의 운명에 끼어든다면? 또다시 지인이 자신으로 인해 눈앞에서 죽어가는 꼴을 볼 수는 없는 일이었다.

'절대로!'

자의든 타의든 이미 맺어진 인연. 억지로 끊어낼 수 없다면 달리 엮으면 되는 일이었다.

“농이 과하다.”

“……!”

연화의 안색이 급격히 어두워졌다. 커다란 눈망울에는 당장에라도 눈물을 쏟아낼 듯 물기가 차 올랐다.

“진아는 내가 싫어?”

“화아는…….”

한 쌍의 눈동자가 보내오는 갈망. 도전에는 언제나 응전으로 대항했지만 이번만큼은 성격이 다르다.

결국 진은 시선을 마주치지 못하고 말을 이었다.

“좋은 사저야.”

“…….”

연화의 작은 어깨가 떨려갔다. 고개를 숙여 알 수는 없지만 필경 옥구슬 같은 눈물을 흘리고 있을 터였다.

“그럼… 반말하지 마!”

습기가 가득한 일성을 내뱉고 몸을 돌려 숲 속으로 사라지는 연화. 그 뒷모습을 눈에 담아둔 진의 이색안도 급히 가라앉았다.

“뭐, 뭐라고? 지금 당장?”

불편한 몸이건만 당장 침상에서 튀어나올 듯 놀라는 민초빈이다.

그녀 앞에 무릎을 꿇은 진이 말했다.

“넉넉 잡아 달포면 되는 일입니다.”

“무슨 일인지는 말해 줄 수는 없는 것이냐?”

“다녀와서 말씀드리겠습니다.”

민초빈의 얼굴에 불안한 기색이 스쳐 간다. 최근 진의 마음 고생을 모르지 않는 바, 비장한 얼굴로 하산을 한다고 하니 걱정이 아니 될 수 없었다.

“정 가야 한다면 날이 밝거들랑…….”

민초빈의 말을 끊고 공야숙이 굳음 음성으로 물었다.

“꼭 가야만 하는 것이냐.”

말없이 고개를 끄덕이는 진. 굳은 의지의 표현이다.

“그럼 가거라.”

“달포 후에 뵙겠습니다.”

진은 그들 부부에게 구배지례를 올린 후 주저없이 뒤돌아섰다.

“진아야.”

차마 안심이 되지 않아 진을 멈춰 세우는 민초빈이다.

돌아서는 진.

그리고 그의 두 눈.

민초빈은 진의 눈을 보고 하려던 말을 잊어버렸다.

진의 이색안에 드리워져 있던 어두운 장막이 걷혀 있었던 것이다. 평소와 다를 바 없는 창백한 안색이지만 왠지 편안해 보이는 얼굴.

“조심히 다녀오너라.”

비로소 마음을 열고 진심으로 가족의 구성원이 되려는 게다.

민초빈의 얼굴에서도 근심이 걷히고 밝은 미소가 떠올랐다.

“소제, 그럼 다녀오겠습니다.”

어느 날 조용히 사라져 버릴까도 생각했다. 아니, 때가 오면 결국 그렇게 될 것이다.

머지않은 미래에 그렇게 되더라도, 몇 번이나 구명지은을 입은 이들에게 더 이상 자신을 속일 수는 없는 일이었다.

숨겨온 과거를 찾으러 간다.

귀랑과 처음 만났던 그곳에서 과거의 흔적을 찾아내 그들에게 보일 것이다.

나는 이런 사람이라고, 세상을 잃은 분노를 가눌 수가 없어 미지의 적들을 벨 수밖에 없는 가련한 사람이라고, 이런 놈을 받아준 그들이 너무나 고맙다고.

그래서 어느 날 말없이 떠나 버리더라도 용서하고 또 잊지 말아달라고…….

진은 몇 가지 짐을 챙겨 넣고는 귀랑 위에 올라탔다.

"가자, 귀랑. 처음의 그곳으로."

반쪽 난 달만이 덩그런 하늘은 바람처럼 내달리는 일인 일수를 조용히 지켜볼 따름이다.

제6장

폭풍 전야

대도로(大都路:북경).

천하의 도읍, 세상의 중심.

이십만 호(戶), 인구 백이십 만. 지구상에서 인간이 가장 많이 밀집해 있는, 명실상부한 세계 최대의 도시가 바로 이곳 대도로다.

법국, 남만, 빙국, 흑국 등등 세계 각지에서 모여든 인종들이 뒤섞여 난삽하기 이를 데 없지만 엄밀하고 정제된 군도(軍道)로 긴장감이 넘쳐 흐르는 모순된 곳이기도 했다.

만시(萬市). 누가 정한 것도 아니고 정책적인 국가 사업도 아니건만 언제부턴가 이곳에는 각양각색의 상인들이 몰려들었고 지금에 와서는 대도로의 가장 번창한 상업 지역이 되어 있었다.

천하의 문물 중 없는 것이 없으며 천하의 자금이 모여드는 곳이기에 붙여진 이름, 만시. 조정의 군사력은 이곳 만시에서 유통되는 자금에 의해 결정된다고 해도 과언이 아니었다.

만시의 가장 깊은 지역에는 십여 개의 점포가 들어서 있었다.

생사로(生死路)라 불리는 이 거리의 점포들은 이상하게도 물품을 내놓지 않으니 무엇을 파는지, 팔 생각이 있는지조차 모를 이상한 점포들이었다.

하지만 세력있는 상인들이라면 생사로의 점포에서 무엇을 파는지 알고 있다.

고려삼(高麗蔘).

고려의 삼은 음기가 탁한 자, 양기가 고르지 못한 자, 어떠한 처방도 통하지 않은 중한 자, 그리고 그들 중 돈이 아주 많은 자들만이 살 수 있는 최고급 약재다.

은밀히 거래되는 백 년근 고려산삼은 죽은 사람도 살려낸다는 영약 중의 영약이며, 그 가치는 돈으로는 환산할 수도 없어 황제도 차마 어쩌지 못하고 구경만 한다는 소문이 나돌 정도였다.

사람의 생과 사를 바꾸어놓는 영약, 고려삼을 파는 거리라 해서 생사로라 불리게 된 것이다.

아무나 드나들 수 없는 곳이기에 생사로는 주야를 불문하고 북새통인 만시에서 유일하게 한가한 곳이기도 했다. 그렇기에 이곳에서 거래되는 금액이 만시에서 유통되는 전체 금전 거래의 삼 할을 차지한다는 사실을 아는 사람은 많지 않았다.

생사로 가장 안쪽에 위치한 '우가 고려삼' 이라는 작은 점포의 안채에는 심상치 않은 표정의 사내들이 모여 있었다.

놀랍게도 그들의 입에서 나오는 말소리는 한어가 아니었다.

다름 아닌 고려어. 고려삼을 취급하는 곳이니 딱히 의심스럽다고 말할 수는 없는 일이나 그 내용은 결코 평범한 것이 아니었다.

둥근 탁자에 둘러앉아 있는 세 명의 사내. 그중 작지만 날카로운 눈을 빛내는 중년인이 자못 심각한 어조로 말문을 열었다.

"말씀대로 조정에서 황하 수리(水利)를 위해 노역부(勞役夫) 징발을 시작하였습니다. 이와 맞물려 근원이 불분명한 흉흉한 소문까지 겹쳐 민심이 크게 동요하고 있사옵니다."

중년인의 맞은편, 그늘 속에 몸을 숨기고 느긋하게 앉아 있는 두 명의 사내는 별 움직임을 보이지 않은 채 조용히 찻잔을 기울였다.

작은 눈의 중년인이 다시 말을 이었다.

"사람이 찾아왔습니다. 유복통이라는 자인데, 자금을 융통하기 위함이었습니다. 그자와 그자의 세력에 대해 나름대로 조사한 것이 지금 들고 계신 책자에 적혀 있습니다."

책을 넘기는 소리와 함께 어둠 속에서 목소리가 흘러나왔다.

"백련, 미륵교. 교주가 한산동이라……. 교도가 오만? 게다가 근거지가 황실과 지척인 하북이란 말인가?"

"그러하옵니다. 한산동이라는 자는 스스로 미륵의 현신이라 떠벌리고 다니는 미친 자이옵니다. 그렇다 하더라도 세력은 만만치가 않아, 응창로를 중심으로 추종하는 무리들이 하루가 다르게 늘어나고 있으니 그 숫자 또한 이제는 의미가 없습니다. 사견에 지나지 않습니다만 최소 십만에서 최고 오십만에 이르는 세력을 갖출 것으로 판단됩니다."

"흐음. 훈련도나 무장 수준은?"

"세력을 부풀리고는 있으나 현재는 기근으로 경작지를 이탈한 농민들이 다수. 군세라고는 찾아볼 수 없는 오합지졸입니다. 급히 철기를 수집하고 있으나 아시다시피 최근 철이 이상 품귀인지라 여의치 않은 모양입니다."

비릿한 미소를 짓는 중년인. 철의 이상 품귀 현상의 원인에 대해 누구보다 잘 알고 있었기 때문이다.

중년인의 말을 조용히 듣고 있던 사내가 몸을 기울여 모습을 드러냈다. 텁석부리 대머리 장한의 모습.

그는 천하제일루의 숙수, 최선지였다.

최선지는 더욱 목소리를 낮추어 중년인에게 물었다.

"본국으로 가는 물건은 선적이 다 되었나?"

"오늘 새벽에 출발하였다는 보고를 받았습니다."

원석은 물론이고 아이들 노리개에 붙어 있는 쇠붙이까지, 각지에서 긁어 모은 철을 실은 선단이 출발한 것이다.

최선지는 만족한 듯 고개를 끄덕였다.

"그들에게 자금을 대주게. 그에 대한 대가는 향후 고려삼의 밀수에 대한 전권의 부여!"

놀란 눈을 동그랗게 뜨는 중년인. 고려삼의 밀무역은 지엄한 국법이 금하고 있었다. 더군다나 밀무역으로 가격이 폭락하게 될 터이니 이곳 생사로에 터전을 잡은 장사치들에게는 이로울 것이 없는 일이었다.

당황하는 중년인에 개의치 않고 최선지는 말을 이어갔다.

"그리고 자네는 즉시 이곳을 정리하고 항주로(杭州路:항주와 소주 일대)로 가게. 이 정도의 세력을 갖추었다면 필시 다른 곳에서도 자금을 모집할 터. 항주로에서도 비슷한 자들이 나선다면 거기서도 자금을 대주게. 알아들었는가?"

"하, 하나……."

점입가경이라.

중원에 잠입하여 이 정도의 세력을 구축하는 데만 십 년의 세월과 엄청난 자금이 투입되었다. 최선지의 명은 그 모든 것을 포기하고 정리하라는 것이니 중년인으로서는 당장 말문이 막힐 수밖에 없었다.

"세 치 혀로야 무언들 못하리. 그들이 백만 군사를 일으킨다 해도 변화의 중심은 그들이 될 수 없어. 단! 그 녀석들이 적당한 힘을 가지고 적당히 흔들어줄 필요는 있겠지. 그러기 위해서는 자금이 필요할 테고, 우리는 그에 합당한 요구 조건을 내거는 것이야. 장차 건설될 대고려 제국의 위상에 비하면 푼돈에 지나지 않아. 공연히 의심을 사지 말고 아낌없이 내주란 말일세."

이해하지 못한 바는 아니나 선뜻 동조하기도 어려운 말이었다. 어찌 예측 불가한 미래에 대해 이토록 확신을 할 수 있단 말인가.

중년인이 선뜻 대답을 못하자 최선지는 품에서 서찰 한 통을 빼 들었다.

"우달치(于達赤) 어르신의 친필 서한이네."

최선지가 중년인에게 서찰 하나를 건넸다. 중년인은 공손하게 서찰을 펼쳐 읽기 시작했다. 글을 읽어 내려갈수록 그의 눈에는 경악이 스쳐 갔다.

"드, 드디어……."

최선지는 고개를 주억거렸다.

"바야흐로 난세가 눈앞. 이 나라 고려에게 마지막 기회일지도 모르지. 분명한 것은 지난날 우리가 겪었던 그 치욕, 되돌려 줄 때가 되었다는 것이네."

지난날의 치욕. 여기 있는 누구도 잊지 못할 뼛속 깊은 원한이었다.

중원을 집어삼킨 오랑캐에 변변한 저항도 하지 못하고 일패도지(一

敗塗地)하여 도탄에 빠진 백성을 지켜보고 있을 수밖에 없었던 자괴. 황제는 칭호를 박탈당하고 오랑캐의 신하가 되는 꼴을 봐야 했던 분노. 일국의 장수로서 울화가 깊게 침습된 간을 베어 삭여야 할 만큼 깊은 원한일지니.

"그러나 우리에게는 아직 힘이……."

"힘은 충분하네. 암! 충분하고도 남지. 그저 흘려야 할 백성들의 피가 안타까울 뿐."

굳은 의지의 표현. 전장을 향하는 장수의 모습이 최선지의 기백에 묻어 흘러나왔다. 누가 있어 이 사내의 의지를 꺾을 수 있을까?

중년인은 의관을 고쳐 입고 최선지를 향해 대례를 올렸다.

"대업을 이루어 개선하시기 바랍니다."

지체없이 돌아서 문을 나서는 중년인. 그 모습을 지켜보던 최선지가 조용히 입을 열었다.

"김 상만호, 자네는 맡아줄 사람들이 있네."

"하명하시지요."

"자네도 서한을 읽어보시게."

김 상만호라 불린 사내도 어둠에서 몸을 빼냈다.

날카로운 눈빛과 굳게 닫힌 입술, 강퍅해 보이는 인상이나 잘 손질해 놓은 칼과 같은 예기가 흐르는 사내. 그의 이름은 김성은이었다.

금란(禁亂), 방도(防盜)의 임무를 담당한 순군만호부(巡軍萬戶府)의 도만호(都萬戶) 다음가는 두 번째 벼슬 상만호(上萬戶).

이제 서른을 갓 넘긴 김성은에게는 과하다 싶은 벼슬이었으나 그의 능력에 비해서는 더없는 직책이기도 했다.

김성은은 탁자 위의 서찰을 들어 읽어 내려갔다. 그 역시 잠시 눈이 커지기는 했으나 당황하거나 놀라는 기색은 찾아볼 수 없었다.

"제가 무엇을 하면 되는지요."

"그들에게 한어를 가르치게. 선발된 자들이니 어려운 일은 아닐 걸세. 그리고……."

"……?"

"강한 자들이나 중원의 절정고수들에 비하면 아직 미숙함이 있을 터. 기마에 오르지 않으면 가진 능력을 다 발휘할 수 없는 녀석들이니 그 또한 신경을 써주시게."

"시간이 얼마나 있습니까?"

"얼마나 필요한가."

김성은이 턱을 괴고 생각에 잠겼다. 뽑혀온 자들이니 이곳의 풍습과 말에는 어느 정도 적응이 되어 있을 것이다.

문제는 무슨 임무를, 어떤 방식으로 수행해야 하느냐는 것인데…….

"한번 만나보고 기별을 드리지요."

"지금 그중 한 명이 와 있네. 만나보겠는가?"

김성은은 고개를 끄덕였다. 최선지가 문 쪽을 향해 기척을 내자 한 사내가 들어섰다. 군부에 투신한 자라고는 믿어지지 않는 미려한 공자형의 사내였다.

"인사하시게. 이쪽은 북마군의 군관 임근홍이라 하네."

북마군(北魔軍). 삼별초의 철기(鐵騎) 별정부대다.

야인족(野人族:여진, 거란족) 역시 기마를 귀신같이 부리는 전투 민족이다. 이들 야인족이 국경에 끊임없이 창궐하여 약탈과 살인을 일삼고 기마를 이용해 도주해 버리니 그들의 기동성에 대항하는 기마병의 필요성이 대두되었고, 그래서 탄생한 기마 부대가 북마군이다. 본래 북

쪽의 기마대란 의미의 북마(北馬)였으나, 야인족을 토벌함에 병사는 물론 어린아이와 여인들에게까지 손속에 사정을 두지 않으니 북마(北魔)로 더 알려져 있는 군대였다.[1]

주로 민·변란을 제압하는 등의 무신 정권의 주구였던 삼별초, 결국 모두 토벌되어 역사에서 사라져 버린 삼별초와 지금의 삼별초 북마군은 성격 자체가 완전히 다른 셈이었다.

"상만호 영감을 뵈옵니다."

김성은의 군례에도 가타부타 말없이 임근홍에게 다가선 김성은이 불쑥 손을 내밀었다.

법도에서 벗어난 김성은의 행동에 당황한 임근홍이 최선지를 일별하였으나 최선지 역시 영문을 모르겠다는 표정으로 어깨를 들썩일 뿐이었다.

임근홍은 할 수 없이 손을 내밀어 김성은이 내민 손을 마주 잡으려했다. 그 순간, 김성은의 손이 뱀처럼 임근홍의 손목을 휘감아 타고 올라오기 시작했다.

금조금나(金鳥擒拿)의 수법!

"헛!"

놀란 임근홍이 다급히 손을 뺐으나 어느 순간 금나수는 관절치기로 변화하며 임근홍의 손을 놓아주지 않았다.

당황의 기운은 사라지고 날카롭게 변하는 임근홍의 눈빛.

몸을 틀어 관절치기를 무위로 돌리고 무릎으로 김성은의 명치를 노

---

1) 실제 삼별초에는 북마군이 존재하였으나 그 활약상에 대해서는 사료가 부족하고 이견이 많은 상태입니다. 극에서 설정한 북마군은 필자의 상상력에 의해 새롭게 설정된 상태임을 알려 드립니다.

렸다.

비틀.

기괴한 각도로 임근홍의 무릎차기를 피하는 김성은.

이어지는 수박희(手搏戱)의 나래차기가 김성은의 요혈에 쏟아졌다.

파바박!

자못 노기가 깃든 임근홍의 나래차기였으나 역시 기묘하게 상체를 흔들어 이를 모두 무위로 돌려 버리는 김성은이다.

그러는가 싶더니 불현듯 쏘아져 오는 한줄기 경기.

섬권(閃拳).

임근홍은 발을 거두고 물러설 수밖에 없었다.

그러나 임근홍의 눈은 더욱 불타올랐다.

'강한 자!'

서열이 지엄한 군부라 하나 사내의 호승심은 구애받지 않았다.

임근홍의 전신에 삼엄한 기운이 발산되고 문득 살기마저 피어올랐다.

"다시 갑니다!"

매서운 주먹이 창궐하고 묵직한 각법이 서로의 치명적인 부분을 노리며 쏟아졌다.

비무라 하기에는 지나친 살의. 매 승부가 생과 사가 갈리는 전장에서 연마된 군무(軍武)이기에 그렇다.

두 사내의 살벌한 격투를 두고도 최선지는 느긋하게 지켜볼 따름이었다.

다음 순간.

두 사내의 격한 움직임은 언제 그랬냐는 듯 가라앉아 있었다.

한 점 흐트러짐이 없는 김성은과 산발한 채 거친 숨을 몰아붙이는 임근홍. 승패를 가늠하기 어렵지 않은 장면이었다.

"어떤가?"

여전히 말이 없는 김성은. 오만한 면이 없지 않았으나 최선지는 개의치 않았다.

말없이 임근홍을 놓아준 김성은 역시 밑도 끝도 없는 말을 임근홍에게 툭 던지듯 물었다.

"비슷한가?"

"……?"

"다른 친구들."

다른 북마군들도 수준이 비슷하냐고 묻는 것이다. 이를 알아들은 임근홍은 불쾌한 표정으로 고개를 끄덕였다.

"삼 년의 말미를 주십시오."

"일 년 반을 주겠네."

자그마치 반이나 줄어든 시간이었지만 김성은은 가볍게 고개를 끄덕일 뿐이었다.

"이 친구들은 이번 일과는 별도로 움직일 걸세."

비로소 무미건조한 김성은의 눈길이 최선지에게 머물렀다.

의문의 표시다.

"난 그들을 믿을 수 없네."

김성은 역시 알아차리기도 힘들 만큼 그저 한번 고개를 까닥여 동조를 표시했다. 김성은은 조용히 문을 열고 나섰다.

임근홍은 최선지와 김성은을 번갈아 보며 어찌할 바를 모르고 있었다. 그런 임근홍을 향해 최선지가 말했다.

"그럼 수고해 주시게."

"충!"

가슴에 오른 주먹을 절도있게 가져다 붙이는 군부의 예. 동시에 정상과는 거리가 있어 보이는 김성은을 따라나서는 그의 표정은 불안에 휩싸여 있었다.

뒷짐을 지고 먼발치에서 그 모습을 지켜보던 최선지의 입에서 한숨이 터져 나왔다.

'이제 시작되는가?

물도 사람도 설은 이곳에 온 지 벌써 십 년.

신의군 백부장으로 몸을 담자마자 몽고군에 사로잡혀 이 년간이나 갖은 고초와 모욕을 당하고 천신만고 끝에 탈출에 성공했다.

그러나 시련은 시작에 불과했다.

적은 강했고, 아군은 초라할 정도로 약했다.

사십여 년에 걸친 긴 전쟁으로 피폐해질 대로 피폐해진 조국. 결국 성도를 오랑캐에게 내주고 말았고, 이제는 한낱 조공국으로 전락해 버렸다.

도만호의 중임을 맡은 자가 나라의 주인이 오랑캐의 신하가 되어 머리를 굽실거리는 꼴을 봐야 했으니 그 무력감이 오죽했으랴.

남몰래 군사를 키워도 봤지만 이차에 걸친 일본 원정길에 모두 소진되고 말았다. 마지막 불씨마저 완벽하게 꺼져 버린 것이다.

절망으로 하루하루를 보내고 있던 그 무렵.

그들을 만났다.

십수 년이 흘렀지만 아직도 '그들' 외에 달리 부를 만한 명칭이 없을 정도로 철저히 자신의 존재를 숨기는 자들.

그렇기에 더욱 두려운 자들이었다.

십만 개방이 무색한 엄청난 정보력을 바탕으로 세운 가설, 아니, 그 것은 가설이 아니었다. 치밀하게 맞물려 가는 톱니바퀴처럼 한 치의 오차가 없으니 예지에 가까운 신기였다.

지난 십 년간, 세상은 그들이 예견한 방향에서 단 한 발짝도 벗어나 지 않았으니 말해 뭐 하랴.

최선지는 그들을 의심하지 않을 수 없었다.

천하를 이야기하는 자들. 어찌하여 변방의 작은 나라를 위해 위험하 고 무모해 보이는 도박을 하려 하는가?

누가 뭐라고 해도 천하의 지배자는 북방의 기마 민족이거늘.

이에 그들의 답은 간단하고 명료했다.

"당신들과 우린 같은 꿈을 꾸고 있소. 우린 그 꿈을 반드시 실현시킬 것이 오."

고려의 꿈.

그리고 최선지의 꿈.

그것은 하루 두 끼를 거르지 않고 풍족한 삶을 영위하는 민초들을 바라보는 것이었다.

한편 소박하다 할 수 있으나 현재 고려의 힘으로는 요원한 일이었 다.

국토의 칠 할이 뫼[山]. 경작할 농토가 부족하고 험준한 산맥이 남북 과 동서를 갈라놓고 있으니 교통이 불편하여 물품의 이동이 어려운 나 라. 호남에서는 풍년이 들어 곡식이 남아돌아도 강원에는 기근이 들어

굶어 죽는 백성이 길바닥에 깔리는 곳이 바로 고려다.

이 모든 것을 해결할 방법은 국토를 넓히고 농경지를 확보하는 것이었으니 고려 군부에서는 요동 정벌을 그 대안으로 보았다.

고구려를 계승한 고려였고, 요동은 고구려의 땅이었다. 자중지란하여 스스로 몰락의 길로 들어섰던 못난 조상들은 지켜내지 못했지만 누가 뭐라 해도 요동은 고려의 땅이라는 것이 군부의 생각이었다.

하지만 영토를 수복할 힘이 없었다. 부패한 목민관들은 제 잇속을 챙기기에 여념이 없을 따름이고 굶주린 백성들은 하루가 멀다 하고 봉기를 일삼는다. 변방을 지켜야 할 군사는 이를 진압하기 위해 투입되고 있는 악순환이 반복되고 있는 지금의 현실에서 북벌이란 그야말로 그림의 떡이었다.

그러나 그들은 가능한 일이라고 했다. 최선지를 비롯한 군부의 도움만 있다면 세상은 고려의 천하가 된다 하였다. 고려 황실의 깃발이 천하 위에 나부낄 것이라 확신하였다.

'그리만 된다면.'

수라나찰에 혼이라도 내놓을 수 있다.

그러나 그것이 아니라면.

그들이 진정한 의도가 단지 권력에 눈먼 탐욕에 기인한 것이라면.

대비를 해야 했다.

왕실을 능멸하고 권력을 찬탈하려는 승냥이의 무리라면 가차없이 베어내리라. 그들이 설령 천기를 읽는 미륵보살이라 할지라도 망설이지 않고 목을 치리라.

최선지가 임근홍을 비롯한 정예 북마군을 숨겨 키우려 한 이유다.

맑은 하늘에 갑자기 먹구름이 드리워지며 사방이 어두워지기 시작했다.

"한바탕 소나기가 내리겠구나."

촘촘히 잘 엮어진 방갓을 깊이 눌러쓴 최선지가 가게를 나와 잰걸음으로 길을 재촉했다.

제7장

정신 교육

거대한 회백색 늑대의 등에 타고 다니는 자.

기인이사가 많다는 강호라 하나, 결코 흔하게 볼 수 없는 장면일 것이다.

괜한 일을 만들 필요가 없어 진은 밤에 주로 이동을 하고 낮에는 산에서 노숙을 하며 휴식을 취하는 방식을 취해 이목을 피해 왔다.

제대로 된 음식과 잠자리를 취하기 매우 어려운 여정을 택한 셈이었다.

터덜터덜.

축 처진 걸음의 진과 평소와 다를 바 없는 귀랑.

잘 걷다가 진은 갑자기 멈춰서 괴성을 질러댔다.

"대체 왜?!"

도둑놈처럼 야음을 타야 하단 말인가.

"이게 다 너 때문이다!"

범상한 것과는 매우 거리가 먼 귀랑의 용모 때문?

어림도 없는 트집이다. 중원 천하를 누비고 다녀도 사람 눈에 뜨인 적이 없었던 귀랑이다. 아무 데서나 누우면 침실이고 아무거나 잡아먹으면 그것이 식사니 환경에 전혀 구애받지 않기에 그렇다.

그러나 진은 그럴 수 없는 생명체다. 노숙을 하더라도 피풍의가 있어야 잠자리가 수월하고 고기는 구워 먹어야 하는 인간이다.

각자 다니면 되는 것 아니냐?

길을 모른다.

말도 배웠겠다, 물어물어 가면 되지 않느냐?

그래도 되지만 석천산 어디쯤에 장비 가방이 묻혀 있는지를 모른다.

아쉬운 쪽은 진인 것이다.

결국 진의 생존을 위해 민가를 따라 움직이기는 해야겠고, 이목을 피해야 하니 야음을 탈 수 밖에 없었던 것이다.

그러나 산이 끊기고 평야가 나오기 시작하자 그도 여의치 않았다. 귀랑의 준족을 감안하더라도 하루 이틀에 건널 수 있는 평원이 아니었다. 초목이라 봐야 기껏 허리 높이. 결국 낮에는 몸을 숨길 마땅한 곳이 없다는 의미였다.

"……!!"

번뜩 스치고 가는 한 가지 생각.

물론 석천산이 어딘 줄은 모른다. 그러나 춘연곡은 안다. 아무리 넓은 중원 땅이라 하더라도 춘연곡과 석척산이 묶인 지명이 둘일까, 셋일까. 귀랑이 필요한 시점은 장비 가방이 묻혀 있는 정확한 위치를 가늠할 때뿐이다.

진은 귀랑을 돌아봤다.

“…….”

당장 필요가 없으니 귀찮다.

“거기서 만나기로 하자.”

버림받은 것을 아는지, 모르는지 귀랑은 파다닥 꼬리를 흔들 뿐이
다.

“…….”

아니다. 놈은 듣던 중 반가운 소리다, 라는 의사를 전달해 오고 있었
다. 자유분방한 낭만 늑대가 인간 따위를 싣고 제약된 길을 다녔던 것
에 적잖이 불편했던 것이다.

핏!

이해가 맞았으니 뒤돌아볼 필요도 없다는 듯 귀랑은 순식간에 사라
져 버렸다.

심심하면 뛰쳐나가 한두 달 후 멀쩡하게 돌아오는 녀석이니 귀랑을
걱정할 필요는 없을 것이다.

“자, 그럼 나도 가볼까?”

한 걸음을 떼려는 찰나, 문득 멈춰 서는 진이었다.

“…….”

휘이이잉.

스산한 바람이 몰아치는 벌판.

고개를 돌려본다 한들 휑한 벌판이 거기가 거기다.

방향을 일러주는 태양은 막 떠올라 있으나 그것이 곧 인가(人家)의
위치를 안내하는 것은 아닐지니.

“니기미!”

진에겐 당장 평원을 벗어날 방도가 없는 것이다.

"헉헉… 하, 하늘에 맹세코 된장을 바르고 만다, 똥개새끼……."

그 똥개 자식은 알고 있었을 것이다.

반경 삼백 리 안에는 마을은커녕 쥐새끼 한 마리 구경하기 힘들다는 것을. 벌판이라고 믿었던 평야가 사실은 발목까지 푹푹 빠져드는 습지였다는 사실을.

삼 일 밤낮을 쫄딱 굶고 습지를 벗어나 능선을 두 봉우리나 넘고 나서야 진은 마을 하나를 발견할 수 있었다.

마을의 산문에 들어섰을 무렵, 진은 거지가 되어 있었다.

"살았다."

사막에서 우물을 만난 기분이 이러할까.

그건 그렇고.

산문에 걸린 현판이 묘하다.

본래 정갈한 솜씨로 청빈곡(請貧谷)이라 음각을 새겨놓은 듯한데, 그 위로 빨간 먹으로 두 줄을 그어놓고 조잡한 글씨체로 백호곡(白虎谷)이라 덧쓰여져 있는 것이었다. 게다가 그 옆에 박혀 있는 커다란 도끼가 의미하는 바는 또 무엇인가.

"그러려니."

무슨 뜻이면 어떠하리. 따뜻한 음식과 깨끗한 옷을 구할 수 있으면 되는 것이다.

청빈곡은 삼백 호가량의 작은 마을이었다.

그러나 마을을 관통하는 수로를 끼고 있어 상업이 번성한 까닭에 외지인들이 많이 드나들어 제법 번성한 곳이기도 했다.

마침 한 달에 한 번 선다는 장이 들어서 있었고, 마시장도 판을 벌여

놓고 있었다.

진은 먼저 마시장에서 값싼 몽고마 한 마리를 샀다. 머리가 크고 다리가 짧은 몽고마는 볼품도 없고 속도는 느리지만 적응력이 뛰어나고 놀라운 지구력을 갖춘 녀석이다. 촌각을 다투지만 않는다면 여행용 말로는 이만한 놈이 따로 없는 셈이었다.

건량도 충분히 준비하고, 피풍의 손질도 말끔하게 했으며, 깨끗한 옷도 한 벌 샀다.

여기까지는 예정에 있던 일이었다.

그러나 어깨 선까지 내려와 얼굴을 몽땅 가리고, 여간해서는 앞도 제대로 볼 수 없는 초립을 살 생각은 전혀 없었다.

그렇다면 어째서 햇볕 좋은 화창한 날에 초립을 쓰고 배회하는 엄한 짓을 하고 있느냐?

"어~이, 아가씨. 시간있으면 오빠랑 작설차나 한잔하지."

바로 저 빌어먹을 자식 때문이다.

아니, 정확히는 자식 '들' 이다.

눈 껍데기에다 창호지를 발라놓은, 똥오줌 못 가리는 후레자식들에게 여자로 오인받고 무수한 추파를 얻어맞는, 참으로 개 같은 상황을 겪은 것이다.

마시장에서 말을 팔다 말고 엉덩이를 두들기던 놈은 반쯤 죽여났다.

실수했다. 곡소리 나올 때까지 두들겨 패놨어야 하는 건데 한 방에 깔끔하게 보내 버린 것이 화근이었나 보다. 그 장면을 목격하고도 사내놈들이 끊임없이 들러붙고 있는 것이었다.

그렇게 반나절을 시달린 끝에 죽립을 사 얼굴을 가리고 다니는 것이었다.

진은 수작을 부리는 사내를 돌아보지도 않은 채 굳은 어조로 말했다.

"집에 가라. 가서, 오늘은 운수대통한 날이니 천지신명께 감사도 하고, 앞으로 잘살아 보겠다고 다짐도 하고 그래라."

"……!"

흠칫 놀라 더 이상 다가오지 못하는 사내.

어조보다는 은근히 피워낸 살기에 자신도 모르게 물러서고 만 것이었다.

사색이 된 사내가 줄행랑을 치자 진은 긴 한숨을 내뱉었다.

"내가 어딜 봐서 여자 같다는 거냐!"

여자 같다.

옥녀심공이 궤도에 오르기 시작한 오 년 전, 개울에 얼굴을 비춰보고는 기겁을 했다.

그날 이후로 진은 자신의 얼굴을 본 적이 없었다. 만일 그 상태가 아직까지 유지되고 있다면 얼굴을 난도질했을지도 모를 일이었다.

투덜대며 얼마간 걷자 어느새 청빈곡의 산문에 다다라 있었다.

"……."

멈춰 서는 진. 그의 앞에는 깃발이 하나 휘날리고 있었다.

청빈객잔.

관도가 만나는 지점에 객잔이 있었던 것이다.

남은 여정에 필요한 물품은 모두 구입을 했지만 따뜻한 음식은 아직 구경하지 못했다. 시장에서 겪었던 일 때문에 발길이 쉬이 떨어지지 않았지만 이번에 먹지 못한다면 또 언제 먹을 수 있을지 모를 일이었다.

'기껏해야 귀찮아질 뿐이다.'

진은 성큼 객잔으로 들어섰다.

객잔은 사람들로 북적였다. 들어서기가 무섭게 문 앞에서 손님을 기다리던 점소이가 넙죽대며 진을 맞이했다.

"어서 옵쇼."

"빨리 되는 걸로."

비굴하게 굽실대던 점소이의 표정이 묘하게 일그러졌다.

'이년이 혓바닥이 반 토막 났나.'

얼굴은 보이지 않았지만 체격이나 음색으로 봐서는 틀림없는 여인이었다.

근데 이 빌어먹을 년이 말 짧게 하는 거 봐라.

행색을 보아하니 권문세족 금지옥엽은 아닐 터. 그렇다면 저리 말해서는 안 되는 게다.

점소이는 순식간에 시큰둥한 표정으로 변했고, 목에 두른 수건을 휘휘 저으며 대강 아무 데나 가 앉으라고 할 참이었다.

멈칫.

그 순간 점소이의 눈길이 진의 등에 가 닿았다. 정확히는 행장 사이로 삐죽 솟아 있는 목검을 향해서다.

폐도령이 내려진 지는 오래다. 철을 다루는 대장간은 관이 직접 관리를 하고 조리용 칼도 매번 압수당하기 일쑤인 세상이다. 민란을 원천적으로 차단하려는 조정의 정책인 것이다.

이런 세상에서 칼을 차고 다니는 무리는 단 두 부류. 노략질을 일삼고 사람 목숨을 파리 목숨 끊듯 하는 도적 떼들이거나 강호무림인들뿐이다. 강호무림인은 평생 한 번도 본 적이 없지만 도적 떼들은 아침 저녁으로 들러붙는 아랫동네 과부댁보다 많이 봐왔다. 그들에게 밉보여 어느 날 조용히 사라진 녀석들이 어디 한둘이던가.

보기엔 왜소한 계집일지 모르나 실상은 산에서 내려온 염탐꾼일지도 모르는 일이었다.

점소이는 다시 비굴한 웃음을 지어 보였다.

"잠시만 앉아 계시면 닭국수와 만두를 대령합죠. 그나마 제일 빠르게 나오는 것이 그것입죠."

"그걸로 빨리."

"……."

주문을 내놓았는데도 쭈뼛쭈뼛 어슬렁대며 어쩔 줄을 모르는 점소이다.

"……?"

진이 의문을 표시하자 점소이는 화들짝 놀라며 겁먹은 표정으로 말했다.

"저어, 손님 초립은 벗는 게 어떠신지요. 보시다시피 객잔 안이 번잡한지라 다른 손님들께서 불편해하실 우려가……."

나도 답답하다, 이놈아. 누군 좋아서 쓰고 있는 줄 알아?

"빨리 먹고 가지."

빨리 먹고 가는 것이야 당연한 거고 당장 그 빌어먹을 초립 좀 벗어치우란 말이다.

진은 점소이를 무시하고 젓가락을 집어 들 뿐이었다.

'이런 개 씨앙.'

그러나 등에 매달린 목검은 아무래도 진짜 칼 같다.

점소이는 다시금 속으로 욕설을 퍼부으며 새로 들어오는 손님에게 달려갔다.

진은 국수만 먹고 나서는 길에 먹을 요량으로 만두를 한지로 싸 행장에 챙겨 넣었다.

그때다.

"자네 아까 마시장에서 그 처자 봤는가?"

"무슨 처자?"

"세상에, 난 선녀가 이 땅에 내려온 줄 알았네. 마방(馬房) 뇌가 놈이 수작을 걸려다 혼쭐이 나던데, 가녀린 손으로 앙칼지게 저항하는 모습이……. 사람 애간장을 녹여놓더군. 뇌가 놈은 얼마나 좋은지 게거품을 물고 쓰러지더란 말일세."

게거품을 문 것은 사실이나, 선녀의 가녀린 손길이 좋아서는 아니었다. 그 사실을 밝혀야 할 당사자는 아직도 깨어나지 못하고 있으니 다들 오해를 하고 있는 것이었다.

'니기미!'

진이 급히 굵은 기둥에 몸을 숨겼다. 그리곤 빠끔히 고개를 내밀어 자신에 대해 이야기하고 있는 곳을 찾아보았다.

찾고 자시고 할 것도 없었다. 기둥 바로 앞 식탁의 두 사내의 입에서 다시 진의 이야기가 흘러나오고 있었다.

"말도 말게. 자네가 본 여인이 선녀라면 내가 본 여인은 여신일 걸세. 내 화영산에 놓은 곰덫을 확인하려고 밤에 산에 오르지 않았겠는가. 그런데 갑자기 집채만한 희번드르르한 뭔가가 저 앞을 휙 지나가는 게 아닌가. 처음에는 내가 헛것을 본 것이 아닌가 싶어 재빨리 따라갔지. 정말 빠르더군. 그래도 내가 누군가. 화영산이라면 손바닥 보듯 훤히 알고 있는 내가 아닌가. 길을 가로질러 개울가 길목에서 몸을 숨기고 있었지. 아니나 다를까, 그 희번드르르한 게 개울가에서 물을 마시고 있더군. 한 처자와 함께 말일세. 근데 그 회백색 물체가 뭐였을 것 같나?"

빨려들 듯 사내의 말을 경청하던 자가 침을 꼴깍 삼켰다.

"내가 그걸 어찌 알겠는가. 어서 말해 보게."

"늑대였단 말이지, 집채만한 백색의 늑대. 내 수렵 생활 이십 년 만에 그렇게 큰 늑대가 있다는 말은 듣도 보도 못했네. 그런데 더욱 놀라운 일은 그 늑대를 마치 말 타듯 타고 다니는 처자였다는 거 아닌가. 달빛에 언뜻 비친 그녀의 얼굴을 본 순간."

숨을 죽이며 듣고 있던 사내는 말하는 이의 입을 뚫어져라 쳐다보았다.

"난 심장이 멎는 줄 알았네. 경국지색(傾國之色)이다, 침어낙안(沈魚落雁)이다, 그 처자에 비하면 죄다 헛소리더라 이 말일세. 그런데 그 처자의 눈빛이 참 특이하더구먼. 달빛에 그리 보였는지 모르겠지만 한쪽 눈은 자색이고, 한쪽 눈은 녹색인 듯하더란 말일세."

사내들은 그 처자가 바로 눈앞에 있다는 것은 꿈에도 생각하지 못하고 있었다. 그리고 실상은 사내인 그가 이를 뿌드득 갈고 있다는 사실도.

맞은편의 사내가 혀를 끌끌 차며 말했다.

"에끼, 이 사람아. 사람의 눈이 어찌 그럴 수가 있단 말인가. 저 멀리 색목인도 양쪽 눈의 색이 다르지는 않다고 하던데, 어찌 중원의 여인이 그런 눈을 가질 수 있단 말인가? 자네 술을 좀 줄여야 하겠네. 헛것을 본 모양이구먼. 집채만한 늑대를 타고 다니는 여신이라. 그게 어디 말이나 될 법한 소리인가?"

"허어, 정말이래도. 내 이 두 눈으로 똑똑히 보았단 말일세."

여기까지는 참을 수 있다. 그 뒤로 이어지는 무림칠봉(武林七鳳) 따위는 발가락에 때라느니, 양귀비와 서시 정도가 까불면 많이 맞아야 한다는 것까지도 한번 웃고 말 일이었다.

그런대로 마음을 추스르고 객잔을 막 나서려는데…….

"고런 계집 한번 잡아먹으면 한 십 년은 더 살겠는데 말이야. 크크크."

'저런 호로……!'

참아야 한다.

부들부들 떨리는 손으로 계산을 마치고 막 객잔을 나오려는데 한 무리들의 사람이 객잔 안으로 들이닥치는 바람에 진은 길을 비켜서야 했다.

그런데 이 빌어먹을 놈들이 비켜서는 진의 어깨를 의도적으로 밀쳐냈다.

참아야 한다.

저 빌어먹을 녀석의 머리통을 통째로 갈아 마시고 싶지만 참아야 하느니.

"후우, 후우."

심호흡을 하니 기분이 좀 나아졌다.

심호흡 두 번으로 두 생명을 살린 셈이다. 여기서 더 건드리지만 않는다면…….

진은 더 부딪치지 않기 위해 서둘러 객잔 밖으로 나와 마구간으로 향했다. 말을 내어 굴레(발받이)에 발을 막 얹으려는데 가슴을 풀어 헤친 삭막한 인상의 사내가 진에게 다가섰다.

"어이, 아가씨."

주위를 둘러보았으나 다른 말을 마구간에서 빼려던 사내 말고는 아가씨라 불릴 만한 여인은 눈에 띄지 않았다. 진은 의아한 표정으로 손가락으로 자신을 가리켰다.

"그래, 아가씨 말이야. 그 말 어디서 난 거야?"

커다란 칼을 들고 거들먹거리는 녀석이 좋은 뜻을 가지고 진에게 접근한 것은 아닐 것이었다.

"이건 내가 돈을 주고 산 건데, 뭐 잘못됐소?"

잘못되고 잘되고를 묻고자 함이 아닌 모양. 옆에서 말을 끌어내려던 사내가 진과 사내를 보며 키득거리기 시작했다.

"우리 행님 또 발동 걸리셨네 그랴. 키키킥."

발동? 이건 또 뭔 소린가?

그 의미를 알게 되기까진 그리 많은 시간이 필요하지 않았다.

저 눈구멍. 진의 전신을 위아래로 훑어보며 쏘아보내는 저 빌어먹을 시선은…….

'이, 이 개 후레자식이!'

부들부들 떨어대는 진.

파르르 떨고 있는 진을 보며 사내가 능청을 떨어댔다.

"오빠가 무서워? 예이! 오빠가 그리 무서운 사람은 아니야. 자, 자 말은 거기 두고, 초립 한번 벗어보지? 사람은 눈을 보고 대화를 해야 한단 말이지."

사내가 다가와 진의 초립의 챙을 잡더니 들어올리려 했다.

"이건 그리 좋은 생각이 아니다."

고저가 없는 메마른 목소리.

때가 되기 전에는 조용히 살아가려 그토록 노력하고 인내했건만, 결국은 이렇게 되고 말았다. 쉽게 드는 매는 아니지만 한 번 든 매는 쉽게 놓지도 않는다.

언제였던가? 아마도 결혼 전이지 싶다.

생일인 세영과 난생처음 나이트클럽이란 곳엘 간 적이 있었다.

한데 웬 시답지 않은 어둠의 무리들이 잠시 자리를 비운 사이 세영에게 찝쩍거린 모양이었다.

십 분 후, 그 자식들은 나이트클럽 뒷골목에서 이리 말했다.

"저희들을 정말 죽이실 건가요!?"

사내는 서슬 퍼런 진의 목소리에 잠시 주춤거렸다.

그러나 보라! 늠름한 백호 산채의 용감한 용사들을. 일단 뒤가 듬직하지 않은가. 게다가 상대는 계집이다.

등에 꽂은 나무 막대기? 말 안 듣는 늙은 말 볼기짝이라도 때려주려나 보지.

"고년, 제법 앙칼진데."

그러면서도 사내는 초립을 잡아채지 못하고 있었다. 아무래도 여전히 뭔가 찜찜한 모양이었다.

"잘 생각하고 대답해라. 너희 둘, 거지냐?"

사내의 눈썹이 당장에 역팔자로 치켜 올라갔다.

거지냐고?

거지였다.

백호 산채에 고액의 입채료를 지불하고 들어가기 전까지는.

가슴 아픈 과거를 청산하고 실로 오랜만에 가슴을 펴고 당당하게 살아가고 있거늘, 빌어먹을 년이 말하는 꼬락서니를 보라.

"거지면 거지답게 한 푼만 줍쇼, 해라. 그럼 형이 두 푼 주고 사지 멀쩡하게 보내줄게."

"이런 개 씨!"

사내는 가슴에서 마구 솟아오르는 무궁무진한 욕지거리를 모두 내뱉을 수가 없었다. 욕하는 것보다 급한 일이 생겼기 때문이다.

"으아아악!"

비명을 지르며 날아가는 일이었다.

진의 발은 아직도 사내의 턱을 찬 각도 그대로 멈춰 있었다.

이 기경할 광경을 목도한 다른 사내가 고래고래 괴성을 질러댔다.

"비상! 비상!"

객잔 주인을 두고 앞에 커다란 시도(柴刀)를 꽂아놓고는 협조라는 것을 당부하고 있던 백호 산채원들이 우르르 몰려왔다.

선두에 선 거대한 덩치의 사내, 왼쪽 이마에서 오른쪽 턱으로 이어지는 굵은 검상이 그의 격한 세월을 말해 준다. 이덕패가 녹림을 일통시켜 녹림천하문을 세운 후, 더 이상 녹림도가 녹림도가 아닌 세상에서 진짜 순수한 도적패로만 이루어진 백호 산채를 이끌고 있는 채주 모영재다.

비상은 오직 한 가지 상황에서만 울리게 되어 있었다.

개 같은 상황.

허리춤에 가로 맨 낭아봉을 굳게 쥐고 주위를 훑어보는 모영재의 눈빛이 자못 날카롭다.

대자로 뻗어 잠꼬대를 하고 있는 녀석이 하나.

어딘가를 보며 바들바들 떨고 있는 녀석 하나.

그놈의 시선에 있는 왜소한 체격에 키만 멀대 같은 초립 쓴 웬 계집

하나.

아무리 둘러봐도 개 같은 상황은 보이지 않는 것이었다.

모영재의 경계의 눈빛은 의아한 그것으로 변했다.

"야, 인마. 뭔데? 저것들은 왜 누워 있어?"

창백해진 얼굴로 어딘가로 도망가려는 수하의 뒷덜미를 잡아챈 모영재가 눈알을 부라렸다.

허우적대며 입만 빠끔거리는 사내. 이름만큼 똑똑하지 못한 모영재로서는 당최 무슨 소린지 알 길이 없었다.

"이 새끼, 지금 뭐라는 거야?"

모영재는 수하들에게 물어봤지만 대답은 다른 곳에서 흘러나왔다.

"느그들은 이제 다~ 뒤졌다 하는 거다."

멍한 표정이 되어 목소리가 들려오는 곳으로 천천히 고개를 돌리는 모용재.

이제는 아예 게거품을 물고 있는 사내를 집어 던져 버리고 모영재는 진에게 성큼성큼 다가섰다.

"네년이 나불댄 게냐?"

"냄새 난다. 좀 떨어져라."

개 같은 상황, 맞다.

그것도 실로 엄청나게 개 같은 상황이다.

모영재는 뒤통수를 툭툭 치며 하늘을 한 번 바라보았다.

기가 너무 막히다 보면 화조차 나지 않는 법이다.

소싯적부터 나름대로 힘깨나 써왔던 모영재다. 배운 바 재주는 없지만 타고난 신력과 용서를 모르는 더러운 성정으로 이날 이때껏 그에게 대적하는 누구도 살려두지 않았던 그다. 거기엔 누구도 예외가 없었다.

모영재는 송곳들이 오돌토돌 솟아 살벌한 예기를 뿜어내는 낭아봉을 빼 들고 진의 눈앞에서 흔들었다.

"지금이라도 잘못했습니다, 해라. 안 그러면 네년 주둥이를 이걸로 뭉개……."

캉!

모영재 역시 말을 마칠 수 없었다. 조금 전까지 손에 들려 있던 낭아봉은 어디로 갔는지 보이지 않고 얼얼한 손바닥에선 피가 솟구치고 있었기 때문이다.

쿠웅!

모영재는 뭔가가 무너지는 소리 쪽으로 고개를 돌렸다.

움막 하나가 그의 낭아봉에 맞아 무너져 내리고 있었다. 모영재는 입을 쩍 벌리고는 다시 진에게 고개를 돌렸다.

눈앞의 계집인지 사내인지 헷갈리는 녀석의 손에는 막대기가 쥐어져 있었다. 그렇다면 저 나무 막대기로 뭘 어떻게 했다는 소린데…….

아무리 잘 봐줘도 저건 목검, 그것도 조악하기 이를 데 없는 작대기 수준의 목검일 뿐이었다. 지금 이 순간을 더욱 심각하게 몰아가는 것은 저 막대기를 언제 뽑아서 어떻게 낭아봉을 쳐냈는지 전혀 보질 못했다는 점이었다.

이 정도가 되면 영재 아닌 바보라도 뭔가 잘못됐다는 것을 느낄 수밖에 없을 것이었다.

모영재의 등줄기를 따라 식은땀이 주르륵 흘러내렸다.

단지 고통스러운 방법으로 자살을 시도하려던 정신 나간 계집인 줄로만 알았건만, 실상은 말로만 듣던 무림고수이었던 게다.

"이제 내 주둥이를 뭐로 뭉갤 건데?"

'좇됐다.'

비쩍 말라 키만 껑다란 계집이 이제는 숫제 태산이다.

움찔움찔 몸을 슬그머니 빼기 시작하는 모영재.

고개를 좌우로 흔들며 더불어 검지를 들어 까닥이는 진.

"늦었다, 그것도 아주 많이."

"쳐라!"

말은 이리 해놓고 정작 모영재 자신은 몸을 돌려 도망을 가려 했다. 그러나 이런 수작이 먹히기에는 진의 말마따나 너무 늦었다. 백 근 낭아봉을 작대기로 날려 버리는 기경할 장면을 직접 목도하였으니 어느 누가 있어 목숨 받쳐 '치는' 행위를 할 수 있을꼬.

섬뜩하리만치 고요한 침묵이 흐르는 가운데,

"에라, 모르겠다."

모영재가 달아나기 시작했다. 아니, 달아나려고 했다.

그것은 그의 꿈이었다. 분명히 뒤에 있었던 진이 어느새 모영재의 앞에서 싸늘한 안광을 흘리고 있는 것이었다.

"네 녀석이 이 거지 떼들의 대가리렷다?"

도망칠 곳은 없다. 그렇다고 싸웠다가는 오늘이 명년 제삿날이 될 것은 자명한 일이다.

그럼 빌어볼 밖에.

"자, 잘못했습니다. 살려주세요."

육 척 장신의 모영재가 무릎을 꿇고 서글피 울기 시작했다. 그러나 처량하고 처연하여 측은지심을 일으키는 것과는 상당한 거리가 있는 장면이 아닐 수 없었다.

진도 그리 느낀 모양이다, 더욱 성난 얼굴로 다짜고짜 패기 시작한 것을 보면.

진은 모영재를 이 정도면 죽진 않겠다 싶을 정도의 힘으로 죽을 만큼 두들겨 팼다.

이 아슬아슬한 경계선상에서 정신을 잃었다, 차렸다 반복해야 했던 모영재는 차라리 죽는 것이 낫다는 말을 비로소 이해할 수 있었다.

"죽어랏! 죽어랏!"

"우아아아악!"

드러누워 있는 모용재의 가슴 위에 올라타 얼굴을 향해 무차별 난타하고 있는 진의 뒷모습.

참으로 참혹한 광경이었기에 공포에 질린 백호 산채원 몇이 슬그머니 몸을 빼려 했지만 그들에게는 여지없이 돌멩이가 날아들어 팔다리를 부러뜨려 놓고 말았다. 결국 백호 산채원들은 처절한 구타 장면을 차마 보지 못하고 고개를 돌리고 귀를 막을 수밖에 없었다.

이내 모영재의 비명 소리가 잦아들었다. 그새 모영재의 맷집이 늘어난 것이 아니라 두들겨 패는 것이 지겨워졌던 진이 그만 기절시켜 버린 것이었다.

씨익.

초립 밑으로 슬며시 보이는 잔인한 미소 한줄기.

담이 약한 백호 산채원 하나가 눈을 뒤집어 까고 쓰러져 버렸다.

"지금부터 내가 묻는 말에 성심성의껏 대답해라. 내가 묻는 말 외에 저항, 반항, 말대꾸, 성의가 깃들지 않았다는 판단이 서는 대답 등등이 나오면 딱! 요만큼만 맞는다. 알겠나!"

진이 손가락으로 간간이 팔딱대고 있는 모영재를 가리켰다. 그 어떤 협박보다 눈앞에 있는 현실이 더욱 설득력이 있는 법.

"예? 예에……."

백호 산채원 몇이 엉겁결에 대답했다.

"원래 멍청한 놈들은……."

진이 몸을 날림과 동시에 한 사내가 코피를 뿌리며 뒤로 넘어간다.

"맛을 봐야……."

한 사내의 이가 부러져 나간다.

"똥인지……."

낭심을 부여잡고 쓰러지는 한 사내.

"된장인지……."

한 사내는 똥침을 당해 무너졌다.

"안다지."

명치에 일권을 얻어맞고 토악질을 하며 무너지는 사내 뒤로 진이 사뿐히 내려 섰다.

대답을 한 백호 산채원들을 제외한 다른 사내들이 모두 바닥에 뒹구는 데 필요한 시간은 '삽시간' 이었다.

"딱 열까지 세겠다. 그때까지 전원 오 열 종대로 집합!"

쓰러졌던 사내들마저 강시처럼 일어나 움직이기 시작했다.

차 한 잔 마실 시간도 되지 않아 통나무처럼 뻣뻣하게 선 백호 산채원들이 오 열 종대로 마구간 앞에 기립해 있었다.

모영재를 방석 삼아 깔고 앉은 진은 오연한 시선으로 백호 산채원들을 일별하고 목검을 흔들며 말했다.

"자, 아저씨들. 나는 우렁찬 목소리가 좋다. 대답할 땐 차려, 내 말을 들을 땐 열중 쉬어 자세다. 알겠나?"

“예에!”

백호 산채 사내들은 우렁차게 대답하곤 잽싸게 열중 쉬어 자세로 돌아갔다.

전란이 끊이지 않고 치안이 불안한 시국에 흉년이 겹쳤다. 최근에는 황하까지 매년 범람하니 곡식은 익을 틈이 없었고, 그에 따라 각지에서 수많은 유민들이 발생했다. 그들 대부분은 산으로 숨어들어 가 무리를 이루었고 도적질을 일삼기 시작했다.

이렇다 보니 보통 사람보다 도적들이 흔한 세상이 되어버렸고, 도적질로도 먹고살기 힘들었던 무리들은 숫제 이렇게 마을까지 내려와 노략질을 일삼으니 한시도 마음 편히 지낼 수 없었던 마을 사람들이었다.

객잔에 있던 사람들은 주기적으로 내려와 행패를 부리던 백호 산채의 도적들이 여자 아이 하나 잡는구나 싶어 안타까워했지만 워낙에 잔인하고 사나운 놈들이라 감히 나서지 못하고 숨죽이며 지켜보기만 할 수밖에 없었다.

그런데 의외로 상황이 재미있게 변해 버린 것이다.

단칼에 목이 잘려 효수될 것 같던 여자 아이가 순식간에 산적패들을 제압해 버리고, 그것도 모자라 묘한 교육을 시키고 있으니.

삼삼오오 모여들던 구경꾼들이 이제는 자리를 펴고 앉기 시작했다.

“아직 약하다. 이 목소리의 딱 두 배! 몇 배?”

“두우 배!”

“안 들린다. 세 배! 몇 배?”

“세에 배에!”

“안 되겠다. 그냥 박자.”

백호 산채의 사내들이 있던 자리에 뿌옇게 먼지가 일더니 순식간에 오십여 명의 사내들이 '머리박기' 를 실시하는 장관(?)이 펼쳐졌다.

"어이, 거기 왼쪽 뒤에서 두 번째 줄 아저씨. 힘드나? 다리가 부들부들 떨리네. 힘들어 보이는데 그냥 잘라줄까?"

"아, 아님드아! 잘할 슈 있습드아."

'왼쪽 뒤에서 두 번째 줄 아저씨' 는 머리를 땅에 박고 있는지라 입이 물려 발음이 새는 와중에도 죽을힘을 다해 악을 질렀다.

"다들 잘할 수 있겠습니까?"

"이예, 그렀습니드아!"

단 오십 명이 냈다고는 볼 수 없는 엄청난 함성이다.

"좋습니다. 앞으로 이런 목소리 계속 유지할 수 있도록 합니다. 전체 기상!"

"기이상!"

그새 마을에 소문이 났는지 온 마을 사람들이 객잔으로 모여들어 이 재미난 장면을 구경하기 시작했다.

사람 모이는 데 음식이 빠질 수 있겠는가. 평소 발 빠르기로 이름난 팽가가 목에 광주리를 메고 만두를 팔고 있었고, 그 밖에 행상을 하던 상인들이 아예 돗자리를 펴고 자리잡은 사람들에게 음식을 파는 장면이 연출되고 있었다.

"만두 있어요, 만두."

"전병 있어요, 전병."

"여기 하나 줘요. 얼마요?"

진도 신이 났다. 불현듯 생각난 군 시절의 유격 훈련. 죽을 둥 살 둥 하루 종일 땅바닥에 굴리던 교관들이 얼마나 미웠던가.

떡 본 김에 굿하고 제사 지낸다고 못된 녀석들 혼주검도 내주고, 내

친김에 오늘 군 시절 쌓였던 한을 모조리 풀고 말겠다는 생각이었다.

"자, 지금부터 본 교관이 지적하는 대원은 우렁찬 목소리와 함께 바람같이 튀어나와 질문에 답하길 바랍니다. 앞으로 구호는 '악' 입니다. 알겠습니까?"

"아아악!"

"네에. 흡!"

"자아, 틀린 대원 앞으로 나옵니다. 편히 앉습니다. 나머지는 앞으로 취침, 뒤로 취침, 좌로 굴러, 우로 굴러 자동!"

입에 단내가 나도록 한참을 구르던 백호 산채원들은 진이 기상을 외칠 때서야 죽을 것 같은 고통에서 벗어날 수 있었다.

대열에 끼어 구르진 않았지만 이리도 불편할 수 있을까. 어리버리한 대원은 자신의 자리를 찾아 들어갈 때 동료들의 살기 어린 눈빛에 바들바들 떨어야 했다.

"자, 부두목이 누굽니까?"

백호 산채 부채주인 곡난해는 처음부터 절대 두목처럼 맞지 않으리라 다짐하면서 누구보다도 열심히 굴렀다. 그런데 이제 와서 부두목 어디 있냐며 자신을 찾자 하늘이 무너지는 절망을 느끼고 눈치만 보고 있었다.

"딱 셋 세겠습니다. 안 나오면 다시 처음부터 시작합니다. 셋!"

"……."

"둘!"

"얼른 나가요."

"아, 얼른 나가요, 부채주."

"하나. 자, 그럼 처음부터 교육을 다시 실시하겠습……."

"여기 나갑니다. 나가요."

곡난해는 스스로 나가고 있는 것이 아니었다. 자신의 수하들에게 떠밀리고 잡아 채여 끌려 나가고 있는 것이었다.

'내 저 배신자 놈들을.'

곡난해는 배신자 처벌에 대한 생각은 계속할 수 없었다.

진에 의해 행해지는 무차별 구타는 곡난해의 모든 사고를 정지시키기에 충분한 것이었기 때문이다.

곡난해는 모영재 위에 나란히 포개졌다.

"서열 삼위 나옵니다. 질문에 답변 잘하면 휴식 시간 일 다경 줍니다."

"악!"

말이 떨어지기가 무섭게 척살단주 금시영이 바람같이 진의 앞에 섰다.

일단 나오기는 했는데…….

가까이서 보니 더 무섭다. 깊게 눌러쓴 초립 속에 있을 사악한 마귀의 눈빛이 자신을 어찌 요리할 것인가를 놓고 번뜩이고 있을 생각을 하니 다리가 다 풀릴 지경이었다.

"동작 빨라 좋습니다. 그럼 질문에 답변하기 바랍니다. 자, 백호 산채의 창립 이념이 뭡니까?"

"악! 백호 산채는 강호제일의 의적 집단의 형성을 목표로 주민들의 안녕과 탐관오리의 척살… 으악!"

금시영은 곡난해 위에 가지런히 엎어졌다.

"서열 사위 나옵니다."

"악!"

"질문은 동일합니다. 실시!"

"실시! 네. 저희 백호 산채는 시정잡배, 파락호, 강간범, 가정파괴범 등의 인간 쓰레기들이 모여 '우리도 한번 잘살아보자' 는 기치 아래 힘없고 가난한 민초들을 상대로 돈과 여자를 빼앗고 아이들을 기루에 팔아 생계를 유지하고 있는 천하에 개잡놈들의 집단이지 말입니다. 이상이지 말입니다."

이 교육을 받게 되면 자연 흘라나오게 된다는 '말입니다' 어법이었다.

"아주 만족스런 대답입니다. 자, 저기 마구간 앞에서 일 다경 동안 풀 뽑기 실시합니다."

"실시!"

입이 귀에 걸린 행동단주는 재빨리 마구간으로 달려갔다. 이 얼마나 꿀맛 같은 휴식 시간인가.

다른 대원들은 부러운 눈빛으로 자신이 지목되기를 애타게 기다렸다.

"막내 나옵니다."

"아아악! 막내 철.필.옹!"

그야말로 막내다운 우렁찬 목소리다.

"호오, 목소리 아주 맘에 듭니다. 저쪽 말똥 치웁니다. 실시!"

"실시!"

백호 산채의 막둥이 철필옹은 세상을 다 얻은 듯한 만족하고 행복한 표정으로 말똥을 정성껏 치우기 시작했다.

"바로 위 나옵니다."

"아아아악! 두 번째 막내 이.걸.패!!"

"자, 이런 흉악무도한 백호 산채를 어찌해야 하겠습니까?"

이걸패는 죽을힘을 다해 악을 썼으나 무서운 흑죽립의 고수가 열외를 안 시켜주자 서운한 감정이 들지 않을 수 없었다. 그러나 본심을 드러내 인상을 찌푸릴 배짱은 없는지라 열심히 풀을 뽑고 있는 행동단주를 본받아 이내 우렁찬 목소리로 대답을 했다.

"악! 백호 산채는 강호의 질서를 어지럽히고 평민들의 생계를 위협함으로써 민심을 흐리고 백성을 도탄에 빠지게 하였지 말입니다. 응당 백호 산채 해체는 물론 그 수괴 된 자의 머리를 관도에 효수하여 본으로 삼아야 한다는 것이지 말입니다."

남의 집 이야기를 해도 이리 매몰찰 수는 없는 일이다. 그러나 후의 일이야 어찌 되었든 지금은 이 지옥 같은 교육 현장에서 벗어나 말똥을 치우는 행복을 만끽하고 싶은 것이 백호 산채원 모두의 진심이었다.

"아, 해체는 그리하여야 하나 그래도 모셔왔던 두목일 텐데 머리를 자르자는 말은 너무한 거 아닙니까?"

"아니지 말입니다. 일벌백계의 의미로다가 수괴는 물론 간부급 모두의 머리를 잘라야 하지 말입니다."

그러자 백호 산채원들은 모두들 '옳소! 옳소!' 하며 극진한 동조를 외쳐 댔다. 그 속에 있던 몇몇 간부급 단주들은 심장이 오그라지는 공포를 느끼며 급기야 픽픽 쓰러지기 시작했다.

"아아, 여러분들의 마음 충분히 알아들었으나 나라에는 엄연히 지엄한 국법이 있는 법. 백호 산채 모두는 지금 주위의 동료들을 지급된 밧줄로 꽁꽁 묶고 사이좋게 관부로 이동합니다. 이동 중에는 오와 열을 맞추고 우렁차게 구호를 붙여 걷습니다. 알겠습니까?"

"악!"

진은 만족한 미소를 짓고 백호 산채원들을 쭉 한 번 훑어보더니 버럭 외쳤다.

"실시."

"시일시이!"

백호 산채원들은 모두들 이 끔찍한 교육이 끝났다는 생각에 자신들이 관부에 끌려가면 무슨 일을 당할지는 생각하지도 못했다.

그날 오후, 관도에서는 만신창이가 된 백호 산채원들이 이 열 종대로 팔을 번쩍 들어올리며 하나같이 웃는 얼굴로 제 발로 관부로 들어가는 기이한 광경을 목격할 수 있었다.

마을 사람들은 '흑죽대협'을 연호하며 진의 뒤를 쫓아왔으나 말을 타고 바람같이 마을을 빠져나가는 그의 뒷모습만 쳐다보며 허탈해해야 했다.

곱게 기른 수염과 온화한 인상의 중년인이 관도를 누비다 객잔을 발견하고 성큼 들어섰다.

여사령, 그는 교의 지단에 들러 최근 부쩍 늘고 있는 무림맹과의 충돌에 대해 조사할 예정이다.

교 내의 세력 다툼으로 가뜩이나 어수선한 판에 그간 잠잠하던 무림맹까지 나서서 다시 지단에 손을 대려 한다는 정황이 포착되었던 것이다.

여사령은 착잡했다. 이제 교는 과거의 영광을 모두 잃어버린 듯했다. 심란하고 터질 듯 가슴이 답답했다.

그래도 일단 먹어야 한다.

이렇듯 아웅다웅 싸우고, 이것저것 관리한답시고 뛰어다니는 것도 다 먹고살자고 하는 일이 아니겠느냔 말이다.

객잔에 들어선 여사령이 눈살을 찌푸렸다. 들고나는 사람들로 북적였고, 아무리 보아도 빈자리가 있을 법하지 않았던 탓이다.

"어라?"

저 구석에 빈 탁자 하나가 여사령의 눈에 들어왔다. 벽에 기대어 서서 소면을 말아먹고 있는 사람도 바로 눈앞에 있는 식탁에는 눈길조차 주지 않고 옹색한 식사를 하고 있었다. 다른 이들도 마찬가지로 묘하게도 그 자리에는 누구도 앉으려 하지 않았다.

"예약석인가?"

예약석치고는 볼품이 없다. 예약씩이나 하는 식탁은 보통 이층의 특실에 따로 마련해 놓는 것이 관례다.

무슨 상관이겠는가. 일단 앉으면 임자다.

여사령이 의자를 빼서 막 앉으려는 순간 객잔 전체는 찬물을 끼얹은 듯 순식간에 조용해졌다.

'뭐, 뭐야, 이거.'

여사령에게 화살처럼 꽂히는 수백 개의 시선. 처음 들어섰을 땐 그 누구도 눈길 한 번 주지 않더니 이제는 적개심마저 품은 사람들의 눈길이 사방에서 쏟아지자 여사령은 당황하지 않을 수 없었다.

저리 노려본다고 한들 한 녀석만 잡아 족친다면 꼬리를 내릴 범부들이었으나 그러기 전에 사정은 알아야 했다.

그때 점소이로 보이는 청년이 허겁지겁 여사령에게 뛰어왔다.

"어이구, 손님. 그 자리는 앉으시면 안 됩니다."

"예약석인가 본데, 빨리 먹고 일어나지. 손님이 오면 내 바로 자리를 옮기도록 함세."

급격히 손사래를 치는 점소이다. 절대 그럴 수 없다는 것이다.

"이곳은 예약석이 아니라 마을의 성지입니다요. 누가 여기 팻말을 넘어뜨렸어?"

점소이가 탁자 밑으로 기어들어 가더니 금빛으로 칠해진 작은 편액 하나를 들고 나왔다. 그리곤 정성스럽게 소매로 닦더니 조심스럽게 다시 세워놓았다.

편액을 읽은 여사령이 의아한 표정을 지었다.

"흑죽대협이 앉으신 자리?"

점소이가 여사령을 뚱한 표정으로 쳐다보았다. 뚱하기만 하는 것이 아니라 경멸에 차 숫제 벌레 보는 듯하다.

'근데 이 새끼가.'

한낱 점소이에게 저런 눈길을 받았다는 데 분개한 여사령이 주먹을 불끈 쥐고 건방진 점소이를 응징하려는 그때다.

사방에서 쏟아지는 가공할 적개심.

주위를 둘러보자 어렵지 않게 그 근원지를 알 수 있었다. 근원지라 할 것도 없었다. 객잔 안 모든 이들의 눈에서 불똥이 튀고 있었으니.

교 내 밤하늘의 별만큼이나 많은 고수들 중에서 당당히 서열 이십위를 차지하고 있는 여사령이었다. 마음만 모질게 먹으면 이 정도의 범부들쯤이야 한 편의 고기로 저밀 수 있는 무력이 있다는 말이다.

하지만 그것은 샘솟는 이 궁금증은 일단 해결하고 나서 할 일이었다.

"흑죽대협이 대체 누군가?"

“외지 분이신가 봅니다. 사방 백 리 안에 있는 마을 사람들은 모두들 알고 있는 일인데 말이죠. 그럼 저를 따르시지요.”

점소이가 여사령을 이끈 곳은 다름 아닌 마구간이었다. 그곳 역시 금줄로 주위를 막아놓았고 커다란 현판이 떡하니 걸려 있었다.

성지(聖地).

“에, 이곳은 흑죽대협께서 그간 마을을 끊임없이 괴롭히던 화적패들을 일거에 제압하시고 단 한 시진 만에 금수에서 인간으로 개화시킨 역사적인 현장인 것입니다.”

점소이는 어느새 준비한 막대기로 이곳저곳을 가리키며 설명을 늘어놓기 시작했다. 한참을 이어지는 점소이의 말에 여사령의 얼굴이 점점 기막히다는 표정으로 변해갔다.

“다른 것도 아닙니다. 이 막대기 같은 목검. 요걸로 요렇게 한 번 휘두르니 하늘이 갈라지고, 땅이 흔들리는 경천동지의 현장이 벌어졌다 이겁니다. 해서…….”

무공을 모르고 세상을 모르는 자라면 흥밋거리로라도 들어주겠지만 이건 해도 너무한 이야기였다. 종국에 가서는 발을 한 번 구르자 산이 흔들렸다는 터무니없는 이야기까지 나오자 여사령은 급기야 울화통이 치밀기 시작했다.

“그래, 알았으니 구운 오리하고 죽엽청 한 병만 이곳으로 가져다 주게.”

“예? 아직 설명이 안 끝났는데. 저기 보면 악마들을 개과천선시킨 일련의 과정들을 적어놓은…….”

여사령의 흉포한 눈을 본 점소이는 후다닥 뛰어들어 가 버렸다.

“바야흐로 난세라. 저들에게는 영웅이 필요한 것이겠지.”

별것 있겠냐는 심정이었지만 음식을 기다리기 심심했기에 여사령은 일렬로 쭉 걸어놓은 작은 판자들을 대강 훑어보았다.

느긋하던 여사령의 표정이 한 장 한 장 읽어나감에 따라 점점 경악으로 치닫기 시작했다. 그는 걸어진 판자에 그려진 그림과 글들을 다시 처음부터 꼼꼼히 확인하기 시작했다.

"이, 이럴 수가. 이건!"

점소이가 음식을 가져온 사실도 모른 채 여사령은 지필묵을 펼쳐 판자에 쓰여 있는 것을 적는 데 정신을 빼놓고 있었다.

마침내 얼굴이며 소매에 먹물을 잔뜩 묻힌 여사령이 만족스러운 듯 껄껄 웃으며 자신이 적은 것들을 펼쳐 보았다.

"완벽해! 완벽한 극기 훈련이야."

점소이도 방방 뛰고 있는 여사령을 흐뭇한 표정으로 지켜보았다.

제8장

신검 영호성!

　　석천산(石仟山). 이제야 알게 된 것이지만 이곳은 진이 중원에 처음 왔을 때 귀랑을 처음 만난 바로 그 산이었다.

　　적당한 곳에 말을 묶고 산봉우리를 올려다본 그의 눈에는 감회가 떠올랐다.

　　'칠 년 만에 돌아온 것인가?'

　　처음 이곳에 왔을 때 예상한 것보다 길었지만 무공을 익히면서부터 생각한 시간보다는 빠른 시간이다.

　　진의 생각만큼이나 많은 것이 변해 버린 시간이기도 했다. 복수심에 불타던 아이는 냉정한 응징을 다짐하는 검객이 되어 있었다. 이제 지난 흔적들은 오직 이 석척산에 남아 있는 셈이었다.

　　내공을 끌어올려 허공을 향해 휘파람을 불자, 어디선가 귀랑이 모습을 드러냈다. 여전히 풍만하고 고운 털을 나부끼는 듬직한 모습이다.

“귀랑. 가자! 우리가 만났던 처음의 그곳으로.”

진이 등에 올라타자마자 귀랑은 최고 속도로 달려나갔다.

진과 귀랑이 지나친, 석천산의 초입에 펼쳐진 구릉의 지면이 불쑥 솟아올랐다.

풀잎들이 미풍에 흩붓겨 두런두런 날아가고 마침내 드러난 형상.

청색 도포를 잘 차려입은 노인이었다.

“에튀튀튀.”

노인은 풀잎을 한 줌이나 입에서 뱉어내며 호들갑을 떨어댔다.

그러나 경박한 행동거지와는 달리 굵게 펼쳐진 하얀 눈썹 아래 총기가 가득한 눈매가 범상해 보이지만은 않는 노인이었다.

노인은 귀랑과 진이 사라진 방향을 보며 입맛을 다셨다.

“허허, 늑대 등에 탄 청년이라……. 너무 빨라서 따라갈 수도 없고, 여기서 기다리면 다시 나타나려나?”

주위를 둘러보던 노인이 고개를 절레절레 흔들었다. 볕을 피할 나무 한 그루 보이지 않는 허허벌판이다. 이곳에서 노인네 혼자 뭘 하며 기다린단 말인가.

“이거야 원.”

영호성. 땅에서 솟아난 노인의 이름이다. 그리고 이 이름 석 자가 갖는 의미는 그리 단순하지만은 않았다. 이 이름 앞에는 수많은 별호들이 붙어다녔다.

대강이나마 헤아려 보자면, 검성(劍星), 신검(神劍), 검황(劍皇) 따위의 것들인데, 결국은 하나의 의미로 귀결된다.

천하제일인.

그렇게 지난 수십 년 동안 강호의 큰 어른으로 군림한 살아 있는 전설이 바로 영호성이었다.

그런 영호성이 왜 여기에 있는가?

나이가 들고 본의 아니게 명성을 얻은 후부터는 세상 사는 것이 이리 재미없을 수가 없었다. 자손들은 장성하여 천하 곳곳에서 나름대로 살아가고 있었고, 그 덕분에 유일한 낙이었던 손자, 손녀들의 재롱을 보며 소일할 수도 없게 되었다.

하여 친구를 찾아 가출을 감행한 것이 한 달 전의 일이었다.

호랑말코 도사 삼봉이는 어디를 그리 싸돌아다니는지 집구석(무당)에 붙어 있지를 않아 찾을 길이 없었고, 결국 찾아간 곳이 항산에 살고 있는 그의 팔십 년 지기인 목갈태였다.

근묵자흑(近墨者黑)이라. 젊었을 적, 형식을 도외시하고 자유로움을 생명처럼 여기던 목갈태는 영호성을 강호의 여기저기로 끌고 다니며 온갖 못된 것만 가르쳤고, 영호성은 목갈태에게 서서히 물들어갔다.

정작 목갈태 자신은 항산파의 현 장문인인 멸천검 하리수를 만나 장가를 간 후 강호에는 일절 모습을 드러내지 않고 외조에 여념이 없다 하니 옛 어르신들의 친구를 잘 사귀어야 한다는 말씀이 한 자도 틀리지 않은 셈이었다.

어찌 되었든 영호성은 항산에 숨어들어 가 둘만이 아는 신호로 목갈태를 꾀어내는 데 성공할 수 있었다.

여기까지는 좋았다. 의미심장한 미소를 서로 주고받으며 야반도주를 하려는 순간까지도 괜찮았다.

"갈 수는 있어도 올 수는 없지, 암."

하리수에게 들키고 만 것이었다. 질질 끌려가던 목갈태의 처량한 눈빛이 눈에 선하자 영호성은 고개를 절레절레 흔들었다.

하리수는 영호성의 부인 엄영화와도 친분이 돈독하여 거기서 붙잡힌다면 영호성 자신도 목갈태처럼 복날 개 끌려가듯 끌려갈 것이 자명한 일이었다.

결국 영호성은 목갈태의 살려달라는 비명을 듣고서도 팔십 년 우정 따위는 뒤돌아볼 겨를도 없이 도망을 놓아버렸다.

자그마치 육 개월을 계획하여 부인의 마수에서 벗어난 것인데, 그리 허무하게 잡혀갈 수는 없는 노릇이었다.

목갈태와 함께하는 즐거운 강호 기행의 꿈은 깨졌으나 십오 년 만에 얻은 자유의 기회이니 영호성은 혼자서라도 즐겨야겠다고 마음먹고 여기저기를 방랑하고 있는 중이었다.

그러던 어느 날, 끼니를 해결하러 객잔에 들렀다가 그의 왕성한 호기심을 자극하는 묘한 광경을 보고 말았다.

이제 열일고여덟 살이나 되는 계집애같이 생긴 사내아이가―영호성은 전혀 헷갈리지 않았다―척 봐도 화적패인 장정 오십여 명을 불쌍할 정도로 땅바닥에 굴리고 있었던 것이다.

그 수법이 잔인한 면이 없지 않았으나 아무리 봐도 너무 재미있어 보였고, 또 당한 자들은 교육 과정에서 자연 근력과 투지를 기르게 되니 영호성은 처음부터 끝까지 지켜보면서 열심히 머리 속에 집어넣어 외우기에 이르렀다.

어떻게 이런 훌륭한 교육 방법을 어린 녀석이 알 수 있었을까 하는 호기심에 영호성은 진의 뒤를 밟았고, 마침내는 석천산까지 따라오게 된 것이었다.

사내아이의 무공이 만만치 않고 둔덕에 마땅히 숨을 곳도 없어서 급한 김에 착골토공수(錯骨吐空手)의 수법으로 땅을 파고 기척을 숨기고 있었다.

말을 묶는 걸로 봐서 산을 탈 모양인데 그렇다면 몰래 뒤따르는 데는 문제가 없을 성싶었다.

그러나 휘파람 소리가 들려오더니 이내 집채만한 늑대가 나타나 소년을 싣고는 말 그대로 사라져 버린 것이었다.

"쩝, 목 형만 있었으면 쫓아가 볼 텐데."

영호성은 아쉬운 마음에 광각호리(光脚狐狸)라 불리던 경공의 달인 목갈태가 생각났다.

"그나저나 목 형에게 변고가 없어야 할 텐데. 그 착하고 순하던 하매가 그처럼 변할 줄이야……."

영호성은 멀리 보이는 마을을 향해 걸음을 옮겼다. 천천히 걷는 듯했지만 한 걸음에 일 장씩 성큼 옮기는 수법이 영호성의 진면목을 보여주고 있었다.

"여기쯤일 텐데……. 그래, 여기다!"

진은 나무 밑동을 가져온 손 삽으로 파내기 시작했다.

당시에는 혼신의 힘을 기울여 깊은 곳에 파묻었다고 생각했지만 이제 와서 다시 파보니 채 한 자 깊이도 되지 않은 곳에 장비 가방이 묻혀 있었다. 세월은 몸뿐 아니라 사물에 대한 인식의 잣대도 그만큼 키워놓은 모양이었다.

장비 가방을 꺼내면서 잠시 스치는 갈등.

14세기에 20세기의 병기들이 나타나야 하는 일이었다. 남은 총탄은 얼마 되지 않지만 역사의 판도를 바꾸기에는 충분할 터. 행여나 하는 기우에 쉬이 손을 뻗을 수 없는 것이었다.

'한두 번 본다고 만들 수 있는 물건들이 아니야. 사부님들에게만 보여주고 바로 부숴 버리면 문제는 생기지 않겠지.'

다짐하듯 스스로 합리화하는 진이다. 결론을 도출하고 실행하는 시간이 지극히 짧다는 점은 진의 장점이자 단점이었다.

가방을 감싸고 있던 비닐 봉투는 습기를 먹은 흙 때문에 엉망이 되어 있었지만 입구를 칼로 찢어내고 내용물을 꺼내자 가방의 상태는 칠 년 전 그대로 보존되어 있었다.

지퍼를 열고 가방을 뒤집자 내용물이 쏟아져 나왔다. 진이 제일 먼저 집어 든 것은 짤따란 검은 막대기였다.

스르룽.

폭사되는 은빛 광채. 지난 세월을 완벽하게 비켜 나간 듯한 청정(淸淨)이 묻어나오는 한 자루 검이었다.

"합!"

단전에서 비롯된 한줄기 경기가 어깨와 손목을 타고 검신에 이르는가 싶더니 허공을 격한다.

'쿵!'

갑작스런 기합성과 허공에 발출된 검격에 귀랑이 흠칫 경계의 기색을 드러냈다. 그러나 발출될 때처럼 뽑아진 경기는 순식간에 공간에 흩어져 버릴 따름이었다.

"쫄기는……."

진은 귀랑에게 미소를 지어 보이며 검을 갈무리했다.

티잉!

손가락으로 팅기자 맑은 검명이 울려 퍼졌다.

"예전엔 명검일 따름이었지만, 지금은 보검에 다름 아니구나."

기억하는 감각과 지금 느껴지는 감각의 차이는 실로 현저하다. 발전의 기로에 대한 반증일 터, 평생의 동지를 얻은 듯 듬직한 세영검의 위용이 아닐 수 없었다.

"그나저나……."

소총 등이 들어 있는 커다란 가방을 일별하는 진. 아직 한곳에 볼일이 남아 있으니 들고 움직이기에 가방의 크기는 여간 부담스러운 것이 아니었다.

그러나 굳이 저것을 진이 들고 가야 할 이유는 없었다. 일 잘하게 생긴 녀석이 바로 옆에 있지 않은가.

씨익.

귀랑은 진이 자신을 쳐다보며 사악한 미소를 지어 보이자 딴청을 피우기 시작했다. 하늘도 쳐다보고, 괜스레 꼬리를 잡으려 빙글빙글 돌아보기도 하는 속이 보이는 딴청이었다.

"용왕탕에서 진흙 안마는 없던 걸로 하자."

말 떨어지기가 무섭게 쪼르르 달려와 몸을 숙이는 귀랑.

용왕탕은 약재를 혼합한 진흙을 채워놓은 웅덩이인데, 손실된 원정을 보다 빠르게 충당하는 데 효과가 있는지를 알아보기 위해 민초빈이 만든 곳이었다. 물론, 그릇됨이 없는 청정한 마음가짐으로 운기를 하는 것으로 원정을 회복시키는 것보다 나은 방법이 없다는 것을 확인하고 나서는 효용 가치가 사라진 상태다. 하지만 몸을 담그고 나서는 육신의 피로가 어느 정도 해소되고 피부가 몰라보게 부드럽고 매끈해진다는 사실을 파악한 후, 민초빈과 연화가 가끔씩 이용하는 곳이기도 했다.

귀랑은 그녀들과 함께 진흙탕을 구르는 것을 매우 좋아했다. 진흙 웅덩이를 데우는 아궁이에 불을 지필라 치면 며칠씩 말없이 사라지던 놈이 귀신같이 찾아오곤 했던 것이다. 귀랑이 진흙 안마 그 자체를 즐기는 것인지, 아니면 잿밥(?)에 관심이 있는 것인지는 모를 일이었다.

어느 쪽이든 영물이라 한들 짐승에 지나지 않은 녀석에게는 별난 취미임은 분명했다.

'변태 똥개……'

의심스러운 눈초리를 흘리며 세영검을 등에 꽂아 넣을 때 뭔가가 진의 발치로 툭 떨어져 내렸다.

권총이다.

집어 들고 이리저리 조준해 보는 진. 오랜만의 싸늘한 감촉이 반갑기 그지없었다. 모를 자신감도 솟구쳐 올랐다. 예나 지금이나 칼 한 자루와 권총 한 자루면 세상에 무서울 것이 없다는 느낌은 여전했던 게다.

진은 만족한 표정으로 행장을 풀어 권총을 쑤셔 박았다. 다음 순간 느닷없이 내달리기 시작하는 진이다.

"늦은 놈이 대가리 박기!"

긴 휘파람 소리와 함께 가방을 짊어진 귀랑과 경공을 전개한 진이 산 중턱의 벼랑에서 사라졌다.

산 밑까지 단숨에 내려온 진은 가쁜 숨을 몰아쉬었다.

진은 졌지만 머리는 박지 않았다. 생각해 보니 전적으로 직립 보행을 하는 자신이 불리한 불평등 조건이었다는 어림없는 핑계를 들이댄 것이다. 귀랑은 고개를 절레절레 흔드는 것으로 괴팍한 동족의 어거지를 받아들였다.

“귀랑, 중공산에서 만나자. 물건 잘 지켜야 한다.”

귀랑이 고개를 갸웃거리며 말에 올라탄 진을 쳐다보았다.

귀랑은 나름대로 궁금증을 표현하는 것이었으나 말의 입장에서는 다른 상황일 수밖에 없는 노릇이었다. 눈높이가 평행선을 이루는 거대한 늑대가 눈앞에서 고개를 갸웃거린다면 무슨 생각이 들겠느냔 말이다.

요놈을 찜 쪄 먹을까, 튀겨 먹을까? 아니면 그냥 생으로……

말이 게거품을 물며 구슬프게 울어댔다.

“눈 깔아, 새끼야! 말이 놀라잖아, 인마!”

귀랑은 시무룩해져 저만치 물러섰다.

“먼저 가서 기다려라. 금방 따라갈 테니까. 알았나?”

귀랑은 그제야 고개를 끄덕이며 중공산 쪽으로 몸을 돌려 달리기 시작했다. 금세 귀랑은 진의 시야에서 사라졌다.

“이랴!”

진도 말을 몰아 멀리 보이는 마을을 향해 달려가기 시작했다.

저만치 달려가다 불현듯 멈춰서 진의 뒷모습을 바라보는 귀랑.

뭔가 찜찜한 구석이 있는 듯 귀랑의 이색안에 언뜻 수심이 스쳐 갔다.

그러나 제 몸 하나 정도는 지킬 수 있을 만큼 성장한 동족이다. 고개를 갸웃하는 것으로 노파심을 털고 재차 걸음을 재촉하는 귀랑이었다.

‘이곳은 변한 것이 전혀 없구나.’

춘연곡은 여전히 작고 시끄러운 마을이었다. 진은 말에서 내려 기억 속의 화빈로와 대조하며 천천히 거닐었다.

이곳에서 있었던 일들, 짧은 기간이었지만 뜻하지 않은 고초를 치르고 또 그 덕에 좋은 사람들도 만날 수 있었다.

'잘들 계시겠지.'

그때다.

"나으리이이~"

느닷없이 터져 나온 비명에 가까운 절규.

진과 불과 오 장여 앞 몇몇의 사내와 아낙이 모여 있는 곳에서 비롯된 여인의 음색이었다.

"나리, 이것은 오늘 하루 종일 번 돈입니다. 이 돈을 가져가시면 병든 제 아이는 오늘 죽습니다. 제발 오늘 하루만 봐주십시오, 나리."

산나물이며 땔감 등을 시장의 한 귀퉁이에서 펼쳐 놓고 있는 아낙이 둘러싼 사내들의 바짓가랑이를 잡고 통사정을 하고 있었다.

참으로 지극한 모정. 아낙 또한 병환이 얕지 않아 보이건만 병든 아이를 위해 단 몇 푼이라도 벌어보려 좌판을 벌인 모양이었다.

그러나 이 아름답고 순수한 모정에 세상 사람 모두가 찬사를 보내는 것은 아닌 모양이었다.

"이 독한 년! 이거 안 놔. 이봐, 아줌마. 아줌마 딸내미는 이미 죽은 목숨이야. 시체한테 바칠 돈을 우리 춘연상단이 시장을 보호하는 좋은 일에 쓰겠다는데 웬 잔말이 많아?"

필사적으로 붙들고 늘어지는 아낙을 거칠게 걷어차 버리는 사내. 난세라 하나 보아 넘기기에는 실로 목불인견(目不忍見)의 세태라 하지 않을 수 없었다.

그러나 누구 하나 나서는 이가 없었다. 마을의 협사였던 장공백이 항주 표행길에 나서 객사한 이후 일개 파락호들에 지나지 않았던 춘연파는 기다렸다는 듯이 춘연상단으로 개명하고 세를 더욱 불리기 시작했다. 치안을 책임져야 할 관은 유명무실인 지 오래. 제 세상을 만난 듯 휘젓고 다니는 춘연상단의 횡포는 어제 오늘의 일이 아니었다. 괜스레 나서 봐야 시체 한 구를 보태주는 일밖에는 되지 않으니 이들을 탓할 수만도 없는 일이었다.

"내 딸은 약 한 첩이면 살 수 있다, 이놈들아! 내 돈 내놔라! 차라리 날 죽이고 가져가라, 이 도적놈들아!"

비쩍 마른 몸 어디에서 그런 힘이 나오는지 아낙은 떨쳐 내려는 발길질에도 아랑곳하지 않고 필사적으로 매달렸다.

"팽 행수, 죽이고 가져가라는뎁쇼?"

바짓가랑이를 붙들린 사내가 혼자만 유독 저만치 떨어져 교자를 빨고 있던 팽 행수란 사내에게 물었다.

"그렇대잖냐. 그럼 그렇게 해드려야지."

좌판을 뒤집어엎고 있던 잔인한 인상의 사내가 비릿한 미소를 지었다. 그의 손에는 이미 허연 날을 번뜩이는 시도가 들려 있었다.

"뻣뻣한 늙은이라 두어 번 썰어야 동강 나겄는디유."

아낙은 눈물이 범벅이 된 눈을 꼭 감아버리면서도 붙든 다리는 놓아주지 않았다. 이들에게 반항을 하는 순간부터 목숨은 이미 버리기로 작정한 모양이었다.

"금방 끝날 거여유. 가만히 있어유. 가끔 미친 돼아지 시끼들도 꿈틀대기는 하는디, 그러면 아무리 신경 써도 비켜 맞게 돼 있구먼유. 그렇게 되면 비명을 질러대기 시작하구먼유. 꾸이익, 꾸이익, 하고 말이

어유."

진지한 어조에 실감나는 돼지 멱따는 소리에 모골이 송연해질 지경. 아낙의 눈에서도 비로소 공포가 피어올랐다.

한참을 돼지 비명 소리를 흉내 내던 사내가 다시 차분한 어조로 말했다.

"좆나게 아픈가 비어유. 잠깐 따끔하고 말 것이어유. 그러니께 쬐끔만 참아봐유."

손바닥에 침을 뱉어 말아 쥐고 칼을 치켜드는 사내. 말과는 달리 그의 눈에는 동정과 연민 따위라고는 찾아볼 수 없었다. 오직 살업의 쾌락만이 번들거릴 뿐.

춘연파에 몸을 담기 전에는 백정이었던 소광견, 그에게 있어서 돼지나 사람이나 발라내야 할 고깃덩어리이긴 매한가지일 뿐이었다. 손속이 잔인하기 이를 데가 없어 가끔 말 안 듣는 상인들에게 본보기를 보여주는 데에는 그만인 인물인 것이다. 오죽하면 이름마저 미친개[狂犬]일까?

이윽고 벼락같이 떨어져 내리는 칼. 화빈로의 상인들은 차마 보지 못하고 고개를 돌려 버렸다.

그렇기에 그들은 보지 못했다. 작은 돌멩이 하나가 날아들어 소광견의 목 뒤를 강타했다는 사실을, 그래서 칼이 아낙에게 떨어지기도 전에 소광견의 몸은 얼어붙듯 굳어버렸다는 사실을.

다른 두 사내들은 칼을 멈춘 소광견을 보며 의아해했다.

이 미친 자식이 그새 사람 됐나? 대충 그런 표정이다.

"형님 많이 약해지셨네. 이 칠두호가 춘연파의 법도를 가감없이 보여주지요."

아직까지 다리를 붙들리고 있던 칠두호가 아낙의 머리채를 잡고는 손에 들린 시도를 치켜들었다. 서슬 퍼런 시도가 아낙의 목을 동강 낸다고 생각되는 순간, 칠두호 역시 부르르 떨더니 굳어져 버렸다.

숨 죽이고 있던 화빈로의 행인들이 웅성거리기 시작했다.

이번에는 누군가 본 모양이다. 날아가는 것은 보지 못했을 터이지만 칠두호의 가슴팍에서 먼지가 피어오름과 동시에 작은 돌멩이 하나가 떨어져 내리는 것을 보기란 어렵지 않았다.

시종일관 거드름을 피우던 팽 행수의 얼굴이 당혹감에 일그러졌다. 눈알만 뒤룩뒤룩 굴리고 있는 칠두호 뒤에 숨는 듯하더니 잽싸게 겁에 질려 있는 아낙의 목에 칼을 가져다 대는 팽 행수. 비열하기 짝이 없는 작태이나, 이자는 삶 자체가 이런 식인 자였다.

"어느 놈이 감히 본 파의 행사를 막는 것이냐!?"

"나다, 인마."

비아냥조의 중성적인 음성에 일순 사내는 물론 화빈로의 모든 시선이 말고삐를 쥐고 초립인에게 향했다.

볼품없는 싸구려 몽고마의 고삐를 쥐고 있는 인물, 진이다.

음성의 주인이 진임을 확인하자 사방에서 숨죽인 한숨이 터져 나왔다.

헐렁한 마의을 입고 얼굴을 가렸으나 그 안의 골격마저 숨겨지는 것은 아니다. 진은 어느 누가 보기에도 물색 모르는 철부지 아가씨로 보일 것이었다.

'무슨 꼴을 당하려고.'

화빈로의 행인들이 동시에 품은 생각이었다.

외지인이 들어와 가진 돈과 물품을 모두 털리고 쥐도 새도 모르게 사라져 버린 사건은 이제 춘연곡에서 새삼스러운 일이 아니었다. 더군다나 여인의 몸이라면 생각하기조차 무서운 일을 당하고야 말 것이었다. 왔는지 모르게 왔다가 가는지 모르게 사라지는 것이 만수무강에 이로운 일이거늘 저리 대놓고 대항을 했으니.

화빈로의 상인들과 행인들은 이번에도 나서지 못하고 안타까운 눈으로 진을 일별할 뿐이었다.

이들의 걱정을 아는지 모르는지 진은 다시 싸늘한 음성을 뱉어냈다.

"오랜만이야. 칠 년이 지났지 아마? 그때는 이름도 못 물어봤는데 오늘 인연이 닿아 결초보은(結草報恩)할 수 있겠군."

팽 행수의 성근 눈썹이 당장에 역팔자를 그렸다.

"결… 뭐? 내 앞에서 문자를 쓰네? 이년이 감히 내가 누군지 알고."

"그러게. 네가 누구냐고? 이름을 모른다니까 그러네."

"아참, 그렇다 했지. 험험! 본좌는 춘연상단의 팽.가.호. 행수님이시다. 네년이 비록 어리고 철이 없어 그랬다지만 이 팽 행수님을 능멸하고 그것도 모자라 문자 나부랭이를 지껄인 이상……"

지엄한 춘연상단의 법도를 늘어놓으려는 팽가호는 말을 이어나갈 수 없었다. 진은 팽가호의 말을 듣는 둥 마는 둥 전낭을 풀어 아낙의 손에 쥐어주고 있었기 때문이다.

"따님 약 짓는 데에는 충분할 것이외다."

아낙은 이게 대체 무슨 일인가 싶어 어리둥절한 표정으로 진을 올려다보았다.

"걱정 마쇼. 난 방금 전 용돈 줄 녀석들을 만났으니까. 얼른 가보슈."

아낙은 진에게 넙죽 인사를 하고 고개를 갸웃거리며 약방을 향해 달려갔다.

“돈이 많은 모양인데…….”

나도 본래 이렇게 착한 놈이다, 라는 만족감에 아낙의 뒷모습을 흐뭇하게 지켜보고 있던 진이 팽가호에게 번뜩 고개를 돌렸다.

“아! 이름이 뭐라고?”

“거, 처음 말할 때 잘 들어야지. 본좌는 춘연상단 행수 직을 맡고 있는 팽가…….”

“맞다! 팽가호. 어디서 들어봤다 했더니 옆집 개새끼 이름하고 똑같네?”

순식간에 화빈로에 지독한 침묵이 퍼져 갔다. 만두가게 런씨는 자신의 손가락을 벤 줄도 모르고 멍하게 진을 바라보고 있을 지경이었다.

팽가호는 쓰러질 듯 휘청댔다. 굉장히 어지러운 모양이었다.

이내 칼을 굳게 쥐는 팽가호. 표정만으로는 진을 백팔 등분해 고수레할 판이었다.

“나 모르겠어?”

씩씩대며 다가오는 팽가호를 향해 초립을 살짝 들어올려 자신의 얼굴을 보여주는 진이다.

“엉? 네년은…….”

팽가호가 머리가 좋아서 훌쩍 자란 진을 알아본 것은 아니었다.

팽가호의 우매한 머리 속에서도 강렬하게 자리잡고 있는 진의 자독안 때문에 그의 기억의 범주에서 한참을 벗어난 오래전 일을 기억하고 있었던 것이다.

“오라. 너, 이년! 잘 만났다. 기루에서 도둑질해서 쫓겨났다는 그년이구나. 고년 참 맛나게도 컸구나. 흐흐흐.”

순식간에 노기는 사라지고 팽가호의 눈에는 음탕한 육욕만이 번들거렸다. 팽가호는 위아래로 진의 몸을 훑어내렸다.

부르르르르.

굳게 쥔 진의 주먹이 사시나무 떨리듯 떨리기 시작했다. 그저 몸을 훑어내리는 눈길을 던졌다는 사소한 행동 하나가 자신의 운명을 더욱 가혹한 방향으로 결정지었다는 사실을 팽가호는 알 수 없었다.

진에게 다가서던 팽가호는 걸음을 멈추어야 했다. 의지와는 상관없이 본능이 지시한 행동이었다.

더 가면 큰일난다.

하지만 큰일은 이미 발생했다는 사실까지는 팽가호는 알아차리지 못하고 있었다.

"뭐, 뭐야?"

픽!

바로 눈앞에서 진이 사라졌다.

잘못되어도 뭐가 크게 잘못되었음을 그제야 깨닫는 팽가호다. 사라진 진을 찾아보려 했으나 팽가호는 그 뜻을 이룰 수 없었다. 남의 몸인 양 사지를 꼼짝할 수 없었던 것이다.

이때 등 뒤에서 목소리가 들려왔다.

"말해 줄 게 있는데, 칠 년 전에도 난 남자였고 지금도 그래. 이 빌어먹을 자식아."

"나, 남자?"

당시 천하제일루의 루주 미운은 이 사실을 알리지 않았다. 그때나 지금이나 팽가호는 잘잘못을 따지고 말고 할 종류의 인간이 아닌 것이다.

"그러니 그때 내 마음이 어땠겠냐? 아직도 네 눈빛을 잊을 수가 없다. 마음 같아서는 그 눈을 당장 뽑아버리고 싶지만, 그러면 찢어져 너

덜거리는 네 똥구멍을 보지 못할 테지?"

팽가호의 눈은 순식간에 공포로 물들었다.

"또, 똥구멍을 왜……."

"아! 그거? 바로 알게 될 테니까 궁금해할 필요는 없어."

푹!

"헙!"

실로 어마어마한 고통. 항문에서 시작된 생살이 찢기는 듯한 통증이 온몸으로 퍼져 나갔다.

푸욱!

"크어업!"

푸우욱!

"으아아악!"

"거, 더럽게 시끄럽네."

진은 팽가호의 아혈까지 점해 버렸다.

다시 두 번에 걸친 똥침으로 팽가호는 게거품을 물기 시작했다.

이때 진은 옆에 서서 하는 양을 호기심 어린 눈길로 물끄러미 쳐다보고 있는 아이를 발견했다.

"너도 해볼래?"

아이는 어른들 뒤로 날름 숨어버리더니 빠끔히 얼굴을 내밀고는 고개를 가로저었다.

"재미있는데……."

다시 검결지를 모아 팽가호의 엉덩이를 향해 돌진하려는 순간, 조금 전 그 아이가 기다란 쇠꼬챙이를 손에 든 채 진의 옷깃을 잡았다.

하지 않겠다는 게 아니라 더러우니까 이걸로 하겠다는 모양이었다.

먼저 점혈을 당해 꼼짝없이 처음부터 지켜봐야 했던 칠두호와 소광견의 얼굴은 다양한 공포의 표정으로 점철되기 시작했다. 팽가호가 한 번씩 똥침을 당할 적마다 그 고통이 자신들에게도 전해지는 것만 같았다.

마침내 아이의 손에 팽가호를 맡기고 자신들을 향해 걸어오는 흑초립의 악마.

초립 밑으로 슬쩍 걸린 잔인한 미소와 더불어 자신들로 향하는 보보가 옮겨질 때마다 그들은 심장이 오그라드는 공포를 느껴야 했다.

사내아이가 기성을 지르며 꼬챙이를 세워 팽가호의 선혈이 낭자한 엉덩이를 향해 돌진하고 있는 장면을 목도한 한 칠두홍은 선 채로 기절을 해버리고 말았다.

마침내 지척에 이른 진의 한마디.

"너도 슬슬 준비해야지."

소광견도 기절해야 했다.

언제나 사람들의 흥정으로 번잡하던 화빈로가 오늘은 유독 춘연상단의 세 사내가 질러대는 비명만 길게 이어지고 있었다.

잠시 후, 진의 앞에는 강호 괴담에나 나올 법한 괴물 셋이 무릎을 다소곳이 꿇고 앉아 있었다.

이들은 앞으로 기저귀를 차고 다녀야 한다. 진의 검결지와 아이의 쇠꼬챙이는 이들의 괄약근을 갈래갈래 찢어놓았기 때문에 제 역할을 하지 못할 것이기 때문이다. 그것도 모자라 진은 본바탕을 알아볼 수 없을 정도로 흠씬 두들겨 패놓기까지 했다.

이건 새사람 만들어보겠다는 정신 교육의 차원이라기보다 차마 죽이진 못하겠고 그 비슷한 지경으로 만들어놓겠다는 의지의 반영에 가까웠다. 그러나 진은 아직도 멀었다고 생각하고 있는 모양이었다.

"인생을 왜 그렇게 사실까들. 사지 멀쩡한 놈들이 하루 벌어 하루 사는 사람들이나 등쳐 먹고 말이야."

"마쓰미다(맞습니다). 지다하시 마쓰닙니다(지당하신 말씀이십니다)!"

사내들은 항문에서 밀려오는 엄청난 고통에도 불구하고 있는 힘껏 대답을 해야 했다. 또다시 맞는다면 정말 죽을 것 같다는 공포심의 발로였다.

"어쭈, 넌 왜 조용해!"

특히 많이 맞았고, 가장 극심한 괄약근 파열을 당한 데다 입 안이 다 터져 말조차 할 수 없었던 팽가호를 진은 다시 두들겨 패기 시작했다.

잠시 후, 팽가호는 강시가 되어 있었다.

그 모습을 여과없이 지켜본 칠두홍과 소광견은 무릎 꿇은 자세를 더욱 바르게 하고 허리를 곧추세웠다.

"아버버(잘못했습니다). 버버버(살려주십시오)."

그나마 새는 발음도 놀리지 못할 정도로 터진 팽가호는 아버버라도 하지 않으면 정말 죽을 수도 있을 것 같다는 삶의 애착이 그를 더욱 처량하게 했다.

어떻게든 살아야 했다. 그래야 복수든 뭐든 해볼 것이 아닌가.

"그래, 그래야지. 앞으로 내가 춘연곡에 다시 올지는 나도 몰라. 그런데 춘연곡 주민들이 요새 살기가 무지하게 힘들더라 하는 말이 아련히 내 귀에 들려오면 시간이 많은 내가 반드시 이곳에 들를 거야. 그리고 왜 살기가 힘든지는 귀찮아서 물어보지 않을 것이고, 너희 세 놈들을 찾아 오늘보다 한 단계 더 올려 교육을 시키고 또다시 그런 소리가 나온다면 한 단계 더. 무슨 소린 줄 알겠냐?"

즉, 춘연곡에서 불미스러운 일이 생기면 불문곡직하고 세 사내를 잡아다 놓고 괄약근 파열과 구타를 실시하겠다는 의미였다.

이 어찌 억울한 일이 아니겠는가.

"하, 하디만 우디가 한 이리 아니믄(하지만 우리가 한 일이 아니면)……."

"아~직 멀었다, 멀었어."

안 되면 되게 하라는 군인 특유의 비이성적인 사고방식이 잔재해 있던 진에게 팽가호 일행의 당연한 반추는 있을 수 없는 도발 행위였다.

진은 잘못했다고 빌어대는 남은 두 사내도 흠씬 두들겨 패 팽가호 못지않은 강시로 만들어놓았다. 그간의 패악을 놓고 보더라도 이제는 오히려 팽가호들이 측은할 지경이었다.

"위치로."

시체처럼 바닥에 뒹굴던 사내들은 진짜 강시처럼 벌떡 일어나더니 진 앞에 각을 세워 '무릎 앉아' 자세를 취했다.

"잘할 수 있지?"

"어버!!"

뜻 모를 우렁찬 함성 소리가 세 사내의 입에서 튀어나왔다.

그때 진의 등 뒤에서 상인으로 보이는 노인이 걸어 나왔다. 잔뜩 긴장한 모습이 진에게 겁을 집어먹은 듯했다.

"저어, 대, 대협. 그만 하시는 게……. 이들을 이리 해놓으시면 춘연 상단의 닦달에 우리 시장 상인들은 여기서 장사를 하지 못하게 됩니다. 호의는 감사하오나 뒷일을 우리가 감당하지 못합니다. 부디 헤아려 주십시오."

"……."

시장은 현찰이 도는 곳이다. 돈이 도는 곳에는 돈 냄새를 맡은 이런 시정잡배나 파락호 같은 무리들이 생기기 마련이다. 시장의 상인들은 이런 자들이 세를 적게 걷어가기만을 바랄 뿐이지 어떤 종류의 무리가 들어서는지에 대해서는 관심이 없었다.

춘연상단의 횡포가 날이 갈수록 극심해지긴 했지만 그래도 다른 마을에 비하면 사정이 나은 편이었다. 그런데 이들을 이리 다그쳐 물러나게 한다면 더 지독한 놈들이 시장을 치고 들어올 수도 있는 일이었다. 난세를 살아가는 상인들에게 변화란 오히려 두려운 것일지도 모르는 일이었다.

진도 그 점이 저어되어 세 사내를 이리 심하게 닦달한 것이었지만, 어찌 되었든 이들에게는 삶이고 자신은 관망자라는 현실은 달라지지 않을 사실이었다.

일은 이미 벌여놓았으니 남은 방법은 모조리 잡아다 정신 교육을 시켜 화빈로의 수호천사로 만들어놓는 것뿐일 터였다.

"생각해 둔 바가 있으니 제게 맡겨주시지요."

어설프게 건드려 놓으면 악만 심어줄 따름이다. 한 번 손을 대면 아주 철저하게, 빈틈없이 꼭꼭 밟아주어야 한다.

진의 입가에 희미하지만 잔인한 미소가 걸렸다.

"대, 대협께서 그러시다면야……."

나섰던 노인은 진의 주위에서 발산되는 음산한 기운에 저도 모르게 움찔움찔 뒤로 물러섰다.

"어이, 너희 셋!"

강시 같은 세 사내의 입에서 다시 우렁찬 기합성이 튀어나왔다.

"아버버버버(하명하시지요)!"

"네놈들의 두목이 있는 곳으로 안내해."

"……!"

세 사내는 서로를 바라보며 움찔대고 있었다. 워낙에 망가진 얼굴 탓에 알아보기는 힘들지만 낭패한 기색인 것은 틀림없었다.

"더 때려놓고 다시 묻는 방법도 있다."

"아버버. 아버버버(아닙니다. 제가 모시겠습니다)."

세 사내의 얼굴이 다시 움찔댄다. 역시 알아차리기 힘들지만 기대와 불안이 섞인 표정의 변화였다.

복수를 할 수 있다는 기대요, 과연 두목이 이 악마를 감당할 수 있을까 하는 불안감이었다.

포승줄에 줄줄이 엮인 세 사내의 안내에 따라 진은 말을 타고 그들의 뒤를 따라갔다.

제9장

신검 영호성 2

마을을 벗어나 한참을 걷자 얕은 둔덕 위로 널찍한 공터가 드러났다. 세 사내는 서로를 쳐다보며 고개를 끄덕이더니 각자 다른 방향으로 내달아나기 시작했다.

비웃음을 날리는 진. 사지 멀쩡해도 불가능한 일이거늘, 불구에 가까운 타격을 받은 그들로서는 도주란 불가능한 일이었다. 진은 굴레를 차고 팽가호가 달아난 방향으로 도약해 나갔다.

피융!

파공성과 함께 제법 기운 센 공기압이 뒤통수로 밀려온다. 진은 팽가호를 낚아채는 것을 포기하고 몸을 비틀어 착지해 내렸다.

"대화 따위는 필요없다?"

공터에 이르기 전에 이미 감지한 조잡한 살기였다. 아마도 어딘가 숨어 지켜보던 한 명이 화빈로에서 일어난 일을 무리들에게 알린 모양이다.

그저 하는 짓을 두고 본 것인데, 비겁하게 뒤에서 암기까지 날리고 있는 것이다.

"좋은 자세들이다!"

피차 쓸데없이 너는 누구네, 나는 누구네 하며 말을 섞는 것 자체가 피곤한 일이었다. 맞을 놈은 얼른 맞고, 터질 놈은 각설하고 터지면 된다는 것이 진의 인생관이었다.

슈슈슈슉!

암기와 비도, 심지어 화살까지 수풀 속에서 날아들었다. 수는 많으나 위협과는 거리가 있는 조잡한 솜씨들이다. 단 한 번의 도약으로 모든 수를 무위로 만드는 진. 생각했던 것보다 더 오합지졸임에 진의 표정은 시종일관 여유롭기만 했다.

그 순간!

두근!

언뜻 스쳐 지나가는 서늘한 느낌.

'뭐……?'

본능적으로 일어나는 옥녀심공과 태양공. 음양의 조화는 누구도 눈치채지 못하게 사방으로 퍼져 나가기 시작했다.

'이자들은 아니다.'

조잡한 살기를 흘리고 있는 수십의 기운이 심장의 박동을 키웠을 리 없었다. 그들을 지나쳐 의심스러운 부분으로 손길을 내뻗는 음양의 기운.

'잡았다!'

확실한 실체라기엔 미심쩍지만 뭔가가 있다는 것은 분명했다. 이 정도로 존재를 은폐할 수 있는 자라면 결코 민초빈의 아래가 아니다.

'고수!'

경솔했다. 그저 파락호에 지나지 않을 것이라 생각하고 무작정 따라나선 것은 실수였다.

그때 수풀 사이를 헤치고 한 무리가 나타났다. 무리를 가르며 나서는 기도가 삭막한 덩치 큰 사내. 춘연파의 우두머리인 구처량이었다.

"어린년이 제법 재주가 있구나."

팽가호는 구처량의 뒤에 숨어 있다가 화들짝 놀라 구처량의 귀에 입을 가져다 대고 속삭였다.

"……."

차츰 심각한 표정으로 굳어지는 구처량. 얼굴이 일그러지는가 싶더니 슬슬 분노의 기색이, 급기야 느닷없이 팽가호를 두들겨 패기 시작했다.

"이 새끼가 미쳤나? 너 오늘 죽어봐라!"

기실 팽가호가 하려던 말은 진이 여자가 아닐뿐더러 무시무시한 고수다라는 것이었다.

하지만 그것은 팽가호의 바람과 의지였을 뿐, 구타로 인한 구강 구조의 파괴로 그의 입에서 새어 나오는 것이라고는 따스한 입김뿐이었던 것이다.

계집에게 두들겨 맞고 온 한심한 녀석이 귀에 입김을 불어넣는 해괴망측한 짓거리를 한 셈이니 분명한 이성애자인 구처량으로서는 참을 수 없는 일이었던 것이다.

몰매를 맞고 게거품을 뿜어대며 꿈틀대는 팽가호를 일별하고 만족해하는 구처량이다. 이리도 잔혹한 장면을 보았으니 아무리 담이 큰 계집이라 한들 위축되지 않을 수 없으리.

그러나 진의 시선은 처음부터 구처량에 가 있지 않았다.

미세하게 잡혔던 고수의 흔적은 사라져 버렸다. 오감에 있어서만큼은 민초빈에 필적할 만한 능력을 가진 진이다. 어찌 그런 일이 가능한 것인지는 자신도 모르지만 어찌 되었든 진의 감각에서 이만큼이나 기척을 갈무리할 수 있는 자가 있다는 것은 바람직한 현상은 아니었다.

'어디 있느냐, 어디.'

미동도 하지 않고 숫제 눈까지 감아버리는 진. 감각의 영역에서 자취를 감춰 버린 고수를 찾아내기 위함이었다.

"흐흐흐, 이제야 분위기 파악이 되나 보구나. 하나, 이 아저씨가 그렇게 무서운 사람은 아니다. 네 향후 행동거지에 따라서 이 혈마도 구처량이 아량을 베풀 수도 있을 터."

구처량이 보기에는 겁을 집어먹고 온몸이 굳어버린 것으로 보였던 모양이다. 당연히 진의 대답은 없었다.

"선 채로 기절을 했나?"

구처량이 고개를 갸웃거리며 진에게 다가섰다.

번쩍!

뜨여진 진의 자녹안은 활화산처럼 이글거리고 있었다. 파락호 무리라 하나 잔재주 하나 없이 무리의 두목이 된 것은 아닌 구처량이다. 초립에 가려 얼굴은 볼 수 없지만 일변한 진의 기세를 느끼지 못할 정도로 어눌한 자는 아니라는 의미다.

"이, 이년이! 얘들아, 쳐라!"

구처량의 말이 떨어지기가 무섭게 그의 수하들이 달려들었다. 제법 사나운 기세지만 짜임새라고는 찾아볼 수도 없는 오합지졸들. 그러나 진은 손에 사정을 두지 않기로 이미 마음먹은 상태였다.

'나오기 싫다면 내가 간다!'

사라져 버린 고수는 결국 찾지 못했다. 이 고수야말로 이 무리들의 진정한 실세일 터. 수하들을 베어버린다면 제까짓 게 안 나타나고 배기겠냐는 생각이었다.

목검에 불과하나 실린 진기마저 무딘 것은 아니다. 단 일 격에 두 명의 춘연파 사내가 가슴이 패어지며 나뒹굴었다. 사정을 두지 않았으니 당분간 남의 수발 신세를 면치 못할 것이었다.

다시 뻗어나가는 검격!

한 사내가 수수깡처럼 꺾여 버린 손목을 부여잡고 비명을 지르며 쓰러진다.

과연 오합지졸이라. 동료 셋이 쓰러지자 겁을 집어먹고 주춤주춤 물러서기 시작하는 춘연파의 무리들이다.

"이, 이 새끼들아! 싸워, 싸우란 말이다! 계집일 따름이다. 춘연상단의 위엄을 보이란 말이다!"

구처량이 사내 몇의 뒷덜미를 잡고 밀어붙였지만 이미 진의 신위에 주눅이 들어버린 춘연파의 무리들은 좀처럼 나서려 하질 않았다.

진의 목검이 구처량에게 겨눠졌다. 사색이 되는 구처량.

'저자를 벤다.'

행세를 하는 것을 보니 부두목쯤 되는 자일 터.

구처량을 쓰러뜨리면 숨은 고수가 나설 것이라 생각하는 진이다.

진의 신형이 구처량에게 쇄도해 나가는가 싶더니 어느새 경쾌한 검격이 구처량의 목을 향해 짓쳐들었다.

구처량은 다급히 도를 들어 틀어막았으나 기세는 손실없이 이어졌다. 진의 목검은 구처량의 도신을 가볍게 부러뜨리고 그 기세 그대로 목을 갈라갈 따름이었다.

텅!

느닷없이 울리는 뭉툭한 목탁음.

살려달란 말도 하지 못한 채 이대로 죽어야 한다는 공포에 두 눈을 질끈 감아버린 구처량은 한참을 지나도 아무런 고통이 느껴지지 않자 슬머시 눈을 떠보았다.

눈앞에는 매서운 눈빛의 계집이 손목을 부여잡고 어딘가를 노려보고 있었다. 초립은 격한 몸놀림 끝에 벗겨져 있었고 곱게 빗어 올린 머리는 어느새 산발이다. 초립에 가려져 있다가 비로소 드러난 용모.

왠지 모를 중성적인 분위기가 괴상하지만 남자라면 천하의 화화공자요, 여인이라면 천하절색이라. 성난 표정과 당황한 표정이 어우러져 더욱 빛을 발하는 매력이 아닐 수 없었다.

'내가 지금 무슨 생각을······.'

한참을 멍하게 진을 바라보던 구처량은 비로소 자신의 처지를 인식하며 정신을 번쩍 차렸다. 목이 달아날 판국에 무슨 얼어죽을 절색 타령이란 말인가.

구처량은 몸 구석구석을 눈으로 확인하고 목을 만져 보고서야 아직 달아난 신체 부위가 없다는 사실을 확인하고 안도의 한숨을 내쉬었다.

그러나 아직은 안심할 수 없는 노릇이었다. 구처량은 눈치를 보며 슬금슬금 몸을 빼기 시작했다.

그때였다.

"멈춰라!"

가슴이 내려앉을 것 같은 태산 같은 사자후. 구처량을 포함한 춘연파의 사내들이 술 취한 마냥 바닥에 뒹굴기 시작했다. 그들은 감당할 수 없는 무지막지한 기파가 담긴 음공이었던 것이다.

진의 안색은 더욱 어두워졌다.

아무것도 느끼지 못했다. 무엇이, 언제, 어디서 날아와 목검을 떨궈 버렸는지 전혀 알아채지 못했단 말이다. 목검에 튕겨 바닥에 떨어지고 나서야 그것이 작은 돌멩이일 따름이라는 것을 알았을 때의 충격이 채 가시지도 않은 상태다.

'이번에는 이기전성인가……'

음파에 공력을 실어 보내는 절기. 음공만으로 상해를 입힐 수 있는 경지다.

생각했던 것보다 몇 배는 강한 자. 진은 등을 더듬어 세영검을 빼 들었다.

이제부터는 목숨이 담보인 진짜 싸움이다.

"나와!"

진도 내공을 실어 일갈하자 이미 사자후에 심맥이 뒤틀린 춘연파의 사내들은 정신을 놓아버리기에 이르렀다.

"허허허, 어린아이의 공부가 상상을 뛰어넘는구나."

십여 장 떨어져 있는 아름드리 나무 위에서 하나의 인영이 불쑥 숏 아오르더니 이내 계단을 내려오듯 서서히 내려오고 있었다.

'능공답보(能空踏步)라……'

허공에 몸을 띄우는 초상승의 신법이 능공답보다.

사부인 민초빈조차 미치지 못하는, 공아숙 또한 저리 표효하며 고요 하지는 않을 것이었다.

마침내 지면에 고요히 착지한 인물. 온통 새하얀 눈썹 안에 깊이를 헤아릴 수 없는 혜안이 자리한 노인이다. 무엇보다 진을 긴장시키는 것은 눈앞에 두고도 당최 기도를 읽을 수 없다는 점이었다.

'니기미.'

저 정도라면 민초빈을 넘어서 공야숙에 근접한 자. 지금의 진으로서는 결코 넘을 수 없는 산인 셈이다.

파락호의 우두머리 따위가 저 정도라면 이놈의 중국 땅에는 대체 얼마나 많은 고수가 숨어 있다는 것일까. 저런 자들을 넘어서려면 얼마나 많은 수련이 필요할까.

복수와 역사의 정립이라는 거창한 목표 아래 무공을 익혔지만 언젠가부터는 사부들의 무위를 넘어서는 것이, 그리고 이제는 무(武) 그 자체가 목표가 되어버렸다.

그러나 갈 길은 멀고도 멀었다.

'계속 갈 수나 있을런지…….'

당면한 강력한 적. 쓰러질지언정 포기할 수는 없다.

꽉 깨문 진의 입술에서 피가 스며 나왔다.

"산이라 한들 넘어선다!"

강한 의지를 담은 일갈. 곧추 잡은 세영검이 호응하듯 부르르 떨어댔다.

그러나 진의 장렬한 마음가짐과는 전혀 딴판인 이가 있으니 바로 장내에 나타난 노인이었다.

노인이 진의 머리 속을 들여다본다면 기가 찰 것이다. 천하제일인이라 칭송받는 그를 시정잡배 파락호 따위들과 견주고 있다니.

영호성은 춘연곡의 주루에서 술잔을 홀짝이며 시간을 죽이고 있었다.

그때 시장에서 일단의 소요가 일어났다.

목불인견의 세태라. 춘연파의 행패를 보다 못한 영호성이 나서려는 찰나, 먼저 나서는 이가 있었으니 바로 영호성의 호기심을 자극했던 그 아이였다. 영호성은 곧바로 몸을 숨기고 진이 춘연파의 조무래기들을 혼내주는 것을 신나게 구경했다.

거기에 그치지 않고 곤죽을 만들어놓은 녀석들을 이끌고 본거지로 향하니 또 지난번의 그 교육을 볼 수 있을까 싶어 따라나선 것이었다.

아이의 무공이 범상치 않다는 것을 모르지 않는 바, 나름대로 기척을 죽이고 뒤를 밟아 이곳에 이르러 멀리서 느긋하게 지켜보고 있는 와중이었다.

한데 이게 웬일. 아이는 모든 면에서 지난번의 도적패들보다 훨씬 위험하지 않은 자들에게 살기를 내뿜기 시작했다. 행실이 문제가 많다 하나 범부에 가까운 자들. 유명무실한 국법이라 하나 한 번 무너지면 걷잡을 수 없이 혼탁해지고 마는 국법일지니, 가뜩이나 어지러운 세상임에 한 사람의 자의적인 판단으로 죄와 징벌이 결정되어 법도가 흐려지는 상황을 더는 두고 볼 수 없어 나선 것이었다.

"구들장에 허리나 지지고 있을 것이지 노인네가 날도 험한데 웬 나들이신가?"

말은 이리 해놓았지만 긴장한 기색이 역력한 진이다.

아무리 뒤져 봐도 틈이란 게 없단 말이다. 공야숙에 근접하거나 어쩌면 뛰어넘는 괴물임이 틀림없었다.

공야숙?

언감생심이다. 무공을 익힐수록 공야숙이 얼마나 대단한 괴물인가를 절감하게 되었다. 공야숙과 쌈박질을 하려 들어? 모진 팔자 비관한 놈이 자살을 시도할 생각이라면 말릴 까닭이 없지만 진은 전혀 그럴 생각이 없다.

아직 해야 할 일이 있단 말이다.

'권총이라면……'

가능성은 있다. 아무리 사람을 통째로 뜯어 먹는 괴수라 할지라도 한 꺼풀 벗겨내면 피륙이 드러나기 마련이다. 몇 방에 생사를 갈라놓지는 못할 것이지만 거동에 불편을 주기에는 충분할 것이다.

무인의 자긍심? 개나 줘라.

무, 자체가 목표가 됐다고 해서 무인이 됐다는 소리는 아니다. 그러나 '타임!' 외치고 행장에서 권총을 뺄 시간을 줄 것 같지가 않았다.

어찌 되었든 똘마니들을 묵사발 만들어놨으니 이거 미안하게 됐수다, 하며 넘어가긴 틀린 일이다.

시간 끌어봐야 투지만 망가질 뿐.

"어디 두목 솜씨나 볼까?"

"두목? 누구? 나를 이름이냐? 아이야, 나는……!"

다시 한 번 진의 비열한 특기가 발현되었다. 상대방이 입을 열고 주위가 흐트러졌다 싶으면 회심의 일격을 가하는 그 비열함.

되는대로 세영검에 밀어 넣은 진기가 금세 형식을 갖추고 흉흉한 기세로 영호성의 안면을 향해 폭사됐다.

군더더기없는 깔끔한 쾌검. 빠르고 경쾌하다.

변화보다는 일격에 승부를 보려는 살초다.

'개산초월검!'

널리고 널린 검보라 하나 실전에서 이를 들고 나선 자는 처음이었다.

‘아니, 두 번째인가?’

오랜 기억 속, 반가운 얼굴이 생각난다.

미소 짓는 영호성. 그러는 사이 세영검은 지척에 이르러 있었다.

반가운 것도 좋지만 일단 피하고 봐야 한다. 천하제일인이란 허명이 눈먼 칼마저 멈춰 세우는 것은 아닐지니.

‘어디 보자. 염천(鹽泉)인가?’

쾌 일변도일지라도 변화는 있다. 검끝을 흔들어 이목을 망동케 하는 것쯤은 기본 중에 기본. 그러나 검을 파지한 손은 흔들려서는 안 되는 힘의 중심이다. 무공을 배운 모든 이가 이런 이치를 분간할 매서운 눈썰미를 가진 것은 아닐지나 영호성에게는 손바닥 뒤집는 것보다 쉬운 일이었다.

한 수의 검격이 노리고자 하는 곳은 염천혈이다!

회피라고 보기에는 소심하고 성의 없다고 생각될 만큼의 미세한 몸의 뒤틀림.

그러나 결과는 놀랍다. 벼락처럼 달려들던 진의 검은 헛되이 허공을 가를 따름이다.

비켜선 영호성의 눈앞을 세영검의 하얀 검신이 느릿하게 스쳐 간다.

스윽, 팅!

영호성의 검결지가 검신을 매만지는 듯하더니 검지로 가볍게 튕겨 냈다.

그러나 진은 몸을 가눌 수 없을 만큼의 충격을 받아 휘청거렸다. 어린애 장난 같은 손찌검에 투로의 형식마저 깨져 나간 것이다.

‘니기미!’

기대는 하지 않았지만 이건 해도 너무했다.

지척에 이르러서도 실실 웃고만 있는 영감이 실상 괴물이 아니라 노망난 것이 아닐까라는 엄한 생각도 했지만 모질게 먹은 마음을 흐트러 뜨리지는 않았다. 이 정도라면 절대로 피할 수 없다는 생각이 들 무렵.

영호성은 사라졌다.

그러고 나서는 낮술 먹은 놈처럼 비틀거리는 꼴이다.

진의 아미에 내 천(川) 자가 그려졌다.

현격한 힘의 차이에 절망감이 스치기도 하지만 그보다는 신경질이 난다. 뼈다귀도 푸석푸석할 노친네의 단 한 번의 손길에 완벽하게 무너지다니.

울화통이 불덩이가 되어 가슴에서 솟구쳐 올랐다.

타오르는 자복안.

고쳐 잡은 세영검이 다시 영호성에게 겨누어짐과 동시에 진의 전신에서 또 다른 기운이 폭사되어 나왔다.

한층 날카로워진 살기.

잘못했다고 빌어?

차라리 접시 물에 코 박고 죽어라고 해라. 결국 후일을 기약하고 튀거나 피터지게 싸워야 한다는 것인데, 저런 괴물이 상대라면 둘의 결과는 동일하다.

죽는다.

'빌어먹을. 저 손가락만은……'

살을 주고 뼈를 취한다.

좋은 말이다. 그러나 살을 준다 한들 저 괴물 영감이 순순히 뼈를 내줄 것 같지가 않았다. 처음엔 팔 하나를 생각했으나 아무래도 무리다. 하지만 조금 전 장난질하던 손가락 두 개 정도라면 도려낼 한 수가 있다. 목숨 값치고는 형편없지만 그렇게라도 해야 눈감고 죽을 수 있을 것 같은 진이었다.

'그래, 지금 실컷 웃어라. 앞으로 콧구멍 후빌 때 발가락을 써야 할 때는 웃지 못할 터이니.'

손가락 두 개 잘라낸다고 해도 남는 손가락이 여덟이다. 엄지는 사용상 무리가 따르니 제외한다고 해도 여섯이 남는다. 진은 애써 이 사실을 외면하고 영호성이 엄지발가락으로 코를 후비는 통쾌한 장면만을 생각해 내고 있었다. 역시 진 특유의 자기 합리화다.

씨익.

입꼬리가 한쪽만 말려 올라가 잔인하게 보이는 진의 미소.

여유있게 미소를 띠고 있던 영호성의 안색이 비로소 일변했다.

언제부턴가 강호에서는 아무도 천하제일인 신검 영호성의 이름 앞에 감히 검을 들어 도전하려는 자가 없었다. 그런데 이제 약관도 안 되어 보이는 사내아이가 살기를 머금고 그에게 검을 휘두르고 있는 지금의 상황.

무인으로서 어찌 기쁘지 않겠는가?

그래서 본의 아니게 비무—어디까지나 영호성의 생각이다—중에 웃었다. 한데 녀석이 따라 웃는다.

자신 같은 고수와 손을 섞은 것에 대해 가문의 영광이며 필생의 홍복이라는 만족감에 기인한 웃음이라기에는 뭔가 찜찜한 구석이 있었다.

어찌 되었든 맘에 드는 녀석이었다. 비굴하지 않고 포기를 모르는 근성을 간직한 근래 보기 드문 젊은이가 아닌가.

하여 영호성은 검을 들기로 했다. 그것이 당돌한 아이의 철모르는 치기에 대한 최소한의 예의일 것이며, 간만의 유희를 제대로 즐기는 한 방법이기도 할 것이다.

망연히 손을 뻗는 영호성. 그 순간 멀리 있는 한 그루 나무의 가지가 바람에 나부끼듯 춤을 추기 시작했다. 이내 가지 하나가 툭 부러지며 영호성의 손으로 날아들었다.

격공섭물(隔空攝物).

그야말로 점입가경(漸入佳境)이다. 강호 기담에나 나올 법한 전설의 절기들이 연이어 눈앞에서 펼쳐지고 있으니.

더욱 놀라운 점은 날아오는 나뭇가지의 잔가지들이 벗겨지며 영호성의 손에 들렸을 때에는 완벽한 하나의 목검이 되었다는 것이다. 술수를 부린 것이 아니라면 이기어검의 수법이 발현되는 장면이다.

영호성은 손에 쥔 목검을 이리저리 몇 번 휘둘러 보다 만족한 미소를 지어 보인다. 이윽고 완만한 사선을 그리며 명치를 앞에 두고 멈추는 목검. 검을 쥔 오른손의 검지가 검신과 나란히 뻗어 있다는 것뿐, 파지법 외에는 특별할 것 없는 기수식이다. 그러나 지금의 영호성을 신검으로 칭송받게 한 강호일절, 구패구검(求敗九劍)의 기수식이기도 했다.

움찔.

단지 나뭇가지를 뻗은 것에 불과하거늘 오한이 들고 간담이 서늘해진다. 나뭇가지가 아니라 천근패력도를 든 듯한 위압감.

그러나 진은 자신의 위축을 인정하지 않았다. 기실 어쩌다 한 번씩 등장하는 것도 아니고 주야장천(晝夜長川) 연이어지는 무위다 보니 그러려니 하게 되고 긴장감이 떨어지는 것이 사실이었다.

"얻어터지고 나서 후회하지 말고 이거라도 들고 하쇼."

처엉!

발치에 떨어져 있던 칼을 밟아 세우는가 싶더니 도병을 강력하게 차내는 진. 칼은 날을 세운 채 굉장한 기세로 영호성에게 날아들었다.

나뭇가지만으로도 이리 위압감을 주거늘 무슨 좋은 꼴을 보겠다고 칼까지 쥐어주겠는가. 그것 가지고 잘해보라는 의미가 아니라 맞아 죽으라는 바람을 담아 쏘아 보낸 것이었다.

그러나 목줄기를 향해 날아오는 칼에는 관심도 없는 듯, 영호성은 차분하기만 할 따름이었다.

"천하가 곧 검이니 난 이것으로 충분할 것이네. 소협은 개의치 말고 이 노부에게 검초를 주시게."

날아드는 칼은 천천히 속도가 떨어지기 시작했다. 결국 답답하리만치 늦어진 칼은 마침내 영호성의 목 근처에 이르러 힘없이 툭 떨어지고 말았다.

"장단은 대봐야 안다고 했어!"

되짚어 보면 얼마 전에 백호 산채의 도적 떼들을 두들겨패면서 했던 말은 본인에게 해당되지 않는 자가당착에 빠지는 지론이다.

본래 남이 하면 불륜이고, 내가 하면 시공과 신분을 초월한 지고지순한 사랑이라 했다. 남들은 똥인지 된장인지 맛을 봐야 아는 멍청한 짓거리일지라도 같은 상황이 자신에게 벌어진다면 사나이의 진정한 호기로 평가받아야 하는 것이다.

오 장여 거리를 단숨에 좁혀 파고드는 진. 날카로운 예기가 영호성의 요혈을 노리고 쇄도한다.

채재쟁!

눈 깜짝할 사이에 수합이 오고 갔다.

공력을 지나치게 끌어올린 탓인가. 강력한 적을 두고 조급증이 일었던 탓일지도 모른다. 진의 이마에 어느새 송골송골 땀이 맺혀들었다.

반면, 여전히 태연자약한 영호성의 안색. 입가에 자그맣게 걸린 미소만 없다면, 경쾌하기 이를 데 없는 움직임만 아니라면 영호성의 표정은 그저 염불을 외는 승려와도 같을 뿐이다.

계속해서 이어지는 공방전. 일초지적도 되지 못했을 진이 수십 초나 영호성과 겨루고 있는 이유는 그의 실력 때문이 아니었다.

'이 빌어먹을 영감탱이.'

즐기고 있다. 좀 더 정확히는 가지고 놀고 있는 것이다.

진의 얼굴이 참을 수 없는 모욕감에 일그러졌다.

스스로 무인이라 생각한 적은 없지만 어찌 되었든 칼 한 자루에 삶을 내걸었다. 유일한 삶의 이유가 바로 이 칼끝에 달려 있는 것이다. 그런데 오늘 그 삶 자체가 모욕당하고 만 것이다.

"오늘 둘 중 하나는 반드시 죽는다!!"

이를 갈아붙이는 진. 세영검은 더욱 흉흉한 기세를 머금고 사납게 휘둘려지기 시작했다.

그야말로 일대 공방.

춘연파의 사내들은 놀란 눈으로 이 광경을 지켜보고 있었다. 노인도 노인이었지만 삐쩍 마른 계집이 어디서 저런 엄청난 검술을 익혔단 말인가.

그들 중 누구도 두 사람의 움직임을 제대로 볼 수 없었다. 단지 사방에 뿌려지는 번뜩이는 검광과 희뿌연 안개가 부딪치며 튀어오른 불꽃만이 공터를 가득 메우고 있을 뿐이었다.

'오늘 경을 칠 뻔했구나.'

구처량은 가슴을 쓸어내렸다. 갑자기 나타난 노고수가 어찌해서 도움을 준 것인지는 모르나, 어찌 되었든 구명지은을 입은 셈이 아닌가. 둘이서 무슨 짓거리를 하고 있는지는 두 눈 똑바로 뜨고도 알 길이 없었으나 간간이 계집이 악에 받쳐 폭갈을 터뜨리는 꼴을 보니 승기는 노인이 잡은 모양이었다.

구처량의 머리가 빠르게 회전하기 시작했다. 떠돌이 낭인에게 칼질을 배우긴 했지만 무림에서는 삼류 취급도 받지 못하고 결국 파락호로 살아온 지난 세월. 누구인지도, 왜인지도 모르나 노고수의 도움은 기연에 다름 아닐 터, 어쩌면 노인의 제자가 되어 제대로 된 무공을 익힐 기회가 올지도 모르는 일이었다.

이것이 구처량이 기회가 있었음에도 도망가지 않은 이유였다.

그리고 이 결정이 그의 일생일대의 실수였다는 사실을 알기까지는 그리 많은 시간이 필요하지 않았다.

한편, 영호성과 진의 공방전은 또 다른 국면에 접어들고 있었다.

'호오… 진화한다? 계속 놀라게 하는 아이로다.'

매 순간 변화에 변화를 거듭하는 진의 검로. 처음처럼 폭급한 기운은 사라지고 한층 안정적이고 날카롭게 변모되고 있었다. 진 자신 또한 명확히 인식하고 있는 바, 시간이 지날수록 초조함은 사라지고 개산초월검은 냉정을 찾아가고 있는 것이었다.

그러나 진기란 화수분일 수는 없는 노릇. 시간을 끌어봐야 결국 파탄에 이르고 말 것이었다.

'되든 안 되든.'

얼마 전, 스스로 발전하고 변화하는 개산초월검이 일순간 벽에 부딪친 적이 있었다. 첩첩산중이라. 벽을 넘어서 무한대로 진보하는가 싶더니 어느 순간에 이르러 다시 검로가 불안정해진 것이다.

원활한 진기의 흐름을 이어나갈 변화가 부족하다는 사실은 인지했지만 풀어나갈 길은 요원하기만 했고, 그 이후로 지금까지 답보 상태였다.

우습게도 그 벽이 괴노인과의 생사결—진이 이 싸움에 임하는 자세다—을 통해 허물어졌다.

어차피 보여줄 것은 이미 바닥을 드러낸 상태. 이제야 겨우 형체를 보았을 뿐이거늘 이것으로 승부수를 걸어야 하는 선택뿐이었다.

돌연 진의 검로가 변화를 일으켰다.

순식간에 끓어오르는 대기. 급속도로 압축된 공기의 전율이 파동을 일으킨다.

궁신탄영의 수법이 발휘되는가 싶더니 어느새 영호성의 목전에 이르러 있는 진. 영호성이 검로를 차단하려는 찰나, 진의 신형이 연기처럼 꺼졌다.

'위!!'

꽃비가 내린다.

구름 한 점 없는 맑은 하늘에서 수수한 망울을 터뜨린 꽃송이들이 쏟아져 내리고 있었다.

'낙매여우(落梅如雨)!!'

아니다. 십사수매화검법의 낙매여우라 보기에는 이질적인 면이 너무 많다. 게다가 화산의 일대제자 이상만이 익힐 수 있는 십사수매화검법이 아니던가. 십사수매화검법에 대해서는 누구보다 잘 알고 있는 영호성이었다.

'급조된 것이다. 허허허, 낙매여우가 급조될 수 있다니 화산의 늙은

여우가 놀라 자빠지겠구나.'

하늘에서 비처럼 내리는 꽃잎들 속에 감추어진 예기. 죽음의 향을 피우는 이 아름다운 살기가 영호성의 머리 위로 덮여지는 듯하더니 이 내 온몸을 감싸 안았다.

우우웅.

틈도 없이 영호성의 몸을 감싸 안은 광채 속에서 또 다른 광채가 폭사되어 나왔다.

구패구검(求敗九劍) 제칠초 태극강파기식(太極强破氣式).

태극강파기식은 말 그대로 검기를 삼켜 버리는 파훼식이다. 영호성을 감싼 광채들이 서서히 사그라지는가 싶더니 순식간에 와해되어 버린다.

회심의 한 수가 속절없이 파훼당하는 상황. 그러나 진의 입가에는 비릿한 미소가 걸려들었다.

'걸렸어!'

순간의 깨달음을 얻어 펼쳤다 하나 몸에 익지도 않은 새로운 무위로 승부를 볼 생각은 애초에 없었다.

결국 승부를 볼 검초는 파산파벽. 영호성의 눈을 속이고 파고든 세 영검은 이미 영호성의 심장을 파고들어 가고 있다.

이제는 신이라도 막지 못한다.

팡!

그 순간, 영호성의 우장이 진이 어깨에 작렬됐다. 엄청난 충격이 골을 뒤흔들었지만 진은 손을 거두지 않았다. 손가락 두 개를 넘어서 목표를 초과 달성할 수 있는 이 정도의 기회는 다시 오지 않을 것이니.

"……!!"

세영검은 이미 영호성의 심장을 뚫고 지나갔다.

그러나 느껴지지 않는다.

거죽을 뚫고 갈비뼈를 지나쳐 박동치는 심장을 가르는 느낌은 전혀 전해지지 않고 있었다.

진의 눈이 다시 절망의 그늘로 뒤덮일 무렵, 영호성은 진으로부터 삼 장여 떨어진 앞에서 놀란 눈을 뎅그렇게 뜨고 자신의 가슴께를 내려다보고 있었다.

정확히 심장 쪽 장포가 예리하게 잘려졌고 가느다란 혈선에서 미세하나마 핏물이 흘러내리고 있었다.

영호성의 눈이 타오르기 시작했다. 아니, 그는 웃고 있었다.

호신강기를 끌어올리고 복호장으로 밀쳐 냈음에도 옥죄오는 검초.

결국 신행급변을 극성으로 끌어올려 회피를 해야 했다.

참으로 오랜만이다.

짜릿한 전율이 온몸을 휘감아 돌았다.

영호성에게도 새로운 투지가 끓어올랐다. 흥미와 호기심은 퇴색된 지 이미 오래. 순수한 호승심만이 남아 영호성을 흥분시켰다.

망연자실한 표정으로 멍청히 서 있는 진을 향해 영호성의 신형이 쏘아져 갔다. 나뭇가지에서부터 비롯된 일렁이는 아지랑이는 영호성의 몸 전체를 일그러져 보이게 할 정도로 가공할 세력을 뿜어댔다.

검강(劍罡)이다.

영호성은 그 자체로 한 자루의 검이 되어 쇄도해 왔다.

진의 이글거리는 눈이 영호성의 검끝에 고정되어 있었다.

삼 할은 숨기라 했던가.

개소리다. 가진 능력의 십이 할을 퍼부어도 자신의 뜻을 이루기가

참으로 벅찬 것이 세상이거늘 무슨 배부른 소리란 말인가. 세상은 그
리 호락호락한 것이 아니란 말이다.

가진 모든 것을 쏟아 부어도 안 되는 일이 있다면 그것은 곧 천명일
지니.

본정까지 건드려 격발시킨 검초였다. 그럼에도 노인의 옷자락에
칼자국을 남긴 것이 전부다. 두 발로 서 있는 것도 순전히 악다구니
다.

정신은 더 싸우고자 했지만, 의지를 전달해 줄 육신은 기능을 다해
버렸다. 오직 한곳, 불같은 눈길만이 거대한 힘에 대항해 치켜떠 있을
따름이었다.

“응? 허엇.”

방어도 회피도 없었다. 그대로 받아내기에는 실로 노도와도 같은 기
운이거늘 아이의 검은 바닥을 향한 채 숨을 죽이고 있을 뿐이었다.

영호성은 다급히 검을 거두고 허공을 밟아 튀어 올랐다.

진의 등 뒤에 고요하게 착지하는 영호성. 동시에 진의 등에 우장을
슬며시 올려놓았다. 잡아먹을 듯 불을 켜고 달려들던 아이가 갑자기
얌전해져 버렸다는 것은 뭔가 문제가 생겼다는 반증일 터.

경과를 살피던 영호성의 눈에 당혹감이 서렸다.

진기의 흐름이 불안하고 기혈이 들끓는 정도는 문제도 아니었다.

역주(逆周). 기혈의 역류다.

‘이런! 본원진기까지?’

자신은 유희를 즐기고 있는 사이 아이는 목숨을 건 생사결에 임했던
것이다.

진의 단전의 기해혈에서 뿜어져 나오는 진기는 봇물 터지 듯 끊임이

없었다. 이대로라면 단전을 잃어버리고 생존에 필요한 최소한의 진기마저 잃을 수도 있었다.

영호성의 이마에 땀방울이 맺혔다.

'도가의 진기!'

폭주하고 있다지만 사이함이 느껴지지 않는 정심한 진기다. 이런 종류의 진기는 오직 도가의 수련을 통해서만 축기가 가능할 터. 그러나 도가의 진기치고는 지나치게 불안하니 당최 갈피를 잡을 수가 없었다.

'음기가 치밀고 있다. 어찌 이런 일이!'

사내가 분명하건만 음기가 양기를 밀어내려 하는 기현상. 내재된 양기는 본래 있었던 것이 아닌 양 당황하며 음기에 둘러싸여 맥을 못 추고 있는 것이었다.

근본이 도가의 진기라고는 하나 정체를 알지 못하니 당장 손을 쓸 수는 없었다. 독사에 물린 것은 아는데 어떤 종류의 독사에 물렸다는 것을 알지 못하면 약을 쓸 수 없는 것과 동일한 이치다.

영호성이 할 수 있는 일이라고는 진이 가진 본래의 양기를 자극하는 정도일 뿐이다. 당장에 양기가 일어나 음기를 밀어내지 않는다면 결국 장기가 모두 얼어붙어 죽고 말 것이었다.

맺힌 땀방울이 흘러내리기에 이르렀다. 실로 오랜만에 육신에서 흐르는 땀이었지만 영호성은 그것을 느낄 새가 없었다.

맹렬하게 휘몰아치는 음력의 사이를 슬며시 파고들며 양기만을 자극한다는 것은 생각처럼 쉬운 일은 아니었다.

당최 포위망을 뚫고 들어갈 방도를 찾지 못하고 우왕좌왕하고 있는 그때다.

또 다른 기운.

‘뭐……?’

진기라고는 볼 수 없었다. 그러나 모든 것을 집어삼키는 해일과도 같은 압도적인 힘이다. 이 정체 불명의 기세가 순식간에 음기를 삼켜 버렸다. 무주공산을 질주하는 철갑기마대와 같은 위용.

‘도대체…….’

어디서 나타난 것인가. 어디에 이 막대한 힘이 숨어 있었던 것인가.

영호성은 한순간에 음기를 눌러 버리고 급속히 사라지는 정체 불명의 기운의 꼬리를 잡기 위해 온 신경을 집중했다.

그렇기에 진의 두 눈에서 뿜어져 나오는 자녹의 광선(光線)을 영호성은 보지 못했다.

영호성은 끝내 어디론가 숨어버린 정체 불명의 기운을 놓치고 말았다.

“푸우우우우.”

귀안에서 폭사되던 광채가 순식간에 사라져 버림과 동시에 진의 입에서 바람 빠지는 소리가 새어 나왔다.

영호성은 정체 불명의 기운을 놓쳐 버렸지만 긴장의 끈을 놓을 수는 없었다. 음기의 폭주는 다스렸다 하지만 잔뜩 흥분해 있는 오장육부와 세맥을 추스르지 않으면 심각한 내상으로 이어질 수 있는 일이기 때문이었다.

돕는다고는 하지만 영호성이 할 수 있는 일은 그저 호법이나 서주는 것뿐이었다. 운기요상을 할 때는 죽은 할아비가 살아 돌아와도 정신을 흩뜨려서는 안 되는 법이니 그것을 도와주면 되는 일이었다.

영호성이 날카로운 눈을 빛내며 호법을 섰고 춘연파 파락호들은 그 서슬에 이러지도 저러지도 못하며 어색하게 서 있을 수밖에 없었다.

진의 혈색은 차츰 되살아났고 너울대던 머리카락도 가만히 가라앉았다.

마침내 뜨여지는 진의 두 눈. 깊이 가라앉아 있으나 지금의 상황을 이해 못하겠다는 듯한 의아함도 곁들여져 있었다. 자신에게 일어난 일들을 기억하지 못하고 있는 눈치다.

진은 그제야 날카로운 눈빛을 빛내며 호법을 서고 있는 영호성을 보았다.

"놔두면 그리 죽을 것을 뭐 하러……. 비참해. 그냥 죽여."

실컷 가지고 놀더니 이제는 호법까지 서주는 노인네가 진으로서는 곱게 보일 수가 없는 노릇이었다.

"그래? 그럼 죽여주지."

영호성은 주위에서 칼을 집어 들더니 진에게로 다가왔다.

진은 검을 땅에 박고 힘을 쥐어짜 비실비실 일어섰으나 살기 어린 눈빛만은 영호성에게 고정시킨 채 움직이지 않았다.

이윽고 진의 앞에 이른 영호성이 한 치의 망설임도 없이 진의 정수리를 향해 칼을 쳐 내려왔다. 삶의 마지막 순간을 담아두려는 양 한 치의 흔들림없는 빛을 발하는 자녹안.

벼락같이 떨어지던 칼이 진의 정수리 바로 위에서 거짓말처럼 멈추어 섰다.

백지 한 장 차이. 예리한 칼날에 머리카락 몇 올이 잘려 미풍에 두런두런 날아가 버렸다.

"볼수록 놀라운 녀석이로다. 껄껄껄."

적개심이라고는 찾아볼 수 없는 청명한 목소리가 울려 퍼지는가 싶더니 언제 그랬냐는 듯 들끓던 살기마저 감쪽같이 사라져 버렸다.

겨우겨우 가공할 살기를 받아내던 진은 팽팽한 기운이 갑자기 사라져 버리자 끈 떨어진 연처럼 맥없이 쓰러져 버렸다.

그때까지 상황을 지켜보던 구처량이 비굴한 표정으로 영호성에게 굽실거렸다.

"하하하! 오늘 우리 춘연파가 대협께 큰 은혜를 입었습니다. 이 구처량이 노선배를 대접할 기회를 주신다면 영광이겠습니다."

예상대로 싸움은 노고수의 승리로 끝이 났다. 구처량은 희망에 부풀어 있었다.

저런 고수의 직전제자로 들어가 가공할 무위를 익히기만 한다면 이깟 촌구석에서 벗어나 천하를 호령할 수 있으리라. 부귀와 공명은 따놓은 당상일 터이고, 천하일색 서시(西施) 정도는 하룻밤에도 몇 번을 갈아 치울 수 있을 것이다.

저 빌어먹을 년 때문에 하마터면 그 모든 홍복을 놓칠 뻔하지 않았는가.

구처량은 씩씩대며 쓰러져 있는 진에게 다가섰다.

"이 요망한 년! 노선배의 도움이 아니었더라면 우리 상단이 하마터면 큰 곤욕을 치를 뻔했습니다. 내 이년을⋯⋯."

진의 얼굴을 향해 들어 올려진 구처량의 발.

"대가리 박아!"

느닷없는 영호성의 일갈에 구처량은 발을 든 채 멀뚱한 표정이 되고 말았다.

"예?"

"다 대가리 박으라고, 자식들아!"

"무, 무슨 말씀이신지⋯⋯. 헙!"

영호성이 주먹을 박아 넣자 구처량은 비명도 지르지 못하고 복부를 움켜쥔 채 거꾸러졌다.

"그렇지. 그 상태 그대로 머리통을 땅에다 박고 팔은 열중 쉬어 자세를 취한다. 실시!"

춘연파의 무리들은 자신들을 구해준 노인이 갑자기 두목을 냅다 패더니 이상한 자세를 취하게 하자 모두 어리둥절한 표정으로 서로의 얼굴을 쳐다보고 있을 뿐이었다.

"어쭈, 너희들은 안 해. 한 대 맞고 시작할래? 다 대가리 박아!"

춘연파의 무리들은 기겁한 채 구처량처럼 머리를 박기 시작했다.

"흐흐, 재미있겠다. 일단 이 아이의 상세를 좀 보고 나서 나머지 것들을 해보자꾸나."

영호성은 쓰러진 진의 맥을 짚었다.

기해혈은 어느새 닫혀 있었고, 진기의 흐름은 원활한 상태였다. 단지 지나친 긴장감에 전신이 뻣뻣하게 굳어졌을 뿐이었다. 영호성이 검지와 중지를 모은 검결지로 진의 전신을 가벼이 두드려 나갔다.

순식간에 진의 활혈을 짚어 내려가고 얼마 후, 진의 입에서 큰 숨이 터져 나왔다. 체내에 머물던 탁기가 일순간 빠져나온 것이다.

과도한 수면을 마치고 일어나는 사람처럼 뻣뻣하게 몸을 뒤척이는 진. 이내 그의 눈이 뜨여졌다.

"으으윽……."

깨어나 처음 진의 눈에 뜨인 것은 머리를 땅에 박고 있는 춘연파의 무리들이었다.

"뭐, 뭐야, 이것들은."

이제야 조금 전에 일어났던 상황들이 꿈이 아니었다는 사실을 깨닫는 진이다. 그러나 아무리 기억을 더듬어봐도 춘연파 무리들이 '원산폭격'을 하고 있는 이유에 대해서는 도무지 생각나지 않았다.

그때 사람 좋은 미소를 흘리며 뻘쭘하게 서 있는 노인의 모습이 진의 시야에 들어왔다. 절망에 이르는 참담함을 이끌어내던 투기와 살기는 거짓말처럼 사라져 있고, 이웃집 할아버지 같은 푸근함이 느껴지는 노인.

진으로서는 이해할 수 없는 상황이 두 가지나 펼쳐져 있는 것이었다.

"괜찮으냐. 내가 너무 신이 나는 바람에 그만 경박하게 검을 들고 말았구나. 너무 오랜만인지라……."

"괜찮으나마나 영감은 도대체 누구쇼?"

궁금하지 않을 수 없다.

몸 상태를 보아하니, 누군가 손을 쓴 것이 분명했다. 본정까지 긁어놓은 마당에 짧은 시간 동안 이리도 멀쩡해질 수는 없는 노릇이었다. 손상된 본정이야 금세 어쩌지는 못하겠지만 몸 안의 진기는 탈없이 원활하게 흐르고 있었다. 그렇다면 누군가 치료를 해줬다는 것인데.

이것이 뒷줏간에서 언년이 치마 들추는 일같이 쉬이 되는 일이었다면 민초빈이 그 고초를 당하지도 않았을 것이다.

평평하고 푹신한 흙바닥 놔두고 어쩌다 날카로운 자갈 몇 알이 깔린 곳에 머리를 박고 발발 떨고 있는 구 뭐라 하는 녀석은 여러모로 추궁과혈이라는 고절한 수법과 어울리지 않는다.

그렇다면 결국 이 노마두가 수를 썼다는 말인데,

금방이라도 머리를 깎아놓을 듯 칼을 들고 덤비던 노인네였다. 게다가 공야숙에 근접하거나 넘어서는 괴물이다.

썩 기분 좋은 소리는 아니지만 지금쯤 자신은 시체로 나뒹굴고 있어야 앞뒤가 맞아떨어지는 이야기가 된다.

영호성은 터무니없는 웃음을 터뜨리며 말했다.

"허허허, 적어도 이 모자란 놈들의 두목은 아니다. 오랜만에 검을 섞어본지라 너무 신이 나서 그만……. 미안하게 됐다, 아이야. 껄껄껄."

신이… 났다.

누구는 복수고 나발이고 다 물 건너가고 말았다는 절망 속에 발악적으로 칼을 들었건만.

신나서 죽일 뻔했단다.

이런 우라질 영감탱이가!

울화통이 치밀어 오르는 것을 가까스로 눌러 담는 진이다. 어찌 되었든 힘의 차이는 현저하고, 무엇보다 죽일 마음이 없다질 않는가.

다행이다.

"다음부터 신바람 날 땐 다른 방법으로 표현하쇼. 심심풀이 돌팔매질에 개구리 일가는 몰살당하기도 하는 거외다."

해명할 기회도 주지 않고 비열한 기습을 먼저 가한 이는 진이었다. 그러나 영호성도 그 사실은 기억하지 못했다.

"껄껄껄, 내 유념하마."

털썩.

진과 영호성이 두런두런 이야기꽃을 피우며 상호 간 오해를 풀고 있는 그 시간, 한편에서는 머리에 피가 몰리고 다리가 풀려 혼절한 이가 있었으니.

괄약근이 파열당하고 죽지 않을 만큼 쥐어 터졌으며 두목에게 한 대 더 맞은 후에 머리까지 박고 있던 팽가호였다.

그제야 콩나물시루처럼 한쪽 구석에서 옹기종기 모여 머리를 박고 있는 춘연파의 무리들에게 시선을 돌리는 진이다.

"그런데 쟤들은 왜 저러고 있는 거요?"

자아 학대 음란증 환자(Masochist)라도 자발적으로 저 짓을 하지는 않을 터.

본래 원산폭격은 한국 전쟁 당시 미군이 인천에 상륙 작전을 감행하기 위해 동해의 항만 도시인 원산을 무차별 폭격한 데서 유래된다. 이를테면 성동격서(聲東擊西)의 기만 전술을 펼친 것인데, 전쟁 중 평양과 함께 가장 많은 공습이 가해진 곳이 바로 원산이다.

머리를 박고 있는 모습이 폭격을 위해 급격히 고도를 낮추는 폭격기와 닮았다는 데서 유래했다는 설도 있고, 폭격을 피해 참호에 웅크리고 있는 인민군들과 닮아서라고 하는 설도 있다.

어찌 되었든 수백 년 전의 사람인 영호성이 현대 한국군에서도 자취를 감춘 가혹 행위를 알고 있는 것에 의아한 진이었다.

"허허, 내가 얼마 전에 한 마을을 지나가는데 말이다, 자~알생긴 어떤 청년이 화적패들을 데리고 노는 것을 보고 그때 배운 것이다. 어떠냐?"

일종의 아부성 발언이었으나 진의 표정은 오히려 일그러졌다.

"그러니까 그때부터 내 뒤를 밟았단 말이오?"

"험험, 누가 그렇다고 했냐. 그냥 그때 본 것을 나도 배워서 꼭 써먹고 싶어서……. 이노무 시끼가! 똑바로 안 해!"

그리고 보니 이 나이에 어린아이 뒤를 쫄쫄 따라다니고는 죽일 뻔까지 했다는 것이 영 무안한 일이 아닐 수 없다. 해서 영호성은 열심히 잘 박고 있는 구처량의 머리를 한 대 후려갈겼다.

“쳇! 괜한 사람에게 화풀이는.”

“괜한 사람이라니. 이런 놈들은 사회악이야, 악! 이런 놈들은 교육을 확실하게 시키지 않으면 반드시 또 가련한 민초들의 골육을 파먹고 살 것이다. 암! 재교육을 시켜야 하지. 그래서 하는 말인데…….”

눈을 빛내는 영호성.

“……?”

“왜, 네가 저번에 보여줬던 그것 말이다. 다시 한 번 시범을 보여준다면 내가 착실히 배워서 이런 썩을 놈들을 사회에 이바지할 역군으로 재교육시켜 놓겠다, 이 말이다. 어떠냐. 너도 어차피 이 녀석들을 혼내 주려고 여기까지 놈들을 따라온 것 아니냐?”

“그거야…….”

“그럼 됐다. 이눔덜! 모두 기상! 자, 시작해 보려무나.”

진은 초롱초롱 호소력 짙은 눈망울을 밝히고 있는 영호성의 표정이 어디서 많이 본 모습이란 생각에 피식 웃고 말았다.

“나는 저리되지 않아야 할 텐데.”

영호성과 지독히도 닮아 있는 인물. 다름 아닌 공야숙이었다.

“엉? 뭐라고 했느냐?”

“아니외다. 그럼 인간 재교육 공정을 시작해 볼까요?”

진은 춘연파의 무리들을 쓰윽 훑어보며 잔인한 미소를 흘렸다.

진의 잔혹한 면모를 익히 알고 있던 강시 이 형제는 극심한 정신적 피폐와 과도한 체력의 소모로 혼절해 버린 팽가호를 부러운 눈으로 쳐다보며 절망의 나락으로 빠져들었다.

해는 뉘엿뉘엿 기울어 땅거미가 내려앉기 시작했다.

불과 한 시진 동안이지만 지옥 훈련을 견뎌낸 춘연파의 사내들이 정예 군병들처럼 절도있게 기립해 있었다.

짝짝짝짝!

뭐가 그리 좋은지 감탄사를 연발하며 호들갑스럽게 손뼉을 치고 있는 영호성이다.

진이 말했다.

"오늘 교육은 여기서 마치도록 하고. 자, 그럼 영감님이 해산 명령을 내려보시지요."

"오호, 그거 영광일세. 험험! 자, 올빼미들, 오늘 교육은 여기서 마치기로 하고 본 교관이 해산이라고 하면 복명복창하고 눈썹이 휘날리도록 각자 개인 정비를 실시할 수 있도록 합니다. 알겠습니까?"

"아악!"

"아직 교육이 부족한 것입니까? 목소리 이거밖에 안 나옵니까?"

"으아아아악!"

"좋습니다. 해산!"

"해에에에산!"

영호성은 흐뭇한 표정으로 진의 눈치를 살폈다.

"오오, 자세가 제대롭니다."

"그래? 껄껄껄. 난 역시 자질이 있었어."

춘연파 사내들은 초주검이 되어 어찌할 바를 모르고 어중간한 자세로 서 있었다. 정말 집에 가도 되는지 어떤지를 모르고 있었던 것이다.

그래도 두목인지라 구처량이 용기를 내어 나섰다.

"저어, 어르신. 저희는 이만 물러가도 되겠는지요?"

"응? 어딜?"

"방금 각자 개인 정비를 하라고 하셔서……."

"가긴 어딜 가, 인마. 복습해야지."

"헉!"

그날 밤늦게까지 춘연곡 산문 밖 빈 공터에서는 사내들의 처절한 고함 소리가 울려 퍼졌다.

　　만족한 표정의 영호성이 말고삐를 끌고 가는 진의 옆에 나란히 서서 춘연곡으로 향한 걸음을 벌이고 있었다.

　　"그래, 네 이름이 무엇이고, 그런 교육법은 어디서 배웠더냐?"

　　"현가에 이름은 진입니다. 고려에서는 매년 한차례씩 극기 훈련을 목적으로 이런 교육을 시키곤 하지요."

　　"호오, 그랬구먼. 그래서 변방의 작은 나라인 고려국이 몽골의 군대에 맞서 사십 년을 싸울 수 있었던 게로구먼."

　　고려가 몽고의 압박을 사십 년 동안 견뎌낸 것은 사실이지만 고려의 군대에서 유격 훈련을 받을 리가 없었다. 그렇다고 지금은 인디언만 살고 있을 미국에서 창설된 레인저 부대가 개발한 극기 훈련이라고 설명할 수는 없는 노릇이었다.

　　"화산과 인연이 있었더냐?"

　오래전 파문당했지만 영호성은 한때 화산파의 대사형까지 지낸 몸이었다. 그렇기에 진이 익힌 내공심법이 화산의 일, 이대제자들에게만 전수되는 옥녀심공과 태양공이라는 사실을 알 수 있었다.

　가끔이지만 음기가 강성한 사내아이에게 옥녀심공을 전수하는 일도 있었기에 이것 또한 이해할 수 있는 대목이었다.

　하지만 진을 화산의 제자라고 속단할 수도 없었다. 노도와 같이 밀려 나와서 게 눈 감추듯 사라져 버린 미증유의 내력도 그렇거니와 지천으로 널린 화산의 독문검법을 놔둔 채 끝까지 개산초월검과 밑도 끝도 없는 낙매여우를 펼친 것도 그렇다.

　그래서 화산의 제자냐고 묻지 않고 화산과의 인연을 물은 것이었다.

　영호성의 질문에 눈만 끔뻑거리는 진이다.

　화산파?

　듣고 보니 민초빈의 사문이 화산 어쩌고 한다는 것 같기도 했다.

　그러나 화산이 어디에 붙어 있는 것인지, 뭐 하는 곳인지조차 알지 못하는 진이었다. 확실히 알고 있는 사실은 사부들은 몇십 년 동안 초가삼간에 묻혀 지낸 사람들이란 것뿐이었다.

　어지간히 눈치없는 진이라도 사부들이 세상에 드러나기를 바라지 않는다는 것쯤은 모르지 않는다는 뜻이다.

　진은 단호하게 잘라 말했다.

　"그런 건 잘 모릅니다."

　무슨 소린 줄 모르겠다는 것인지, 말하기 싫다는 것인지, 그것도 아니면 귀찮으니 말 걸지 말라는 것인지 참으로 진의를 알 수 없는 무성의한 대답이 아닐 수 없다.

　"그러냐?"

가르쳐 주지 않아서 삐쳤다는 것인지, 그냥 한번 물어본 것이니 신경 쓰지 말라는 것인지, 성의없는 대답에 대한 복수인지 알 길이 없는 무성의한 반문이다.

조금 전 진의 몸에서 일어난 일에 아직도 의구심을 가지고 있었기에 내력을 듣고 알아보고자 함이었지만 기실 알아낸다 해도 딱히 그 사실만으로 뭔가를 할 생각은 없는 영호성이었다.

간만에 장기 휴가를 즐기는 것만으로도 바쁜 몸이다.

그렇기는 한데.

터벅터벅.

따각따각.

사뿐사뿐.

춘연곡에 들어서려면 반 시진은 더 걸어야 하거늘, 혼자라면 모르되 신비 청년과 동행까지 하면서 그 짧지 않은 시간을 땅바닥만 보며 걷는다는 것은 호기심 왕자 영호성으로서는 참으로 곤욕스러운 일이 아닐 수 없었다.

붕어처럼 입을 뻐끔댔지만 본인은 영호성에게 전혀 관심이 없다는 듯 묵묵히 걷고만 있는 진에게 먼저 말을 걸기도 참 무안한 일이었다.

결국 영호성은 입을 떼지 못했다.

터벅터벅.

따각따각.

사뿐사뿐.

도저히… 못 참겠다.

"현진이라 했지?"

비로소 진이 고개를 돌려 영호성을 쳐다본다.

"분명히 그랬습니다."

진은 한마디 툭 던져 놓고 다시 고개를 돌려 걷기만 할 뿐이었다.

"……."

"……."

"내가 네 이름을 물어봤지 않느냐?"

"……?"

"내 이름은 궁금하지 않느냐? 나라면 그럴 텐데."

진이 눈동자를 위로 굴리며 생각에 잠긴 듯한 표정을 지어 보이더니 이내 도리질을 쳤다.

"분명히 나는 영감님의 존함을 모르긴 합니다."

"그렇지? 내 이름은……."

"됐습니다. 어차피 들어도 금방 잊어버리는 통에……."

이런 우라질.

설사 그렇다 해도 장유유서(長幼有序)라고 했다.

대체 어디서 이런 싸가지없는 놈이 나왔을꼬. 게다가 듣고 바로 잊어버릴 만한 그런 수준의 이름 석 자가 아니란 말이다, 이 어린 놈의 자식아!

"서운하십니까? 이름 안 물어봐서?"

화들짝 놀라는 영호성.

"그, 그럴 리가……."

"얼굴에 다 쓰여 있네, 뭘. 그래, 영감님의 존함은 어찌 되십니까?"

이래서 엎드려 절 받기가 참으로 엿 같은 것이구나.

그렇다고 지금 시점에서 '됐어, 인마' 하기에도 우스운 일이다.

"허험! 나는 영호 성(姓)에 별 성(星) 자를 쓴단다."

진은 그저 고개를 몇 번 주억거릴 뿐이었다.

이런 우라질!

뭔가 굉장히 찜찜했지만 일단 자신의 이름을 듣고 난 후의 반응은 분명 다를 것이라 생각했다.

강호의 무인뿐만 아니라 범부들조차도 영호성이라는 이름 석 자에 하나같이 존경과 경외를 담아 보내왔다. 바라던 바도 아니고 불편하긴 했지만 나름대로 자부심이 있었고, 이제 생활의 일부가 되어 익숙한 일이기도 했다.

그런데 저 반응이란……

남의 집 강아지 이름을 말해 줘도 예쁘다는 둥, 그게 뭐냐는 둥 한마디씩은 하기 마련이다.

영호성의 나이가 올해 일흔두 살이다. 그러면 새파랗다 못해 새까만 후배가 입에 발린 소리일지언정 덕담 한마디 건네는 것이 강호의 법도다.

말을 걸었고, 대답을 했으면 응당 대꾸를 해야 하는 것이 아닌가. 적어도 영호성은 그리 배웠다.

그런데 저 빌어먹을 어린 놈은 코를 후비고 있었다. 뭔가 커다란 것을 한 덩이 빼내 튕기더니 만족한 표정으로 다시 후빈다. 꼴을 봐선 본인 말대로 방금 전 일러준 이름마저도 흘려들은 듯했다.

그런데 남의 얼굴, 이름을 쉬이 기억하지 못한다는 진의 말은 진담이었다. 자신과 별 관계없는 사람의 이름 따위에는 관심도 없었다.

정상적인 사회생활을 영위하지 못했던 그다.

살수(殺手), 즉 암살자는 죽일 녀석의 얼굴과 이름만 알면 되는 직업 세계다. 군인, 그것도 특수전 훈련을 받은 군인 또한 그런 맥락에서는 다를 바가 없다. 결국 이런 고립된 직업 세계가 사회생활의 전부였던 탓에 저런 묘한 성격의 소유자가 된 것이었다.

더군다나 한진회와 자신의 조각난 기억 외에 강호사 따위에 대해선 가진 지식도, 관심도 없는 진이었다.

다시 둘 사이에는 어색한 침묵이 이어졌다. 물론 어색한 쪽은 영호성뿐이었다. 결국 이번에도 참지 못하고 영호성이 먼저 말문을 열었다.

"험험, 그래, 배가 고프지 않느냐. 내 오늘 좋은 것을 배웠으니 한턱 내마."

이럴 땐 화제를 바꿔주는 것이 좋다. 굉장히 무안하긴 했지만 일단 한잔 마시면서 배를 채우다 보면 뭐라도 할 말이 있지 않겠는가.

"그러시죠. 사실 시장기가 돌긴 하군요. 춘연곡에 가면 천하제일루라는 곳이 있습니다. 그곳으로 가죠."

"천하제일루? 기루를 말하는 것이냐?"

"거기서 만나볼 사람이 있습니다."

마음이야 굴뚝이다. 땀 냄새 나는 여행객들과 부대껴야 하는 후줄근한 객잔보다야 향긋한 분 냄새를 풍기며 반쯤 벗은 여인들이 술시중을 드는 기루가 백 번 낫다는 사실은 두말해 봐야 입만 아플 따름이다.

그러나 지닌 돈이라고는 비상금으로 숨겨둔 통전 두 문뿐이었다. 돈도 돈이지만 어중간한 꼬마와 단둘이서 실컷 망가지며 풍류씩이나 즐기기에는 사회적 체면과 지역 사회의 여론이 있지 않겠냔 말이다.

이래저래 참으로 낭패한 일이 아닐 수 없었다.

"허험! 나 같은 노친네가 기루에 출입하는 것은 남들 보기에 영 좋지 않아. 암, 그냥 객잔에 가서 국수에 만두나 먹자꾸나."

“…….”

진은 물끄러미 영호성을 쳐다보았다. 다시 고개를 돌려 버리는 진.

“제가 사지요.”

이런 우라질.

차라리 말을 해라, 이놈아.

돈 없으면 그냥 없다고 할 것이지 뭔 쓸데없는 흰소리를 늘어놓느냐는 눈빛이나 흘리지 말고 제발 말을 하란 말이다!

영호성은 진과 대화를 할수록 번번이 뒤 안 닦은 마냥 찜찜하고 계속 말려들고 있다는 느낌을 지워 버릴 수 없었다.

하지만 이 정도로 그만둘 일 같았으면 시작하지도 않았을 것이다.

‘에라, 모르겠다.’

당장에 싫다는 소리는 하지 못하고 뻘쭘하게 진의 뒤를 따르는 영호성이다.

런런(蓮蓮)은 열네 살이 되던 해에 기적에 이름을 올리고 정식으로 기녀가 되었다. 동기(童妓) 시절은 이곳 천하제일루 최고 기녀의 시비로 지내면서 알차게 보냈으니 입적만 하면 그 누구보다 잘해낼 자신이 있었던 그녀다.

정식 기녀가 되는 순간 춘연곡으로 몰려드는 돈을 쓸어 담고, 손님 중에 괜찮은 공자 하나 잡아서 잘 먹고 잘사는 것이 런런의 꿈이었다.

그러나 런런은 기녀가 된 첫날, 첫 손님을 맞은 순간부터 그것이 얼마나 어리석은 꿈이었는지 온몸으로 깨달아야 했다.

생살이 찢어지는 고통. 너무 아파 그만 하라고 통사정을 했지만 돌아오는 것은 사내의 주먹과 발길질뿐이었다. 사내는 갈비뼈가 부러져 혼절해 버린 련련에게 기어이 제 욕구를 풀고는 돈도 주지 않고 도주해 버렸다.

그날 이후부터는 생존을 위한 처절한 몸부림으로 점철된 시간들이었다.

양귀비와 서시를 동경하며 천하제일의 기녀를 꿈꾸었던 련련. 그녀는 결국 기품있는 문사와 천하를 호령하는 호걸들의 가슴을 애태우는 천하제일의 기녀 따위는 현실 세계에서는 존재할 수 없다는 냉혹한 진실을 깨달을 수밖에 없었다.

돈 몇 푼에 웃음을 팔고, 옷고름을 풀어야 하는 싸구려 하류인생.

이것이 그녀가 동경하던 세계의 진정한 모습이었다.

꽃과 같다는 나이, 방년(芳年). 꽃은 피기도 전에 져버렸고, 영원히 봉우리는 터지지 않을 것이었다.

암울한 미래를 달래줄 이는 오직 술뿐이었다.

"니미럴 인생이요, 염병할 세상이로다. 키키키킥."

련련의 표독한 욕설에는 저녁나절부터 퍼부은 술기운이 가득하다.

피폐해진 정신은 어린 시절 그녀의 총기를 앗아갔고, 겹겹이 쌓인 슬픔은 어느새 세상에 대한 미움으로 변해 있었다.

먼발치에서 련련을 향해 측은한 눈길을 보내고 있는 여인, 얼마 전에 천하제일루를 인수하여 루주가 된 하화다.

"저년을 내치지 않으면 결국 장사를 망쳐 놓을 겁니다."

기루의 보안 담당이자 하화의 호위 무사인 채 서방이 련련을 향해 눈알을 부라렸다.

"놔두세요. 갈 데가 없는 아이예요. 차차 나아지겠죠."

“마님!”

“받아들일 겁니다. 그렇지 못한다고 해도, 어쩔 수가 없는 것이 우리의 운명이거든요.”

채 서방은 별수없다는 듯 고개를 끄덕였다.

평소 같으면 북적이어야 할 시간이지만 기루 안은 썰렁하기만 했다. 행패를 부리기는 했지만 평소 자주 찾아와 적지 않은 매상을 올려주던 춘연파 파락호들도 모습을 비추지 않았고, 낮에 무슨 일이 있었는지 화빈로의 상인들과 마을 사람들 사이에서 작은 축제가 벌어지고 있다는 소리가 들려온 후론 더욱 그랬다.

“더 이상 손님은 받지 말도록 해요. 이미 계신 분들이야 어쩔 수 없으니 일단 문부터 닫도록 하지요.”

매일 반복되는 지겨운 일상. 하루쯤 아무 생각 없이 쉬는 것도 나쁘지 않을 것이었다.

하화가 제 처소로 발걸음을 옮기려는 순간, 두 인물이 기루에 들어섰다. 흰 수염을 멋지게 기른 도사풍의 노인과 남장을 한 듯한 예쁘장한 계집아이였다.

채 서방이 나섰다.

“무슨 일이신지요.”

행색을 보아하니 여객인 것이 분명했다. 기루라 하여 숙식을 해결하고 여정의 피로를 풀지 못하란 법은 없지만, 그 여객이 노인과 남장한 계집이라면 말은 달라질 수밖에 없다. 이 두 부류는 여러모로 기루가 가진 놀이(?) 문화와 가까워질 수 없는 노릇이었다. 때문에 채 서방은 어서 오십시오, 라는 상투적인 접객 어구 대신 무슨 볼일이 있어 왔냐는 질문을 던진 것이었다.

황당한 표정의 두 인물, 영호성과 진은 어이없다는 듯 서로를 마주 보았다.

진은 불쾌한 표정으로 말했다.

"뭐 하러 온 것같이 보이쇼?"

"……."

채 서방의 표정이 순간 일그러지는가 싶더니 이내 공손히 펴졌다. 어찌 되었든 일부러 찾아온 객에게 이상을 찌푸릴 순 없는 일이었다.

"여기는 객잔도, 주루도 아닙니다."

"우린 틀림없이 객잔이나 주루를 찾아든 것은 아니오."

말꼬리를 물고 곧바로 받아치는 진. 다분히 도전적인 어조다.

'이자들이 해코지를 하려는 것인가?'

노인이야 평범해 보이지만 목소리가 이상한 꺽다리 계집의 등에는 버젓이 칼이 매달려 있었다. 저리 대담하게 칼을 드러내 놓고 다니는 자들은 강호인들뿐이다. 그들의 안하무인 격인 습성을 아는 바, 루의 호위 무사인 채 서방으로서는 최악의 상황을 염두에 두지 않을 수 없었다.

채 서방은 슬그머니 진기를 끌어 모으기 시작했다.

"이 영감님이 기생 궁둥짝을 두드려 보고 싶다 하고, 난 그 짓을 구경하는 것이 취미다 보니 올 곳이 어디겠소?"

"……!"

"……!"

이번엔 채 서방과 영호성이 황당한 표정이 되어 서로를 향해 눈만 끔벅거렸다.

번뜩 정신을 차린 채 서방.

“네 이 요망한 년! 오늘 네년이 누울 자리는 들판이 될 것이다!”

노한 일갈과 함께 쟁호충권(爭虎衝券)의 일격이 진의 안면을 파고들었다. 기습의 묘를 살린 벼락같은 주먹이 진의 인중에 격타되었다고 생각하는 순간.

“헛!”

채 서방은 숨넘어가는 소리와 함께 부르르 몸을 떨며 굳어졌다.

목 언저리에서 느껴지는 싸늘한 예기와 미세한 통증.

어느새 세영검이 채 서방의 목덜미에 닿아 혈선을 그어놓고 있었던 것이다.

‘빠, 빠르다!’

빠른 정도가 아니다. 채 서방은 두 눈 똑바로 뜨고도 언제 검을 뺐는지, 또 어느새 자신의 목덜미에 닿아 있게 되었는지 전혀 보질 못했다.

검보다도 싸늘한 기운이 담긴 진의 목소리가 흘러나왔다.

“요망한 것도 괜찮고 들판에 누워도 상관은 없는데…….”

한층 살갖을 파고들어 핏물을 뽑아내는 세영검.

“년이 아니라 놈이다, 이 빌어먹을 자식아! 내가 어딜 봐서 여자라는 것이냐. 눈깔은 장식으로 달고 다니냐?”

목에서 느껴지는 통증에 정신이 아득해지는 가운데 채 서방은 속으로 외쳤다.

아무리 봐도 여자다, 이 자식아! 목울대도 없고, 허여멀건 피부에 입술도 벌겋게 화장해 놓은 것 같고, 목소리도 사내치고는 가늘잖냐. 네 놈 생긴 모양이 그러한데 낸들 어쩌란 말이냐. 정 억울하면 불알을 까고 다니던가, 이 후레자식아!

그러나 속에 있는 말을 뱉어냈다가는 오늘이 명년 제삿날이 될 것이라는 사실은 목을 파고들고 있는 검이 말해 주고 있었다.

"미, 미안하게……."

검에서 흘러든 지독한 냉기가 경락을 두드려 대니 새파랗게 얼어버린 채 입술마저 굳어져 버린 채 서방이었다. 그대로 조금만 더 지나면 목이 잘려 죽기 전에 얼어 죽을 판이었다.

'허허, 어린아이의 손속이 이리도 매서울꼬.'

영호성은 새삼 느끼는 진의 잔혹한 면모에 고개를 설레설레 흔들었다. 그건 그렇고, 일단은 사람 목숨부터 살려놓고 봐야 했다.

"아이야, 그만……."

영호성이 나서려는 찰나,

"대협! 소녀가 무지하고 우매하여 대협을 몰라뵙고 불경을 저질렀나이다. 전적으로 소녀에게 책임이 있는 바, 그를 놓아주시고 소녀에게 죄를 물어주시어요!"

공포와 울음기 섞인 절규를 쏟아내고 진 앞에 무릎을 꿇는 여인이 있었으니, 다름 아닌 하화다.

털썩.

채 서방이 끈 떨어진 연처럼 나가떨어지는가 싶더니 순식간에 진의 주변에 머물던 사나운 기운이 사그라지기 시작했다. 갑작스런 상황의 변화에 오히려 어리둥절한 영호성과 하화였다.

"오랜만에 뵙습니다, 누이."

누이라는 말에 하화는 눈물로 범벅이 된 눈동자를 들어올렸다.

채 서방이 오해할 만도 한 용모다. 하화가 보기에도 잘생겼다는 말보다 아름답다는 표현이 더 어울릴 지경인 청년이었다. 저러한 용모라면 쉽게 잊혀질 리 만무하거늘 하화는 아무리 기억을 더듬어봐도 저런 미공자는 생각이 나질 않았다.

단지, 익숙한 것이 있다면 서로 다른 색의 빛을 발하는 두 눈뿐인데…….

차츰 경악으로 치켜떠지는 하화의 눈.

"호, 혹시 진? 고려에서 온 진아… 맞니?"

말없이 미소를 지으며 고개를 끄덕이는 진이다.

"맞구나!"

또다시 울먹이며 와락 안겨드는 하화다. 이제 훌쩍 자란 진의 품에 파묻혀 버리는 하화였지만 잔정 많은 품성은 칠 년 전이나 지금이나 다를 바가 없었다.

"살아 있었구나, 살아 있었어. 다들 네가 죽었다고 했는데……. 장대협과 표사들은 물론 쟁자수들도 모두 시체로 발견돼서 너도 죽었다고 생각했는데……. 이렇게 살아 있었구나. 이렇게 건강하게 살아 있었구나."

울먹이기만 하다가 번뜩 정신을 차린 하화가 진의 손을 잡아끌었다.

"이럴 게 아니라 올라가서 얘기하자. 채 서방! 주방에 말해서 주안상 좀 봐오라고 하세요."

그간 무슨 일이 있었는지 듣고 싶은 마음에 뒤도 돌아보지 않고 이층이 특실로 진을 이끄는 하화. 그렇기에 그녀는 한 가지 사실을 놓치고 있었다.

채 서방은 기절한 지 오래라는 것이다.

채 서방을 진맥하고 있는 이는 영호성이었다. 생각한 것보다 채 서방의 내, 외상은 경미했다. 하룻밤 푹 자고 나면 멀쩡하게 일어날 정도였던 것이다.

현 시점에서 정작 걱정해야 할 사람은 채 서방이 아닌 영호성 자신이었다.

개밥에 도토리라.

영호성은 그때까지도 없는 사람 취급이었던 것이다.

하화의 손에 이끌려가던 진이 걸음을 멈추고 영호성을 돌아보았다.

"뭐 하십니까?"

그제야 하화도 영호성의 존재를 인지한 모양.

"누구?"

"동행입니다."

하화는 난망한 표정으로 다시 뛰어내려 와 영호성에게 고개를 숙였다.

"죄송합니다. 소녀, 경솔하여 어른을 몰라뵈었습니다. 함께 안으로 드시지요."

"허허. 아닐세, 아니야. 사람의 정이라는 것이 다 그런 것 아니겠나. 오랜만에 만났다니 그럴 수도 있는 거지, 암. 그럼 실례하겠네."

다행이다.

저대로 둘만 휑 하니 들어가 버렸다면 참으로 난감할 뻔했다.

꺼이꺼이 웃어젖히며 천천히 계단을 오르는 영호성의 뒤로 놀란 눈을 동그랗게 뜬 련련만이 휑한 일층에 남아 있을 뿐이었다.

특실은 작은 시골 마을의 기루답지 않게 널찍했다. 벽에는 갖가지 서화를 걸어놓고 채색을 화려하게 해놓아 이곳이 왜 특실인가를 여실히 보여주었다.

용각이 새겨진 커다란 식탁 위에는 산해진미가 가득했고, 어디서 풍겨오는지 향긋한 냄새가 가득한 가운데 입이 귀에 걸린 영호성이 하화에게 술잔을 받고 있다.

"호오, 이건 옥호춘(玉壺春)이 아닌가."

"예, 어르신. 귀한 손님에게 대접하려 몇 병 남겨둔 것입니다."

향긋한 냄새는 바로 옥호춘에서 풍겨오는 것이었다.

하화는 영호성에게 술잔을 따른 후 진의 술잔에도 가득 채웠다. 진은 술잔을 받아만 놓을 뿐 좀처럼 입에 대려 하지 않았다.

"들지 않고. 좋은 술이야."

본래 술을 즐겨하지 않는 진이니 옥호춘과 같은 명주라 한들 값싼 탁주와 분별하지도 못한다. 그러나 권하는 술잔을 마다할 수는 없었다.

진은 단숨에 옥호춘을 들이켰다.

부드럽게 목을 타고 넘어가는 옥호춘. 그러면서도 은은한 향기는 코끝에 남아 미각을 돋워주었다.

과연 명불허전이라. 이름난 명주는 뭐가 달라도 다른 구석이 있었다.

후아악!

적어도 뱃속에 들어가기 전까지는 말이다.

속에 불을 놓은 듯 화기가 순식간에 치밀어 올라 정신을 아찔하게 만들었다. 옥호춘은 명주기도 하지만 독주로도 유명한 술인 것이다.

"호호호, 꽤 독하지? 세 번에 나누어 마시는 술이야."

다시 진의 술잔에 옥호춘을 따라놓고 물끄러미 진을 바라보는 하화.

"내가 이럴 줄 알았어. 정말 예쁘게 자랐구나. 아가씨들 여럿 잡겠다, 얘."

아가씨를 잡다니. 그럴 생각은 전혀 없다.

"누이는 변한 게 없습니다. 세월이 누이를 비켜가는 것 같소."

그저 공치사만은 아니었다. 이제 이립(而立:30살)이 목전이지만 예의 농염한 자태는 정도를 더했고, 고아한 품위까지 자연스레 흘러나오는 하화였다. 기생 이립이면 퇴청마루에 풀 난다는 옛말은 하화에게만큼 은 예외인 셈이다.

철혈여제라도 저 예쁘다는 소리는 싫지 않은 법. 그러나 하화는 어색하기 짝이 없는 미소만 흘릴 뿐이었다.

"최 주방장님은······."

"아! 주방장님은 얼마 전에 그만두셨어."

못내 서운해하는 진이다.

잔뜩 아쉬워하는 표정의 진을 보며 하화의 표정이 더욱 어두워졌다.

난장판인 세상이다.

남녀를 불문하고 어린아이라면 잡아다가 팔아버리거나 욕을 보이는 정도는 흔하디흔한 혼세였다. 심지어 굶주린 자들이 어린아이를 잡아 먹는다는 소문까지 돌고 있는 판국이었다.

제 한 몸 지켜낼 수 있었던 표사들도 모두 죽어버린 표행에서 어린 아이 혼자 멀쩡히 살아남을 수는 없는 일이었을 것이다. 분명 말도 못 할 고초를 당했을 것임에 하화는 진과의 재회를 마냥 기뻐할 수만은 없는 노릇이었다.

"괜··· 찮니?"

진은 의아한 듯 하화를 바라보았다. 내심을 숨기지 못하는 하화의 표정. 그녀가 심려하는 바를 알기엔 어렵지 않았다.

"기연을 얻었지요. 고마운 분들이 많았습니다."

단박에 하화의 표정이 밝아졌다. 영호성도 처음 듣는 이야기인지라 눈을 동그랗게 뜨고 진의 입을 주시했다.

그러나 곧 진의 안색이 어두워졌다.

"이덕패. 그자의 목을 장 은인의 영전에 바칠 겁니다."

영호성의 입에서 신음성이 터져 나옴과 동시에 하화의 눈도 쏟아질 듯 커졌다.

"이, 이덕패? 녹림사황 이덕패?"

"그러고 보니 확실히 녹림 어쩌고 하는 것 같았소만. 누이가 그것을 어찌 아십니까?"

"그 사람… 예, 예전에 이곳에 한 번 들른 적이 있었어."

순간, 방 안에 넘실대는 광포한 기운. 영호성마저도 적잖이 놀라고만 엄청난 살기였다.

"그 새끼! 지금 어디 있소!"

차갑게 가라앉아 있던 진의 백면이 노기에 붉게 타오르기 시작했다. 짙어진 자녹안. 범인은 결코 받아내지 못할 무시무시한 살기가 날카로운 송곳처럼 사방을 파고들었다.

하화는 공포에 질려 사시나무처럼 떨어댔다.

"현자일실(賢者逸失)이라. 또한 천려일득(千慮一得)이라. 생각을 놓쳐 교각살우(矯角殺牛)의 우를 범하고 마느니."

급박한 상황에서도 옥호춘을 홀짝이던 영호성이 선문답같이 던져 놓은 한마디.

한나라 한신(韓信)이 그에게 패한 조나라 장수 이좌거(李左車)를 포섭하는 과정을 이르는 사기(史記)의 고사에서 유래된 말이다. 현자라 하더라도 천 가지 생각을 하다 보면 하나쯤은 실수를 하는 법이고, 우

매한 자라 해도 천 가지 생각을 하다 보면 한 가지 좋은 생각을 얻을
수 있다는 의미다.

번뜩 정신을 차린 진은 비로소 상황을 파악할 수 있었다.

옥죄는 살기가 사라지자 물먹은 볏짚처럼 늘어져 버리는 하화. 진은
깜짝 놀라 그녀를 받쳐 들었다.

"이런! 누이, 괜찮소?"

"으, 응……."

말과는 달리 전혀 괜찮아 보이지 않는 하화다. 백지장같이 탈색된
안색과 심하게 떨리고 있는 손, 진을 안심시키려 입술을 배어 물고 참
아내고는 있으나 적지 않은 충격을 받았음이 분명했다.

"미안하게… 되었습니다."

하화는 억지로 활짝 웃어 보였다. 그러나 두려움이 가시지 않았는지
진의 눈길을 마주치지는 못했다.

"이덕패라는 놈이 제 눈앞에서 장 은인을 죽였지요. 그 찢어 죽일
놈을 누이가 만났다고 하니 저도 모르게 화를 추스르지 못하고 말았습
니다."

이덕패에 대한 적개심을 드러내는 진의 말에 하화의 안색은 더욱 창
백해졌다.

"…나, 난 괜찮아……."

어색해진 분위기를 타개하려 영호성이 나섰다.

"그래, 오랜만에 해후한 두 사람이 이렇게 살벌한 대화를 나누어서
야 쓰겠나? 자, 대작이나 한번함세."

비실비실 일어나 옷매무새를 가다듬는 하화. 이내 그녀는 영호성 앞
에 다소곳이 서서는 대례를 올릴 채비를 했다.

"우리 진을 돌봐주셔서 너무나 감사하옵니다. 소녀의 절을 받으세요."

영호성이 다급히 하화의 어깨를 잡아 일으켰다.

"허허허, 나는 오늘에야 이 아이를 만났소이다. 소저의 절을 받을 이유가 없어요."

"그럼……?"

기연을 얻어 목숨을 구제받았다는 진의 말에 하화는 영호성이 진의 목숨을 구한 은인인 줄로만 알았던 것이다.

"누이, 이분은 어찌어찌 해서 만난 영호성이란 분입니다."

"영호성! 서, 설마 영호세가의 가주 영호성? 신검 영호 대협?"

무림을 모르고 강호를 모르는 범부들에게조차 알려진 살아 있는 전설이 있었으니, 최근 위맹을 드높이고 있는 무당파의 개파조사이며 납탑도인으로도 잘 알려진 장삼봉과 무의 신(神), 영호성이 바로 그 인물들이었다.

그러나 영호성이 영호세가를 일으켰다는 사실은 몇몇 강호의 사정에 정통한 무림인들만 아는 사실이었다. 이미 은거에 들어간 영호성도 그렇거니와 영호세가의 인물들은 좀처럼 세가를 벗어나는 법이 없었으니 세간에서 거론될 일이 없었던 탓이다.

영호성은 영호세가의 가주가 자신이라는 사실을 하화가 알고 있는 것이 의아하긴 했으나 한 가지 가정을 한다면 그리 어색한 일도 아니었다.

"허허허, 말하기 좋아하는 호사가들이 붙여놓은 허명일 뿐이네. 노부는 그저 이름 석 자면 충분하네. 그래, 문주께서는 별고없으신고?"

짚이는 것이 있어 넌지시 운을 띄우자 눈에 띄게 당황하는 하화다.

영호성은 그녀의 모습을 보고 확신을 굳혔다.

하오문. 중원 곳곳에 손길이 닿지 않은 곳이 없다는 바로 그들이 아니면 누구랴.

"그, 근자에 이르러서는 두문불출하고 계신지라……."

진으로서는 알 수 없는 대화 내용이었으나 역시 관심은 없었다.

"대인의 안목은 과연 속일 수가 없사옵니다. 집객당(集客堂) 호서 춘연분타주 하화가 강호의 큰 어른께 인사 올리겠습니다."

하오문의 집객당은 기녀로만 구성된 정보 수집망이다. 하오문 자체가 그렇기도 하지만 집객당 역시 별반 대단할 것 없는 몇 가지 무공을 지녔을 뿐이다. 그러나 그 가치는 하오문 내에서만큼은 대단하다 할 수 있었다. 일찌감치 무공은 포기하고 대신 갖가지 방중술로 사내들을 애태우니 옷고름이 하나씩 풀릴 때마다 세간에서 쉬쉬하는 비밀들이 하나씩 밝혀진다는 말도 있을 정도였다.

이런 궁벽진 곳에 호서 지부의 분타가 있다는 것에 다소간 의구심이 들기는 했으나, 남의 문파 일에 끼어들어 감 놔라 배 놔라 할 생각은 전혀 없는지라 영호성은 호기심을 접어 삼킬 따름이었다.

대례를 올리는 하화에게 손사래를 내젓기는 하지만 굳이 뜯어말리지도 않는 영호성이다.

진은 하화가 하는 양을 물끄러미 쳐다보며 대례가 끝나기를 기다렸다가 물었다.

"이 영감이 그렇게 유명합니까?"

소스라치는 하화.

"여, 영감이라니. 진아는 말이 지나치구나."

기겁을 하는 하화다. 그녀의 말은 이어졌다.

"내가 태어나기도 전에 정사 간의 대혈겁이 일어났는데 그때 마를 벌하시고 강호를 평정하셨던 분이란다. 마도천하의 악겁을 끊어내고 천하를 구한 영웅이시란다. 이 땅의 모든 사람들은 이분께 크고 작은 은혜를 입은 셈이지.”

“허허허, 소저가 노부의 얼굴에 금칠을 하시려는구려.”

주고받는 그들의 대화 속에서도 진의 표정은 여전히 떨떠름할 따름이었다.

도대체 소갈딱지라고는 눈곱만큼도 안 보이는 저 영감이 무슨 얼어죽을 신검이란 말인가.

뭐, 좀 세긴 했다. 그러나 공아숙도 그 정도는 된다. 게다가 춘연파인가 하는 녀석들을 굴리며 악동처럼 즐기던 그 모습이 어디 신검이고 대단한 협객(大俠)씩이나 되는 인물이란 말인가.

진은 고개를 절레절레 흔들었다.

“신검 다 얼어죽었나 보네.”

“지, 진아야!”

얼굴이 창백해진 하화는 영호성의 눈치를 살피며 안절부절못했다.

반면, 영호성은 화통하게 대소할 뿐이었다.

포기한 게다. 영호성은 진을 통해 지금까지 자신이 허명을 쫓아 살아오지는 않았나, 진지하게 뒤를 돌아보고 있는 중이었다.

게다가 저 아이의 개차반 같은 성질머리로 미루어보아 이제 와서 강호 말학 아무개가 어쩌고, 하는 것이 오히려 웃기는 장면일 것이다.

“맞다, 맞아. 소문은 소문에 지나지 않은 법이다. 그때 내가 마교를 설득해 혈겁을 막은 건 사실이지만, 마교의 총단에 혈혈단신으로 들어가 손짓 하나로 모두 하늘로 날려 버렸다는 둥 십만대산 마교비를 가루로 만들어 버렸다는 둥 말도 안 되는 헛소리가 난무했지. 지금은 마누

라의 눈을 피해 놀러 다니는 노망난 늙은이에 불과할 뿐이다. 껄껄껄."

진은 거봐 하는 눈짓을 보냈고, 하화는 어쩔 수 없다는 웃음을 지어
보였다.

주흥은 깊어갔고 담소가 오갔지만 대부분 하화와 영호성이 주고받
는 말뿐이었다. 진은 그들이 묻고 답하는 강호의 대소사 따위에는 전
혀 관심이 없는 탓이었다.

결국 영호성은 만취하여 실려 나갔고, 진과 하화만이 방에 남게 되
었다.

잠시의 침묵.

하화는 문득 말없이 술잔을 홀짝이던 진을 물끄러미 쳐다보았다.

"누이는 내게 할 말이 있소?"

조용히 고개를 가로젓는 하화다.

"밤이 깊었습니다."

그만 가서 쉬겠다는 말이다. 말 끝나기가 무섭게 일어서 문 쪽으로
향하는 진이다.

하화는 뭔가를 말하려는 듯 입을 오물거렸으나 진이 문을 열고 나가
버릴 때까지 결국 입을 열지 못했다.

'미워하지 마. 그 사람은… 아파. 나처럼 아픈 사람이야.'

하화는 단박에 술잔을 비워 버렸다.

제11장

다락방의 노망난 쥐

창문의 격자 사이를 파고드는 햇살이 조용한 아침을 열었다.

"으으윽."

양 관자놀이를 짚으며 얼굴을 잔뜩 찌푸린 진은 침상에 걸터앉았다. 머리가 부서질 듯한 두통이 숙취와 함께 밀려왔다.

진은 머리맡에 놓인 호리병을 들고 단숨에 들이켰다. 정신이 번쩍 들 정도의 차가운 물이었다.

"후우, 지독하군."

옥호춘이 이 시절에는 명주일런지 모르나 숙취를 유발시키는 데에는 막걸리의 악명이 무색할 지경이었다.

비틀비틀 일어서 창문으로 향하는 진. 신선한 아침 공기를 마시면 숙취가 조금이나마 풀릴까 싶어서다.

그 순간.

삐걱!

인기척이다.

기루인 다음에야 인기척이라면 대수로울 것 없으나 조심스러운 걸음에 숨까지 죽인 자의 기척이이라면 이야기는 달라진다.

진은 재빨리 도약하여 천장에 매달린 후 호흡을 갈무리했다.

끼이익.

슬그머니 문이 열리고 한 명의 인물이 조심스럽게 들어섰다. 쪽머리를 올린 젊은 여인. 화려한 복색으로 보아 이곳의 기녀인 듯했다.

기녀는 조심스럽게 진의 침상으로 다가서더니 아무도 없음을 확인하고 나직이 한숨을 내쉬었다. 행동이 수상하기는 하나 적대감이나 살의 따위는 느껴지지 않았고, 무엇보다 여인의 행동거지에서 무공을 익힌 흔적이 없었다.

진은 천장에서 뛰어내리며 여인의 천주혈을 짚었다. 벼락에 맞은 듯 한차례 부르르 떨며 굳어져 버리는 여인이다.

진은 굳어버린 여인을 돌려 세웠다.

공포에 질린 커다란 눈망울, 파랗게 질린 채 오돌오돌 떨고 있는 미모의 여인, 다름 아닌 련련이다. 진으로서는 생면부지의 련련일지나 묘하게도 전혀 낯설기만 한 얼굴은 아니었다.

"날 아나? 알면 눈만 깜빡여."

기다렸다는 듯 놀란 눈을 깜박거리는 여인. 그저 평범하고 심약한 여인일 따름. 진은 여인의 혈을 풀어주고 벗어두었던 상의를 집어 들며 재차 물었다.

"나도 널 알던가?"

여인은 다시 눈만 깜빡였다.

"이제 말해도 돼."

진의 말에 여인은 몸 이곳저곳을 움직여 보고는 고개를 끄덕이며 입을 열었다.

"으, 응."

옷을 대강 걸치고 다시 물병을 집어 들 뿐, 대답 따위는 하거나 말거나 제 일을 할 뿐인 진이다. 련련은 죄지은 사람처럼 고개를 푹 숙이며 잔뜩 주눅 든 목소리로 겨우 말을 이었다.

"나, 난 련련이라고 해. 너와 칠 년 전에 이곳에서 같이 일했던……."

비로소 물병을 내려놓고 련련에게 시선을 돌리는 진. 그때서야 오래 전 기억 속의 한 인물이 련련과 겹쳐져서 보였다.

"아비?"

조용히 고개를 끄덕이는 련련.

그렇다. 련련은 진을 도둑으로 몰아세우고 사내들에게 사주해 진을 곤경에 빠뜨렸던 아비였던 것이다.

주근깨가 없어지고 많이 야윈 모습이지만 커다란 눈망울에 눈매며 콧잔등의 작은 점까지 예전 아비의 흔적이 남아 있었다.

"그렇군. 그 아비군. 덕분에 좋은 경험 많이 했어."

아비의 두 눈에서 닭똥 같은 눈물이 주르륵 흘러내렸다. 그간 무슨 일이 있었는지 아비는 변해 있었다. 자신만만하고 승부욕이 넘쳐흐르던 눈매는 깊은 회한과 슬픔에 찌들어 있었다.

진은 한층 누그러진 어조로 물었다.

"내게 볼일이 남았나?"

"미안해. 그때 일을 사과하고 싶어서……."

덕분에 적잖은 곤욕을 치르기는 했지만 세파에 찌든 듯한 아비의 초췌한 모습과 눈물을 보자니 괜히 짠해지는 진이었다.

"물 한 잔 줄까?"

진은 다기에 물을 가득 부어 아비에게 내밀었다.

아비는 다기를 순순히 받아 들었다. 그러나 다기를 만지작거리기만 할 뿐 떨어진 고개를 좀처럼 들어올리지 못하는 아비였다.

잠시의 침묵, 결국 진이 먼저 말을 걸었다.

"그래, 아직 여기 있었던 거야?"

아비는 말없이 고개를 끄덕이며 대답했다.

"그때는 내가 왜 그랬는지 모르겠어. 네가 들어오고 나서 모두들 너만 좋아하니까 화가 나서 그만… 네가 죽었단 소릴 듣고 내가 한 일에 대해 얼마나 후회했는지 몰라."

어릴 땐 그러면서 크는 법이다. 또 개고생을 하긴 했지만 결과적으로 사부들을 비롯한 좋은 인연을 만나게 된 셈이니 특별히 나빠진 것도 없었다.

"됐어, 내 잘못도 없지 않으니."

비로소 밝은 표정이 된 아비가 안도의 한숨을 내쉬었다.

"무술을 배운 거야?"

아비가 진이 내려온 천장을 바라보며 물었다.

"조금."

"좋겠다. 넌 기연을 얻었구나. 난 못된 일만 해서 결국 이렇게… 벌을 받고 있는 중이지."

아비는 큰 한숨을 내쉬며 다시 고개를 숙였다.

진은 난감해졌다.

남을 위로하고 다독이는 방면으로는 재주가 없는 진이다. 되지도 않게 남의 인생에 참견하는 것은 취미에 맞지 않은 일이었던 탓이다.

그러나 세상 다 산 듯한 저 한숨 소리를 들은 마당에 인생 선배로서 간단히 충고 한마디 해주지 않을 수 없었다.

"더 나쁜 놈도 많아. 이덕패 같은 놈. 지금이라도 다른 일을 찾아봐. 아직 젊으니까 부딪치다 보면 할 일은 많을 거야."

기껏 너보다 나쁜 놈들은 많다고 위로하고 있는 진을 보며 아비는 언제 울었냐는 듯 키득거렸다.

"왜 웃어?"

"아, 미안. 네가 날더러 젊다니까 우스워서."

"뭐가 우스워? 난 사실 너보다 갑절은 먹었어. 그런데 아침부터 무슨 일이야?"

아비는 무슨 소린가 싶어 고개를 갸웃거리다 진의 말에 정신을 번뜩 차렸다.

"내가 목욕물 받아놨어. 안 씻고 그냥 자는 것 같아서."

진은 팔을 들어 냄새 맡는 시늉을 해 보였다.

"냄새는 안 나는데?"

쭈뼛대는 아비의 얼굴에 홍조가 피어났다.

"으, 응. 내, 내가 씻겨줄까 해서."

"뭐, 뭘 씻겨?"

이 여자가 아침부터 웬 흰소린가.

진은 놀라 소리치자 아비의 얼굴에 당혹감이 서렸다.

"미, 미안. 나, 난 그저 사과를 하고 싶어서……. 가진 거라곤 몸뚱이뿐이라… 싫다면 다른 아가씨를 불러줄게."

이런 젠장! 지금 그런 소리가 아니잖아. 미안하다는 한마디만 하면 되는 거지 목욕은 왜 같이 하자고 하냔 말이다.

아비의 눈에서 흐르던 닭똥이 폭포수로 변해갔다.

"제, 젠장. 알았어, 알았다고. 목욕만 같이 하면 되는 거잖아. 울지 마!"

모락모락 피어나는 연기가 포근한 느낌을 자아내고 그 속에서 풍겨 나는 꽃향기는 감미롭기 짝이 없다.

그러나 진은 이런 것을 즐길 여유도 없이 허둥대고 있었다.

진의 눈길은 갈 곳을 찾지 못한 채 방황하고 있었고 어중간하게 웅크리고 있는 자세도 어색하기 짝이 없는 모양새다.

진의 신체 중 유일하게 통제가 불가능한 녀석의 도발 때문이었다.

여태껏 아침에 천막 치는 것도 까맣게 잊어버려 사람 심란하게 만들던 부실한 놈이 오늘따라 왜 이렇게 민감하게 고개를 쳐드느냔 말이다.

잔뜩 사타구니에 신경을 집중하고 있을 때, 등 뒤로 두 덩어리의 미끈둥한 뭔가가 느껴졌다.

'이런 젠장!

진도 사내다. 어찌 아름다운 여인이 발가벗고 등을 밀어주고 있는데 딴생각이 안 들겠는가.

그러나 진의 내기는 아직 완성되지 않았다. 태양공을 익히기 시작했지만 훨씬 이전부터 닦아온 옥녀심공이 더욱 정심하다. 때문에 여성스러운 특징이 더욱 강하게 나타난 것이다.

태양공이 내재된 양기를 다스리게 되어야만 비로소 음양의 완벽한 조화에 이르는 것은 물론, 사내로서의 구실도 가능하게 된다. 음양공이 완벽한 조화를 이루지 못한 지금의 시점에서 여인과 교합을 하면 음양의 조화는 깨져 버리고 말 것이고, 사내 구실 못하게 되는 정도로 끝나지는 않을 것이었다. 옥녀심공과 태양공이 모두 깨져 버리면 결국 불순한 음기에 의해 몸이 지배될 것이고, 그 결과는…….

사방지(舍方知:양성 인간)다.

남녀의 생식기를 모두 지닌 사방지는 다양한 경험(?)을 할 수 있으니 좋은 것 아니냐는 잡소리도 있지만 실상은 그 반대다. 사방지는 결국 남자도 여성도 될 수 없는 비극적인 존재인 것이다.

'사방지라니…….'

결과적으로 진은 한시적인 동자공을 익힌 셈이다.

남자로 태어나 남성을 잘라내고 여인이 되는 사람들이 있는 모양이지만, 진은 전혀 그들에게 동참할 생각이 없었다.

진짜 남자가 되고 싶단 말이다.

지금까지는 기회도 없었거니와 목표한 바가 뚜렷했기에 다른 생각 따위는 염두에 두지도 않았다.

그러나 어디까지나 눈부신 굴곡을 자랑하는 발가벗은 여인이 눈앞에 없을 때나 그렇다는 이야기다.

'으으윽, 제발 진정해라.'

또다시 미끈둥한 뭔가가 등을 쓸어갔다.

"이, 이봐……."

출렁!

불현듯 눈앞에 나타난 하얗고 물컹이는 살덩어리.

"왜?"

아비의 얼굴은 더운 물안개에 동화되어 벌겋게 홍조를 띠고 있었다.

실로 요염한 모습. 진의 아랫도리는 진의 의지와는 반대로 더욱 묵직해져 갔다.

참아야 한다. 십 년 공부 도로 아미타불 될라. 참아야 하느니.

"요, 욕조에 몸이나 담그는 게 낫겠어."

진은 후다닥 나무로 만든 목간통으로 뛰어들었다. 뜨거운 물에 몸에 잠기자 서서히 아랫도리의 긴장이 풀려갔다.

첨벙!

니기미!

아비도 목간통에 비집고 들어온 것이다. 한 사람이 겨우 몸을 가눌 수 있는 좁은 욕조에서 살을 맞대지 않을 방법이란 없었다.

진의 얼굴이 일그러지자 아비의 눈가에는 당장에 뿌연 습기가 차 올랐다.

"내가 싫어? 더러워서?"

이런 젠장!

"하하하, 아니야. 물론 아니지. 하하하……."

터무니없는 억지웃음이다. 아비는 아랑곳하지 않고 더욱 요염한 표정으로 서서히 진에게 다가왔다.

안 돼! 더 이상 다가오면…….

진정하자. 슬픈 생각을… 아니, 애국가를 부르자. 경건한 마음으로.

그러나 진의 바람은 공염불이었다. 아비의 손이 진의 사타구니를 쓸어오기 시작한 것이다.

이젠 선택뿐이다. 남자로서의 의무(?)를 다할 것인가. 고자 소리를 듣더라도 이대로 내빼던가.

그때다.

삐걱!

나무로 된 천장이 들썩인 것이다.

깜짝 놀란 아비는 천장을 향해 놀란 눈을 치켜떴다.

반면에 싸늘하게 안색을 굳이는 진이다. 아비의 귀에 들린 것은 오래된 나무 천장이 삐걱대는 소리뿐이었지만 진의 감각에 걸려든 것은 확실한 인기척이었다.

찰싹.

진은 손바닥으로 목간통의 수면을 내려쳤다. 물기둥이 솟아올랐고 튀어 오른 물방울을 향해 진은 귀찮다는 듯 손을 휘둘렀다.

물방울은 산산이 부서져 희뿌연 안개가 되어 습기가 가득한 천장으로 스며들었다.

파바바바바박!

부드러운 안개로 보이는 미세한 물방울들은 실상 한 방울 한 방울이 모두 날카로운 암기가 되어 나무 천장을 벌집을 만들어놓은 것이다.

"으아아악!"

천장에서 터져 나오는 처절한 비명 소리.

"뭐, 뭐지?"

"커다랗고 늙어 노망난 쥐새끼!"

"쥐? 까아악!"

아비는 비명을 지르며 목간통에서 뛰쳐나갔다.

진은 안도의 한숨을 내뱉으며 머리끝까지 잠수해 들어갔다.

"다시 들를 거지?"

눈물을 글썽이며 아쉬움을 표하는 하화다. 깨끗한 청색 경장에 회색 장포를 차려 입은 진은 이미 말에 올라 하화와 작별 인사를 나누고 있었다.

하화는 영호성에게도 걱정을 담아 말했다.

"어르신께선 눈을 자주 씻으세요. 그 연세에 눈병은 좋지 않답니다."

하화는 한쪽 눈을 안대로 동여맨 영호성을 향해 염려 섞인 안쓰러움을 담아 말했다.

"험험, 별것 아니니 걱정하지 마시게. 그럼 또 보세나."

"살펴 가시지요. 우리 진아 앞으로도 잘 부탁드립니다."

하화의 옆에선 아비가 계속 키득거리고 있었다. 안대를 동여맨 영호성을 보자 크고 늙어 노망난 쥐가 누구인 줄 알게 되었기 때문이다.

"아비, 넌 아까부터 뭐가 좋아 그렇게 웃고 있니?"

"키키킥, 아니에요. 저분이 정말 신검 영호 대협이 맞나요?"

"그럼. 강호의 큰 어르신이란다."

"그래요? 호호호호!"

숫제 까무러치는 아비다.

"원 애도."

하화는 아비의 무례가 염려스러웠으나 다시 예전의 밝은 모습을 찾은 것에 만족해야 했다.

제12장

백룡검의 주인

하루의 마감을 알리는 서산 끝자락의 태양.

몸집의 수십 배는 될 듯한 기다란 그림자를 이끌고 가는 두 필의 말을 부리는 이들은 진과 영호성이다.

"정말 나와 말하지 않을 거냐?"

진은 무슨 못 볼 걸 본 양 잔뜩 찌푸린 눈으로 영호성을 힐끔 쳐다보더니 다시 전방에 시선을 고정시켰다.

"영웅호색이라 했다."

여전히 대답이 없는 진.

"호기심이 생기다 보면 그럴 수도 있는 거야."

"……."

"실상 무슨 일이 벌어진 것도 아니지 않……."

진은 도저히 더는 못 듣겠다는 표정으로 영호성을 노려보았다.

"할 일 없습니까? 집안일이라든지, 강호의 평화를 위한 일이라든지, 통상 대협 아저씨들이 하는 것들 있잖소."

"허허, 말문이 막힌 것은 아니로구먼."

이리도 뻔뻔한 영감이 있을까. 진은 고개를 설레설레 흔들었다.

"볼일 보슈. 난 갈 길이 빠듯합니다."

"지금 볼일 보고 있지 않느냐."

끝까지 빌붙겠다는 모양인데, 변태 영감은 절대 사양이다. 문제는 이 변태 영감을 떼어놓을 방법이 없다는 것이었다. 이러다 말겠지 하는 심정으로 가만 두고 보려 했는데 꼴을 보니 중공산까지라도 따라나설 기세다.

"날이 저물었으니 하루 묵을 곳을 찾아 봐야겠구나."

"뭐 하나 물어봅시다."

밑도 끝도 없는 질문에 영호성이 의아한 표정을 지어 보였다.

"두 가지 물어봐도 된다."

"올해 연세가 어찌 된다 하셨수?"

한참 손가락을 헤아리던 영호성이 대답했다.

"딱 일흔둘이 됐나 보구나."

"이야, 대~단하시네."

다분히 비꼬는 어투. 숫제 대놓고 이죽거리는 진이다.

"……?"

"그 나이에도 아직 쓸 만하신가 봐? 청춘 남녀 목간통이나 훔쳐보시고. 그래, 볼 만합디까?"

"험험, 뭐, 네 녀석 요만한 번데기야 볼 것도 없고 관심도 없다만……."

영호성은 엄지로 새끼손가락의 중간 마디에 대고 내밀었다. 문제의 번데기 크기를 이르는 것이었다.

부들거리는 진을 본체만체, 영호성은 말을 이었다.

"그 련련이란 처자는 볼거리가 참으로 다양하더구나. 특히 그 가슴이……."

이번에는 가슴팍에 양손을 대고 커다랗게 원을 그리는 영호성이다.

"그, 그딴 거 커봤자 달고 다니기 귀찮기만 할 뿐이외다."

"아니지, 여성의 가슴은 다산의 상징이 아니더냐. 클수록 좋은 거다. 암."

진은 이를 갈며 으르렁거렸다.

"그, 그거 말고 내 거 말이외……."

순간 말문이 막히는 진. 지금 뭔 소리를 하고 있나 싶은 게다.

"아하! 네 번데기 말이지. 그래, 넌 아주 날렵하게 보이더구나. 당최 사타구니에 거치적댈 만한 것이라고는 요만한 거뿐이니."

영호성은 또다시 새끼손가락을 반이나 잘라 들어 보였다.

크아아악!

참자. 주먹으로도 세 치 혀로도 어찌할 수 없는 괴물이니 참는 것이 이기는 것이다.

게다가 약관도 되지 않은 청소년의 신체가 아니던가. 그간 음기가 강성해 남자로서의 신체가 발육하지 않았을 뿐이다. 좀 더 시간이 지나다 보면…….

'젠장, 내가 뭔 생각을 하고 있는 건지.'

지금 그딴 물건 크기가 무어 그리 중요할꼬. 한진회 놈들 때려잡을 생각만 해도 하루가 짧을 지경이거늘.

진은 겨우 마음을 다잡고 괴물을 무시하기로 했다.

"이렇게 해봐라."

영호성은 안장에서 일어나 꼬리뼈 부근을 툭툭 치는 알 수 없는 짓거리를 하기 시작했다.

"……?"

"내 친구가 그러는데, 이렇게 하면 커진다더라."

"이, 이……."

"해봐. 진짜라니까."

"크아아악!"

힘으로 안 되니 상대는 못하겠고 울분을 참지는 못하겠고, 해서 괴성을 지르며 엄한 말의 배만 차대는 진이었다.

빠르게 멀어지는 진의 뒷모습을 보며 씨익 미소 짓는 영호성이다.

"짜식이, 목숨 구해준 거 알았으면 고맙다고나 할 일이지."

물론 의도한 바는 아니었다. 처음 목간에 잠입을 시도한 이유는 물론 훔쳐보기 위해서였고, 저리 놔두면 문제가 생길 것이라는 사실을 깨닫게 된 것은 후의 일이었다.

뭐, 처음 의도야 어떻든 결과적으로는 도와준 꼴이 되었지 않는가.

어찌 되었든 심리전에서 시종일관 밀리기만 하던 영호성이 드디어 승기를 잡는 순간이었다.

영호성은 더욱 활짝 웃으며 속도를 높여 진의 뒤를 쫓아갔다.

산중의 허름한 객잔에는 사냥꾼들과 여행객으로 북적거렸다. 장마가 찾아들기 전, 이맘때가 본격적인 사냥철인 탓이다. 이 시기에 사냥꾼들을 상대로 장사를 해 일 년을 먹고사는 산중의 객잔은 빈자리가 없을 정도로 만원이었다.

구석에 놓인 식탁에는 진과 영호성이 앉아 있었다.

그러나 음식을 먹고 있는 이는 진뿐이고, 영호성은 그 모습을 물끄러미 쳐다만 보고만 있을 따름이다.

호호 불어대며 한 젓가락 가득 말아 올린 국수를 입으로 가져가려다 신경질적으로 젓가락을 내려놓는 진이다.

"자꾸 그렇게 남 먹는 거 쳐다볼 거유, 추접스럽게."

"그러게 나도 한 그릇 사주면 되지."

"내가 왜?"

택도 없는 소리 말라며 다시 국수 그릇에 고개를 처박는 진이다.

이리도 박정할 수가 있을꼬.

집에 가면 돈 많다고 해봤지만 돌아오는 대답은 우리 집엔 금두꺼비 있소, 였다. 무슨 뜻인지는 모르겠지만 굉장히 안 좋은 의미인 것은 분명했다.

하지만 그의 친구 목갈태가 영호성에게 가르쳐 준 것이 물건(?) 키우는 방법 같은 쓸데없는 것만은 아니다.

"뭔가 얻어낼 것이 있을 땐 버려야 할 것이 하나 있다. 바로 자존심이지. 괜스레 콧대 세우다가는 찬밥 한 덩이 대신 주걱 뺨이 석 대인 법이야."

그저 밥 한 끼, 편안한 잠자리 정도 얻어내겠다는데 굳이 자존심까지 운운할 필요는 없지 않겠느냐 이 말이다.

빈자리가 없는 객잔이었다. 눈앞의 계집애 같은 머슴애에게야 그간 해놓은 짓이 있어서 이빨도 안 들어가겠지만, 이 품위있게 잘 늙은 얼굴이 여기 다른 이들에게도 안 먹힐쏘냐.

갑자기 대노한 표정으로 자리에서 벌떡 일어나는 영호성.

"예끼! 네 말대로 늙어 쓸모없어도 그렇지, 어찌 할아비에게 저녁도 먹지 말란 말이냐! 너무하구나, 너무해. 이 서러움을 어디 가서 하소연할꼬."

툭.

진은 젓가락을 떨어뜨리고 화등잔만해진 눈으로 멍하니 영호성을 바라볼 따름이다.

찬물을 끼얹은 듯 순식간에 조용해진 객잔 안에서 기어이 수군거리는 소리가 들려오기 시작했다.

"저런 몹쓸! 아무리 세상이 어수선해도 어찌 할아비에게 저럴 수가 있단 말인가!"

"말세야, 말세."

이토록 억울할 수가……. 진정 하소연할 데가 없는 이는 진이었다.

"주문하시지요."

잔뜩 굳은 표정의 객잔 주인이 다가와 안 하면 하게 만들겠다는 굳은 어조로 압박을 가한다.

당장에 저 빌어먹을 영감쟁이를 묵사발을 만들어 버리고 싶은 충동이 심연 저 깊은 곳에서 용솟음쳤으나, 당하고만 있을 영감도 아니었다. 또 자신에게 집중된 다른 눈들도 상당한 부담이 아닐 수 없었다.

"나 이 영감 몰라요. 처음 본 사람이라니까요."

이미 늦었다.

주인장은 눈을 지그시 감고 고개를 절레절레 흔들었다.

니기미.

“이, 인심 한번 쓰지요. 똑같은 걸로 한 상 더 부탁합시다. 하하하.”

“아! 죽엽청 한 병도 부탁허이.”

아아아, 어지럽다.

입맛이 달아나 버려 젓가락도 놓아버리고 영호성을 노려보는 진이다.

지가 노려보면 어쩔 것인가.

만족한 결과를 이끌어낸 영호성이 고개를 숙여 얼굴을 들이밀고는 나지막이 속삭였다.

“세월은 말이야, 늙은이의 편일세.”

애초에 백 년 묵은 여우와 자웅을 겨루어보겠다는 의도 자체가 무모한 짓이었다. 기왕 이렇게 된 거 늙은 거지에게 적선했다 생각하면 그만이다.

일 다경도 되지 않아 만두 한 접시와 오리 고기 한 접시가 나왔다.

영호성은 게 눈 감추듯 순식간에 만두와 오리 고기를 해치우곤 죽엽청은 숫제 나발을 불어 사그리 먹어치웠다. 그러고 나서도 뭐가 부족한지 아직 절반이나 남아 있는 진의 국수를 쳐다보며 입맛을 다셔댔다.

진이 어이없다는 듯 피식 웃으며 먹다 남은 닭국수를 영호성에게 내밀었다. 충분히 먹었고 버리느니 개나 주겠다는 심정인 게다.

“꺼억, 자알 먹었다.”

“변태 돼지.”

“자꾸 그럴래?”

“그럼 뭐라고 불러 드릴까? 다락방의 노망난 쥐새끼? 아니면 강호제일 색마? 하나 골라보슈.”

“험험, 내 누누이 강조했다시피 영웅호색이다. 네가 아직 어려서 그렇지 내 나이만 되어봐라. 보는 게 훨씬 재밌다니까."

"거보쇼. 변태가 틀림없지."

영호성의 눈썹이 역팔자를 그렸다. 자신의 세계를 이해하지 못하는 진이 못마땅한 것이다.

"올해 몇이더냐?"

"그건 왜 묻소?"

"내가 네 나이 땐 말이다, 하루에 여자 일곱 명 정도는 너끈히 해치웠다. 그냥 일곱 명이냐? 아니지, 한 명당 또 일곱 탕씩. 계산 되냐?"

사내들이 모여서 한다는 소리 중에 군 시절 개고생 했다는 이야기와 소싯적에는 변강쇠였다는 소리는 죄다 헛소리다. 사람이 어찌 하루에 마흔아홉 번의 그 짓이 가능하단 말인가.

여하간 공부 못한다고 놀리는 건 참아도 고추 작다고 놀리면 칼을 뽑는 단세포 생물이 바로 남자다.

진도 남자라는 동물의 단순명쾌한 사고에서 크게 벗어나지 않았다.

"뻥치지 마쇼. 영감이 사자요? 하루에 마흔아홉 번이나 하게?"

사자도 몸 상태 좋은 날이나 오십 번이 신기록이다. 더 들을 것도 없는 흰소리가 틀림없었다.

"못 믿겠지. 호박이 넝쿨째 들어와도 요만한 번데기로 꼼지락거리기만 하다 볼짱 다 본 고자 녀석이 진정한 싸나이들의 세계에 대해 뭘 알겠냐."

영호성은 또다시 새끼손가락을 엄지로 반이나 잘라 들어 보였다.

아아아.

역시 말을 섞으면 안 되는 영감이다.

대체 어찌해서 이런 영감이 천하제일인이 되었단 말인가. 역시 신검은 다 얼어 죽은 것이 틀림없다.

영호성은 풍맞은 강아지마냥 부르르 떨고만 있을 뿐 별다른 반응을 하지 않는 진을 보며 승리자의 미소를 가득 지어 보였다.

이 승째다.

두 번째 승리에 만족한 영호성은 의자를 바짝 끌어 앉아 뭔가 큰 비밀을 알려주는 양 주위를 훑어보더니 나직이 속삭였다.

"내 금강장사가 되어 뭍 여인네들의 방심을 녹여 버릴 특급 방술을 네게 일러줄 터이니 죽엽청 한 병만 더 쏴라. 어때?"

결국은 이거였던 것이다.

그냥 한 병 사달라고 하면 될 일을 사나이 가슴에 못을 박을 건 무슨 고약한 심보인가. 또 뭔가 수작을 부릴까 우려되어 일단 사주기는 하겠지만 한마디 안 할 수가 없다.

"천하제일인이나 되신다는 분이 강호 기행씩이나 한다면서 돈이 그렇게 없소? 순 거지네. 부인께서 용돈도 안 줘요? 영호세가를 이끈다는 분이… 흡!"

깜짝 놀란 영호성이 다급히 진의 입을 틀어막았다.

"쉿! 목소리를 낮추어라. 내가 알려지면 시끄러워진다."

행여 무림인들이 있다면 정말 귀찮은 일이 생길 것이었다. 게다가 부인의 귀에 들어가기라도 한다면…….

죽는다.

영호성은 노심초사 중인들의 반응을 둘러보았지만 아무도 이쪽에 관심도 없는 듯 웃고 떠들고 먹는 일에만 집중하고 있을 뿐이었다.

비로소 안심하고 진의 입을 막고 있던 손을 떼려는 순간,

"그 손! 당장 떼지 못할꼬!"

틀림없이 여인의 것으로 짐작되는 높고 고운 목소리, 그러나 범상치 않은 내력이 깃든 음성이기도 했다.

객잔 안은 다시 쥐 죽은 듯한 침묵에 휩싸였다.

일필휘지로 그려놓은 듯한 미려한 눈썹, 그 아래로 번뜩이는 고운 봉목(鳳目)이 사나운 기운을 토해내며 영호성을 노려보고 있었다.

일견해도 한두 푼 하지 않을 법한 금잠(金簪)과 패옥(佩玉)으로 치장된 머리, 붉은 비단 장배자를 곱게 차려입은 열대여섯 살 정도의 소녀다. 고생 모르고 자라난 금지옥엽의 치기가 가득했으나 세상을 굽어보는 오만 또한 넘쳐났다.

영호성은 멍한 표정으로 주위를 몇 차례 둘러보다 손가락을 세워 자신을 향해 가리켰다.

홍의소녀는 다시 꾀꼬리 같은 음성으로 낭랑하게 외쳤다.

"여기서 여인을 핍박하고 있는 불한당이 너 말고 또 누가 있느냐?"

욕을 먹은 영호성보다 진의 표정이 더욱 일그러졌다.

'니기미. 또⋯⋯.'

그렇다. 홍의소녀는 진을 불한당 노인에게 핍박받는 불쌍한 여인으로 본 것이다. 그러나 굳이 해명해 줄 이유는 없었다. 진은 홍의소녀가 형편없는 가정교육을 받고 자란 매우 싸가지없는 녀석이길 빌고 또 빌었다.

한편, 홍의소녀가 한 말 중에 오직 뒷부분만이 귓바퀴에 머물러 되뇌이고 있는 영호성이다.

"부, 불한당? 너어?"

손자들도 상투를 올린 지 오래다. 작년에는 증손도 보지 않았던가.

강호의 법도가 시궁창에 빠졌을지언정 작금의 사태는 쉬이 넘겨서는 안 되는 일인 것이다.

영호성은 노기를 애써 감추고 않고 홍의소녀에게 다가섰다.

"어린 친구가 말버릇이 고약하구나. 뉘 집의 여식이신가."

차림새를 보아하니 방귀 좀 뀐다는 집안의 철부지일 터였다. 어린아이에게야 손을 쓸 수 없다지만 홍의소녀의 아비는 가정교육에 대해 따끔한 훈육이 필요할 것이었다.

"흥! 너같이 늙어 똥오줌도 못 가리는 노망난 화상 따위가 본 가문을 알아 뭐 하게."

비틀.

"또, 똥, 오줌, 노망, 화사앙? 허어……."

못생기고 뚱뚱한 여자에게 못생기고 뚱뚱한 년, 이라 하는 것과 가물가물한 노인에게 늙어 노망난, 이라 말하는 것은 그것이 아무리 사실적 표현이라 할지라도 당사자는 욕 이상으로는 받아들이지 못하는 법이다.

영호성은 제대로 꼭지가 돌아가 버렸다.

'옳거니! 재미있겠다.'

생각보다 더 싸가지없는 녀석이다. 어디서 저런 걸물이 나왔을꼬.

자고로 거래는 붙이고 싸움은 말리라 했으나, 그렇게 놔두면 구경하는 입장에서는 재미없는 법이다.

진은 의자를 바짝 끌어다 앉고 반짝반짝 눈을 빛내기 시작했다.

기대에 차 있는 진의 모습을 본 홍의소녀는 기세를 높여 더욱 사나운 눈초리를 영호성에게 흘겼다.

반면, 홍의소녀의 앙칼진 눈길에 더욱 황당해진 영호성이다.

대체 왜 이 어린아이에게 저런 눈길을 받아야 하느냔 말이다. 철천

지원수를 외나무다리에서 만나도 저리 성을 내지는 않을 것이었다. 아니, 이제는 숫제 벌레 보는 듯하다.

"허어, 이 녀석 봐라."

영호성은 당돌하기 짝이 없는 홍의소녀의 머리라도 한 대 쥐어박을 심산으로 팔을 치켜들었다. 그러나 홍의소녀의 대응은 영호성의 생각보다 훨씬 높은 수위로 나타났다. 가차없이 검을 뽑아 든 것이다.

서슬 퍼런 진검. 어린아이가 책임지기에는 위험한 장난감이었다.

"경박하구나!"

영호성은 자못 노기 서린 일갈을 내뱉었다. 예로부터 근래에 이르기까지 젊은것들의 안하무인은 새로울 것 없는 사실이라지만 전후 사정도 가늠하지 않고 다짜고짜 칼부터 뽑아 드는 일엔 세태 타박만 하고 있을 수는 없는 노릇이었다.

위엄이 실린 영호성의 일갈에도 홍의소녀는 비릿한 웃음까지 내걸었다. 자신감을 넘어선 만용이다.

"이제 슬슬 겁나나 보지? 하나, 이미 늦었어."

홍의소녀는 가소롭다는 듯 비릿한 미소를 흘리며 검을 고쳐 잡았다.

아무래도 이 녀석의 아비는 좀 많이 맞아야겠다.

홍의소녀 아비에 대한 응징을 다짐한 그때.

영호성의 눈에 이채가 서렸다.

곧추세워진 홍의소녀의 검.

슴베에서부터 검봉에 이르기까지 검신에 빼곡히 들어차 있는 파자와 새하얀 백옥으로 만든 코등이에 새겨진 화려한 용의 음각. 살상의 효용보다는 사방신검과 같이 형식에 치중해 만들어진 검이었다.

영호성이 알기로는 천하에 저런 검은 하나뿐이었다.

“백룡검(白龍劍)?”

“주, 주제에 늙은 깜냥은 하는구나.”

말은 여전히 방자하나 홍의소녀의 얼굴에는 당혹감이 스쳐 갔다.

평범하다 말할 수는 없지만 이리 단박에 알아봐서는 안 되는 검이 백룡검이다. 강호에 처음으로 모습을 드러낸 검이란 말이다.

영호성의 말에 객잔에 있던 수십의 중인들의 시선도 동시에 백룡검에 집중되었다. 설마 그들이 알고 있는 그 백룡검이겠느냐 하는 의문 때문이었다. 무림에 몸담은 적이 없는 일개 사냥꾼에 불과한 자들. 이들이 귀동냥으로라도 한 번쯤은 들어봤던 검이 바로 백룡검인 것이다.

“허어, 정도(正道)의 지팡이라는 백룡검의 주인이 어찌 이리 안하무인일꼬. 너는 백비운과 관계가 있더냐?”

객잔 안이 술렁이기 시작했다. 강호인이 아니라도 쉬이 듣고 흘릴 수 없는 이름이 바로 백비운이었다.

언제부턴가 강호에 군림한 절대 강자 사인방.

바로 절대사존(絶對四尊)이다.

동구패신검(東求敗神劍) 영호성, 남신(南神) 장삼봉, 서패도황(西覇刀皇) 이덕패, 그리고 북검제(北劍帝) 백비운이 그들이다.

그 존재마저 희미했던 백운세가(白雲世家)를 검 한 자루로 오대세가의 반열에 올려놓은 사내. 마침내 천하영웅무림맹사 이백 년 만에 최초로 구파일방을 제치고 오대세가의 인물이 무림맹주가 된 입지전적의 영웅이 또한 백비운이었다.

홍의소녀, 백운세가의 금지옥엽 운혜는 당황하지 않을 수 없었다.

백룡검은 입소문으로야 많이 알려져 있었지만 실체가 공개된 적이 없어 그저 전설의 검으로만 치부되고 있을 뿐이었다.

　백비운은 지나치게 화려한 백룡검을 좋아하지 않았다. 강호에 모습을 드러내고 위명을 떨쳤던 젊은 시절에도 싸구려 철검 한 자루만을 패용했으니 더욱더 세상에 드러날 기회가 없었던 백룡검이다.

　처음 여인을 핍박해서 밥을 얻어먹을 때에는 괴팍한 노인네였고, 음탕한 눈빛─영호성의 눈빛이 언제나 그렇다는 것을 운혜는 알지 못했다─을 흘리며 무엇보다 소중한 여자의 얼굴에 손을 대는 패악한 짓거리를 할 때만 해도 영락없는 치한이었다.

　한데 그 음흉한 노인이 백룡검을 단박에 알아보았고 그 검의 주인이 자신의 아버지인 것조차 알고 있었다.

　그러고 보니 음탕하고 흐리멍덩한 눈빛은 이미 사라졌고, 심해와도 같은 검고 맑은 눈동자에는 총기만이 가득하다.

　'고수!'

　실로 일대 종사의 기도에 다름 아니었다. 사람이 어찌 이리도 순식간에 바뀌어 버릴 수 있는지 놀라울 지경이었다.

　그러나 이미 뽑은 검을 다시 거둘 자존심의 운혜도 아니었다. 그야말로 세상모르는 천둥벌거숭이가 운혜다.

　망설임도 잠시, 운혜는 다짜고짜 영호성에게로 몸을 날렸다.

　영호성은 한바탕 훈육으로 혼구멍을 내줄 작정으로 운혜에게 다가섰다가 느닷없이 검이 날아들자 일순 놀라지 않을 수 없었다.

　쉬익!

　빠르다.

　백룡검이 영호성의 허리를 순식간에 베고 지나갔으나 영호성은 미처 대처조차 못할 만큼 빠른 쾌검이었다.

　진은 놀라 벌떡 일어났다. 그러나 저지할 사이도 없이 백룡검은 이미 영호성의 허리를 깊게 베고 지나간 후였다.

여기저기서 탄성과 짧은 비명 소리가 들려왔다. 그러나 진만은 웬일인지 콧방귀를 뀌며 다시 자리에 앉아 느긋하게 턱을 괼 뿐이다.

당연히 영호성은 베이지 않았다. 완벽에 가까운 투로를 보인 쾌검이라 하나, 그 정도 쾌검에 베어질 영호성이었다면 지난날 진의 검에 목숨을 놓았어야 한다.

표홀신보(飄忽神步).

영호성이 운혜의 쾌검의 투로를 흘려 버리는 과정에서 발현된 단 하나의 신법이었다.

사람의 눈으로는 잡아낼 수 없는 움직임. 그렇기에 신형의 잔상이 검로에 남아 있었고, 다른 이들의 눈에는 영호성의 허리가 베어진 것으로 보인 것뿐이었다.

“이런!”

운혜의 고운 아미에 내 천(川) 자가 그려졌다.

사람을 베어본 적은 없었고, 죽여본 적은 더 더욱 없었다. 그럼에도 마음 놓고 전력을 다한 이유는 백룡검으로는 사람을 상하게 할 수 없기 때문이다. 백룡검이 기병일지는 몰라도 보검은 아니었다. 백룡검은 날을 세워놓지 않았기 때문이다.

그러나 내력이 실린 검에 일격을 당하게 되면 며칠은 드러눕기 십상일 터. 그 정도로도 충분하다고 생각했기에 자신이 알고 있는 최고의 쾌검인 전광휘검(電光輝劍)을 마음 놓고 펼친 것이었다.

검은 빨랐고, 투로는 완벽했다. 그런데도 걸리는 게 없었다.

여섯 살 적부터 십 년을 매일같이 연성한 전광휘검 뇌전쾌검식의 일초가 허무하게 헛물을 켠 것이다.

그러나 운혜가 놀랄 일은 여기에서 끝나지 않았다. 뇌전쾌검식이 지나간 그 자리에 영호성이 느긋한 표정으로 멀쩡히 서 있는 것이었다.

'서, 설마 금강불괴라도 된단 말인가? 아니야. 아무리 금강불괴라 한들 검끝에 아무것도 느껴지지 않을 수는 없어.'

영호성은 금강불괴 따위를 익힌 적도 없을 뿐 아니라 금강불괴라는 말은 철포삼 따위의 외가기공이 호사가들의 입방아를 통해 와전된 전설일 뿐이다.

영호성은 단지 표홀신법의 수법으로 검을 피한 후 다시 제자리로 돌아온 것일 뿐이었다. 가히 전광석화 같은 몸놀림이었기에 이를 어렴풋이나마 볼 수 있었던 사람은 진뿐이었다.

주눅이 들 법도 하건만 운혜는 더욱 투기를 불태웠다. 달리 하룻강아지 범 무서운 줄 모른다는 격언이 전해지는 것이 아닌 게다.

내민 오른발 끝에 검끝을 늘어놓는 착지검세(着地劍勢). 보기엔 평화롭지만 살기가 짙은 기수식이다. 운혜는 이제 생사결을 염두에 두기 시작한 것이다.

"백룡승천(白龍昇天)! 어린 친구가 많은 공부가 있었구나."

"……!"

피가 배어 나오도록 입술을 깨무는 운혜. 노인은 이제 가문의 일인비전마저 한눈에 알아본 것이다.

상대가 초식을 알아본다는 사실, 그것은 곧 가문의 이름이 걸린 일전이 되어버렸다는 의미에 다름 아니다.

"당신은 오늘 실수를 한 것이에요."

운혜의 말투는 달라져 있었다. 불한당이 아닌 고수를 대하는 마음가짐에 절로 바뀐 말투다. 그간의 여유를 버리고 모질게 마음먹은 운혜였다.

난생처음 가져 본 살심.

운혜의 온몸에서 불같은 기세가 뽑아져 나오기 시작했다.

슬슬 움직이는 백룡검. 술 한 잔 따라놓고 흥을 돋우는 한 편의 검무와도 같은 움직임이다.

언제까지나 그렇게만 움직일 것 같던 정적인 검무가 느닷없이 내달리기 시작했다.

여전히 차분하기만 한 영호성. 그러나 장포에 가린 그의 발은 이미 구궁을 밟고 있었다. 상대의 마음가짐이 달라졌으니 대적자로서 대우하는 것이다.

폭풍처럼 밀려들다 지척에 이르러서 급격히 느려지는 검초, 망동을 이끌어내는 변화다. 일순 느려진 검초에 마음을 풀라치면 또다시 성난 들소처럼 몰아친다.

백운세가를 오대세가 중 제일세가로 올려놓고 백비운을 무림맹주의 자리에 앉게 하였던 백룡의 출세(出世)다.

미소 짓는 영호성.

진과 겨룰 당시의 호승심이 만든 유희에 기인한 웃음과는 성질이 다르다. 할아버지가 재롱을 피우는 손자를 보며 즐거워하는 기쁨의 웃음과도 같은 두루뭉술한 호기다.

진은 곧 흥미를 잃어버렸다. 애초에 싸움이 될 리 없는 푸닥거리다. 장단이 너무나 극명하니 어른이 어린아이를 데리고 노는 모양새다. 건질 것도 배울 것도 없는 장난질에 흥미를 느끼지 못하는 것은 당연한 일이었다.

시큰둥해져서 죽엽청을 홀짝이며 딴청을 피우는 진과는 달리 운혜는 낭패한 기색이 완연했다.

백룡승천은 천하제일세가의 천하제일검법이다. 무림맹주인 아버지가 확신했고, 아버지와 검을 섞은 모든 이들이 그리 말했다.

'세가 내에서는 아무도 막지 못했는데… 분명히 강호에서는 막을 사람이 아무도 없을 거라고 했는데…….'

아무리 칼을 휘둘러도 노인은 발조차 움직이지 않았다. 막아낸 것도 아니다. 그저 상체를 까닥까닥하며 모든 검초를 간발의 차로 피하고만 있을 뿐이었다. 불가능한 일임에도 그것을 무리없이 현실화시키는 노인이었다.

"이 씨이……."

금세 울상이 된 운혜. 아니, 이제는 커다란 두 눈에서 닭똥 같은 눈물을 흘리며 막무가내로 백룡검을 휘두르고 있었다.

운혜는 알지 못했고, 백운세가의 수많은 고수들은 모두 알고 있는 일이었다. 한두 대 슬쩍 맞아주고 운혜의 서슬을 피하는 것이 정신 건강에 이롭다는 사실을. 그리해야 주야를 불문하고 비무하자고 달려드는 백운세가의 귀한 막내딸에게 들볶이지 않는다는 것을.

"우아아아아앙!"

결국 운혜는 바닥에 퍼더버리고 앉아 울음보를 터뜨리고야 말았다.

영호성은 그런 운혜를 황당한 표정으로 쳐다볼 따름이었다. 비무 중에 생각대로 되지 않는다고 칼을 던져 버리고 울어제끼다니. 아무리 철없는 계집아이라지만 이건 듣도 보도 못한 경우였다.

운혜는 시간이 지날수록 더욱 서럽게 울어댔고, 영호성은 더욱 어찌해야 할 바를 모르고 있었다.

"아, 아이야."

영호성이 어떻게든 운혜를 위로해 보려고 슬슬 다가서는 순간이었다.

"이놈! 감히 내 딸의 눈에서 눈물이 나게 하다니! 네놈이 죽지 못해 환장을 하였구나!"

격분한 어조였으나 내용은 팔불출인 웅엄한 육합전성이 객잔 내로 울려 퍼졌다.

동시에 객잔의 이층 창문이 열리며 몇 개의 인영이 영호성과 운혜의 사이로 떨어져 내렸다.

반쯤 실성한 광포한 눈빛을 번뜩이는 중년인과 검은 무복을 입은 두 명의 사내다. 어느새 눈물을 뚝 그쳐 버리고 놀라 커다랗게 떠진 눈을 중년인에게 향하는 운혜.

"아, 아빠? 아빠아~ 우아아앙!"

운혜는 중년인의 품에 안겨 더욱더 서럽게 울어대기 시작했다.

"그래, 그래, 아빠 여기 있다."

그렇다. 바로 이 팔불출 사내가 현 무림맹주이자 백운세가의 기둥, 검제 백비운인 것이다.

장내는 다시금 지독한 침묵에 휩싸였다. 실존하는 전설이 갑자기 등장한 탓도 없지 않지만 살아 있는 전설치고는 너무 모자라는 모습이라는 이유가 절대적이었다.

그러나 백비운은 주위의 반응 따위는 관심없었다. 그에게는 느지막이 얻은 금지옥엽을 핍박하는 갈아 마셔 죽일 놈만이 보였을 뿐이다.

이지를 상실한 백비운의 광안이 영호성에게 고정되었다.

더러운 영감탱이. 뭘 처먹었는지 입가와 수염에는 기름기가 번들거리고 장난기가 가득한 눈은 썩은 동태 눈깔 같다. 못된 짓을 얼마나 많이 했는지 잡아 채인 것 같은 귓불이 턱 선까지 늘어져 있는…….

꼭 오랜 친구 영호진우의 괴팍한 큰삼촌인 영호성을 빼다 박았다.

너무…….

많이 닮았다.

안색이 순식간에 싸늘하게 식어버린 백비운이다. 충만했던 노기는 오간 데 없이 사라지고 백비운의 얼굴에는 어색한 미소만이 남아 있었다.

"후, 후배 백가가 크, 큰 어르신께 인사 여쭈옵니다."

"난 어르신 따위가 아니라 죽지 못해 환장한 놈일세. 조금 전까지 나는 그리 들었네만."

눈에 보일 만큼 급격히 핏기가 사라지는가 싶더니 누가 들어도 어색한 대소를 터뜨리는 백비운이다.

"우하하하……! 어르신께서는 농이 과하십니다. 제가 언제 그런 말을 했다고……."

"난 자네가 그랬다고 말한 기억이 없네."

백비운의 고개가 푹 꺼졌다. 이내 그의 힘없는 목소리가 흘러나왔다.

"비각주(飛脚主), 사람들을 물려주시게."

검은 무복의 사내, 무림맹 외당 비각주 염철영은 앞뒤 설명 없는 백비운의 명을 이해하지 못해 멀뚱히 쳐다볼 따름이었다.

"여행객들이 매우 피곤해들 보이니 가서들 쉬시라고 전해주란 말일세."

염철영은 여전히 맹주의 말을 이해할 수 없었으나 고개를 들어올린 백비운의 꺼멓게 죽어버린 얼굴을 목도하고 도대체 왜 그러느냐고 물을 용기가 나질 않았다.

곧 비각주 염철영과 전무당주 장운의 서슬에 여행객들은 황망히 자리를 떠야 했다.

"자네들도 피곤할 터인데 가서들 쉬시게."

마침내 염철영과 장운마저 사라져 버린 객잔에는 진과 영호성, 그리고 운혜만이 남아 있게 되었다.

백비운은 주위를 쓰윽 훑어보더니 느닷없이 이마를 바닥에 박고 넙죽 엎드렸다.

"어르신, 죽을죄를 지었나이다! 제가 그만 실성을 하였나 봅니다!"

백비운은 어미 잃은 짐승처럼 처절하게 울부짖었다. 평소 백비운을 알고 있다고 자부한 이들이 보았다면 믿지 못할 광경이었고, 천하영웅 무림맹의 맹주 된 자가 할 행동으로도 납득되기 어려운 행동이었다.

그러나 백비운으로서는 그리할 수밖에 없었다.

몰락한 가문의 후손으로 길거리의 비렁뱅이로 연명하던 어린 시절. 그를 거두어 무예와 학문을 가르쳐 지금의 백운세가를 있게 한 영호백은 백비운의 스승이자 아비였다. 그리고 사부인 영호백의 큰형님이자 영호가의 가주가 영호성이었으니, 그에게는 하늘 같은 태사백(太師伯)인 셈이다.

그냥 태사백도 아니고 괴팍하기 이를 데 없는 태사백이다.

무림맹주의 위엄을 헌신짝처럼 버리고 머리를 조아리는 일 따위야 앞으로 벌어질 일의 끔찍함을 조금이나마 덜어낼 수 있다면 백 번이라도 할 수 있었다.

"딸아이의 입이 아주 걸더구나. 아비 된 자의 입 또한 이리 구수하니 이 또한 부전여전이 아니겠느냐."

영호성의 눈이 초롱초롱 빛나기 시작했다.

그 눈을 보며 백비운은 결심했다. 또다시 옆집 아낙의 속곳을 훔쳐

오라고 하거나, 지나가는 여인네의 치마를 들춰보라 한다거나, 혹은 아직까지 꿈자리를 사납게 하는 '그 일'을 하라고 한다면…….

차라리 죽어버릴 거라고.

"너는 내가 코끼리 춤을 추게 할 거라고 지레짐작을 하는구나. 그렇지?"

아아~ 코끼리 춤! 결국 생각나고 말았다.

코끼리 춤이라 하면 남만의 밀림에서 산다는 코가 기다란 거대한 짐승의 재롱쯤으로 생각하는 사람이 있을 것이다. 그러나 여기에서 코끼리 춤은 신기한 동물의 귀여운 재롱 따위가 아니다.

인간, 특히 수컷의 사타구니에 붙어 있는 작은(?) 코끼리. 바로 이 코끼리의 춤을 말하는 것이다.

개봉 대로변 한복판에서 춰야 했던 코끼리 춤. 그땐 정말 심각하게 자결에 대해 생각했었다.

영호진우와 장난치다 물독을 깨 먹은 아주 사소한 사건이었다.

그까짓 일로 애제자들에게 백주 대낮에 바지를 내리고 하체를 흔들게 한다는 것이 제정신을 가진 사람이 시킬 수 있는 일이냔 말이다.

"코끼리 춤?"

'아차!'

백비운은 깜짝 놀라 뒤를 돌아보았다. 그곳에는 눈에 넣어도 안 아플 막내딸이 놀란 눈을 뎅그렇게 뜨고 있었다.

"어르신, 제발!"

백비운은 또다시 절규했다.

그땐 열여섯 살이었지만 지금은 쉰을 넘겼다. 장가든 아들 둘에 딸 하나를 두고 있는 어엿한 가장이란 말이다.

딸아이 앞에서 코끼리 춤을 추라고 한다면 그에게 스스로 목숨을 끊으라고 하는 것이나 다름없었다.

"예끼. 자네가 아무리 죽을죄를 지었어도 그렇지, 천하의 무림맹주에게 코끼리 춤을 추라고 할까 봐. 걱정 마시게. 내 더 좋은 것을 배워 놓았으니."

한편 안도가 되기도 했지만 영호성의 미소를 보노라면 그리 개운한 느낌을 주지 않는 것은 왜일꼬.

"그래, 이곳에는 무슨 볼일이 있는 겐가?"

영호성은 아무 일 없었다는 양 태연하게 물었다.

"악!!"

장내를 뒤흔드는 우렁찬 음성. 넝마가 된 백비운은 허리를 꼿꼿이 세우며 악을 질러댔다.

"교육은 끝났네. 이젠 대답해도 되네."

쭈뼛대는 백비운.

"그, 그래도 될런지……."

"아쉬우면 코끼리 춤 한 번 추든지."

화들짝 놀라는 백비운이다.

"아닙니다! 어르신의 명을 따르지요."

이제는 슬슬 진의 눈치를 살피는 백비운이다. 바닥을 구르는 자신을 처음부터 지켜봤기에 껄끄럽기도 하거니와, 영호성에게 할 말을 저 청년이 들어도 괜찮을까 하는 의구심이 들었기 때문이다.

"이 친구가 들어서는 안 되는 얘기인가?"

"꼭 그런 것은 아닙니다만."

딱히 기밀을 요하는 사항은 아니지만 내력을 모르는 자에게 아무렇게나 흘릴 얘기도 아니었다.

"이 친구는 내가 보장하지."

"꼭 그럴 만한 사항도 아닙니다. 근방에 직접 손을 대야 할 일이 있어 이를 처리하고 맹으로 돌아가는 길이었습니다. 이곳을 지나는 길에 마침 저 녀석이 이곳에 나타났다는 소식을 접하여 예까지 이른 것입니다."

고개를 주억거리는 영호성. 무림맹주가 직접 처리할 일이라면 경중을 헤아릴 수 없는 중대한 일일 터였다. 백비운이 입을 다무니 영호성도 더 묻지 않았다.

영호성은 이내 그윽한 눈으로 운혜를 바라보았다.

"너를 꼭 닮았구나. 용모하며 말투까지."

무림맹주는 삽시간에 사라지고 다시 팔불출이 등장하는 순간이었다.

"껄껄껄, 그렇지요? 벌써 백룡승천까지 들어섰습니다. 지 오라비들보다 오 년을 늦게 시작했건만 성취는 이미 넘어서 버렸지요. 저를 닮아 참으로 영민한 아입니다."

딸 자랑에 여념이 없는 백비운을 보고 고개를 절레절레 흔드는 영호성이다. 달리 저런 왈가닥이 나온 것이 아닌 게다.

영호성은 아직까지 제 흥에 겨워 막내딸을 천하제일녀로 만들고 있는 백비운을 무시하고 운혜에게 물었다.

"올해 몇이더냐."

"예? 여, 열여섯입니다."

뭔가를 골똘히 생각하다가 화들짝 놀라 대답을 하는 운혜다.

운혜로서는 생각해야 할 것이 많았다. 첫째는 아버지의 태사백에게 감히 검을 들이댄 것에 앞으로 무슨 벌을 받을까라는 것이고, 둘째는 백비운이 아이처럼 흐느꼈던 모습에 대한 충격, 그리고 마지막으로 도대체 코끼리 춤이 뭘까라는 의문이었다.

"검에는 의미를 두지 말거라. 검은 사람을 상하게 하는 쇠붙이일 따름이다. 깊은 곳에 있는 뭔가를 찾으려 하면 오히려 눈에 뻔히 보이면서도 중요한 것을 간과해 버리기 십상이다. 무슨 말인지 알겠느냐?"

심검지경의 고수가 자신의 검술을 견식하고 일러준 말은 기연에 다름 아니다. 강호의 칼밥 먹고사는 이라면 꿈에서도 그릴 만한 일이거늘 운혜의 신경은 이번에도 전혀 다른 곳에 쏠려 있었다.

권태로운 표정의 미공자에게로다.

'머, 멋있다!'

처음엔 여자인 줄로만 알았다. 아니, 지금 봐도 천하절색이다.

한데 남자란다. 백옥 같은 피부에 빙어같이 고운 손, 세상사 달관한 듯한 권태로운 표정, 새까만 흑발 밑으로 묘한 빛을 발하고 있는 저 눈동자 하며.

어떤 여인이 저 미공자를 앞에 두고 가슴이 설레지 않을쏘냐.

십육 세 소녀 운혜는 눈 깜짝할 사이에 사랑에 빠지고 말았다.

한편 진은…….

굉장히 졸렸다.

대체 저 주책바가지는 언제까지 지 딸 자랑에 침을 튀기고 있을 것인가. 게다가 졸려 죽겠는데 저 꼬마는 왜 저리 부담스러운 눈길로 쳐다보느냔 말이다.

이래저래 불편한 상황이건만 널따란 객잔에 달랑 네 명만 앉아 있는 식탁에서 혼자 냉큼 일어나기도 뭐한 상황이었다.

과거 군 시절. 비가 오나 눈이 오나, 혹은 팔뚝만한 구렁이가 목을 감고 있어도 뉘일 공간만 있으면 잠을 잘 수 있는 신비로운 능력을 보유했던 진이었다.

고개를 꼿꼿이 들고 눈을 반개(半開)한 채로 숙면을 취하는 고절한 수법은 이미 고교와 생도 시절에 절정의 수준까지 익혀놓았던 것이다.

불편하고 부담스러운 자리였으나 적잖이 고단한 하루였던지라 진은 어느새 눈을 반개한 채 스르륵 잠이 들어버렸다. 결국 네 사람은 같은 자리에 앉아서 각자의 일로 바쁜 형국이 되어버린 것이다.

바로 옆에 앉아 진의 기감을 느끼고 있던 영호성을 제외하고, 혹자가 보기에는 몸가짐이 올곧은 청년 고수의 모습이었기에 백비운은 새삼 진을 의식했다.

"한데 이 청년은……."

천하제일인이 보장하는 청년이라니 진의 내력이 궁금하지 않을 수 없는 백비운이다.

운혜는 진과 결혼해 첫날밤을 치르는 데까지 진전된 상상 속에서 마침내 빠져나왔다. 비로소 공통의 관심사가 생긴 것이었다.

"아! 그렇구나. 내 소개하지. 이 아이는……."

누구더라?

그러고 보니 영호성이 진에 대해 알고 있는 것이라곤 집채만한 늑대를 부리는 애늙은이라는 것과, 신비한 내력을 지닌 청년 고수라는 것뿐이었다.

"그러니까… 그렇지! 내 외손자일세."

"예? 아소(阿小)에게 이런 아들이 있었던가요?"

영호소천. 영호세가의 외당을 맡고 있는 영호성의 손녀딸이자 백비운의 사매이기도 했다.

"아! 내가 오래전 양녀로 삼은 아이가 낳은 딸의 아들이라니까 그러네. 자네는 잘 모를 거야."

여간해서는 파악하기 어려운 족보다. 백비운은 개운치 않은 표정이었다.

"지금 내 말을 의심하는 겐가?"

"그, 그럴 리가 있겠습니까."

의구심이 들지 않는 것은 아니지만 영호성이 그렇다는 데야 쓸데없이 토를 달아 매를 벌 필요는 없었다.

"내 소개시켜 줌세."

영호성이 툭 건드리고 나서야 진은 슬그머니 눈을 떴다. 단잠을 깨운 것에 놀라거나 실수를 할 법도 하건만 너무나 자연스럽게 반개한 눈을 뜨고 영호성을 의아하게 쳐다볼 따름이니 그 수법이 기가 막힐 지경이었다.

"인사하시게. 이쪽은 내 외손자 현진. 인사 여쭈어라. 천하영웅무림맹의 맹주이시다."

진이 고개를 갸웃거렸다.

"외손자?"

진이 무슨 개떡 같은 소리냐는 표정을 지어 보이자, 영호성이 진의 옆구리를 푹 찔렀다. 엉겁결에 벌떡 일어나 백비운에게 포권을 취하며 고개를 숙이는 진이다.

"현진이라 합니다."

엉겁결에 인사는 했는데……. 이 얼뜨기 아저씨의 흐뭇한 표정은 뭘까?

"현 소협께서는 올해 몇이 되었소?"

나이는 또 왜 묻고?

"열일곱이 되었습니다."

"호오."

백비운의 눈이 묘하게 빛을 발하기 시작했다.

그의 내심은 이러했다.

오대세가에는 포함되지 않았지만 진정한 천하제일세가는 영호세가라고 확신하는 백비운이었다.

영호성은 말할 것도 없고, 영호세가에는 뛰어난 무예와 학식을 갖춘 인재가 계곡의 돌멩이처럼 지천에 널려 있는 곳이다. 유난히 나서기를 꺼려하고 세 불림에도 관심이 없어 혈족으로만 가문을 운영하고 있어서 그렇지 문도를 받기 시작한다면 그날 부로 육대세가의 모양을 만들어내는 데 부족함이 없는 가문이 바로 영호세가인 것이다.

그런 명가와 연이 닿아 있는 청년의 몸가짐이 똑바르고 용모 또한 뛰어나니 탐이 나지 않을 수가 없었던 것이다.

게다가 백비운 정도의 초절정고수는 상대의 한 걸음, 손짓 하나만으로 지닌 바 무위를 어느 정도 짐작할 수 있는 법.

이미 진의 절제된 행동거지와 잘 갈무리된 기운을 통해 지닌 능력을 감지한 바, 이제는 그 그릇을 가늠할 요량으로 백비운은 진을 찬찬히 뜯어보기 시작했다.

'이런 빌어먹을.'

자신을 향한 세 쌍의 눈.

꼬마 계집아이의 취한 듯한 몽롱한 눈, 뭔가를 알아내려 뒤루룩 굴리는 백비운의 날카로운 눈, 그리고 남들이 보니까 따라서 쳐다보는 영호성의 아무 생각 없는 눈.

진은 아무래도 여기 계속 앉아 있다간 성질을 드러낼 것 같아 불쑥 일어섰다.

"죄송합니다만 먼저 일어나겠습니다. 좀 전에 못다 한 이야기가 있으신 듯한데, 그럼."

일변하는 세 쌍의 눈.

꼬마 계집아이의 안타까워하는 눈, 뭔가 불쾌한 듯한 기색의 백비운의 눈, 그리고 역시 아무 생각 없는 영호성의 눈.

진이 일어서자 운혜도 따라 일어섰다.

"넌 왜 일어서느냐?"

백비운의 물음에 화들짝 놀라는 운혜다. 꼴을 보니 자신이 진을 따라 일어섰다는 것조차 모르는 눈치였다.

백비운은 내심 쾌재를 불렀다.

맹주라는 자리가 그저 무식하게 힘만 있다고 따낼 수 있는 자리가 아니다. 인덕도 못지않아야 하고, 정치적으로도 성숙해야 한다. 이 모든 것에 있어서 소위 '눈치'가 발군이어야 함은 두말하면 입만 아플 따름이다. 운혜의 거의 넋이 나가 버린 듯한 몽롱한 표정은 그녀의 상태를 의심해 볼 여지도 없는 일이었다.

기회다 싶어 백비운이 나섰다.

"하하하, 그러고 보니 우리 혜아와 현 소협, 두 용봉이 참으로 어울리지 않습니까?"

백비운은 크게 웃으면서도 곁눈으로 영호성의 눈치를 살폈다. 이번 기회에 확실히 두 집안을 엮어버리겠다는 의지의 표현이었다.

그러나 영호성은 백비운의 바람에 관심도, 동조할 생각도 없는 모양이었다.

"그래? 내 보기엔 계집아이 둘이 그냥 서 있는 것 같은데?"

근데 저 영감이.

영호성에게 성난 눈길을 한 번 흘기는 진.

말을 섞지 말아야 한다. 그것이 남는 장사일지니.

진은 찬바람 흩날리는 눈길을 뿌리고는 그대로 이층의 객방으로 올라가 버렸다.

그 순간까지 머리 속에 '어울리는 한 쌍'이라는 말만 수없이 반복되고 있었던 운혜는 진이 객방으로 모습이 완전히 사라지고 나서야 번뜩 정신을 차렸다.

"아빠는… 몰라욧!"

백비운의 가슴팍을 사정없이 내려치는 운혜다. 좋아 죽겠다는 운혜만의 표현 방식이었다. 싫다는 표현은 이보다 훨씬 과격하고 물리적인 방법으로 이루어지니 다른 짐작은 할 필요도 없었다.

운혜는 얼굴이 벌게져서 역시 제 방으로 뛰어들어 가버렸다.

영호성의 반응은 기대했던 바가 아니었지만 백비운은 진에 대해 더 자세히 알아보겠다는 다짐을 했으며, 반드시 영호세가와의 끈을 돈독히 만들겠다는 의지도 새삼 정리하는 순간이었다.

진과 운혜가 사라지자 영호성의 얼굴이 급히 어두워졌다.

"그래, 무슨 일인지 말해 줄 수 있더냐. 맹주의 자리가 쉬이 망동할 가벼운 자리가 아니거늘."

아니나 다를까? 백비운 역시 잔뜩 굳어진 얼굴이었다. 철없는 막내 딸과 진 앞에서는 선뜻 입에 담을 수 없었던 말을 하려는 것이다.

"큰일이 터질 듯합니다."

"그럴 조짐은 이미 몇 해 전에 감지되었다 하지 않았더냐. 그래서 내린 결론이 조정의 재량에 맡겨두자는 것이었고."

말없이 고개를 주억거리는 백비운.

왕조의 색깔과 관계없이 피차 건드리지 않았던 강호와 조정의 관계였다. 하나의 왕조가 다스리기에는 너무나 넓은 중원이다 보니 정복 왕조는 각 지역에 뿌리내린 거대 문파나 세가에게 치안과 상권을 맡기고 그 문파와 세가를 직접 통제하면서 지배권을 효율적으로 행사해 왔던 관례가 이어져 오고 있는 것이다.

그러나 결국 무너질 수밖에 없는 사상누각(砂上樓閣)이라.

특히 정복 왕조가 지금과 같은 이민족일 경우, 한족들로 구성된 막강한 무력 집단의 존재가 달가울 리 없는 일일 터였다.

황실은 폐도령을 선포함으로써 중원 무림을 압박하는 한편, 여전히 세력권을 인정해 주는 이중적인 정책을 쓰고 있는 것이다. 몇몇 문파는 이에 격렬히 저항했으나 당장 세력을 키우고자 했던 대부분의 문파와 세가가 적극 협조하고 있었으니 관·무 상호 불가침 따위는 애초에 빛 좋은 개살구일 수밖에 없었다. 말로는 관·무 상호 불가침을 외치지만 실상은 악어와 악어새 같은 긴밀한 기생 관계를 이어왔던 것이다.

"난세도래(亂世到來) 교룡출세(蛟龍出世) 미륵불하생(彌勒佛下生). 최근에 민가에 떠돌고 있는 소문입니다. 특히 백련교주 한산동이 주축이 되어 민심을 동요시키고 있습니다. 하지만 정말 심각한 부분은 따로 있습니다."

"그게 무언가?"

"녹림천하문의 움직임입니다. 이덕패 그자, 큰일을 꾸미고 있는 듯

합니다.”

“이덕패라면, 무림맹에 고개를 숙이고 들어와 평화 협정을 맺자고 했던 자가 아닌가? 그리 큰 그릇은 아니라고 봤네만.”

“이 년 만에 녹림을 통일시키고 단숨에 장강수로십팔타까지 흡수한 인물입니다. 무림맹에서는 그자를 주시하고 있었습니다. 그런데 최근에 그와 하오문이 결탁했다는 증거가 수집되고 있습니다.”

“녹림천하문과 하오문이라… 그리 보기 좋은 모양새는 아니구먼.”

“그렇습니다. 그리고 최근 몇 년 동안의 화약 탈취 사건도 이들과 관련이 있어 보입니다.”

“화약?”

“그렇습니다. 조정의 병기창에서는 물론이고, 재배치를 위해 이동 중이던 화약도 심심찮게 사라지고 있다는 첩보입니다.”

“그렇다면 녹림천하문이 화약을 수집한다는 말인가?”

“확실치는 않습니다만 정황으로 미루어보아 틀림없습니다. 문제는 그들이 화약을 가지고 뭘 하려는가 하는 점입니다.”

영호성의 안색이 더없이 굳어졌다. 군부에서만 취급되는 화약, 그것으로 할 수 있는 일은 그리 많지 않았다.

“역모인가?”

백비운은 답하지 않았다. 무엇보다 확실한 긍정의 의미였다.

영호성이 다시 물었다.

“녹림천하문이 일만의 무리라 하나 관군에 미치지는 못할 터, 조금 더 지켜봐야 할 문제로군.”

“이덕패가 걸물이기는 하나 혼자서 이 모든 일을 꾸미지는 않았을 겁니다.”

"그렇다면!"

"저희가 우려하는 점이 바로 그것입니다. 녹림천하문이 천년신교까지 흡수해 버리고 백련교와도 연합을 한다면……."

십만 대군이 된다.

화약 무기로 무장한 십만 대군과 사파의 수많은 고수들.

파생될 결과는 불 보듯 뻔한 일이다.

백비운은 식어버린 찻잔을 들어올리며 어느 때보다 굳은 음성으로 말을 이었다.

"정도 연합군, 무림맹이 다시 태어날 때가 됐습니다."

쿠구구구!

갑자기 천지가 울리기 시작하더니 이내 억센 빗방울이 객잔의 지붕을 요란하게 두드리기 시작했다.

창밖을 내다보던 영호성이 나지막이 읊조렸다.

"쉬이 그칠 비가 아니야. 거센 폭풍우가 들이닥칠 것 같구먼."

더욱 기세를 올린 빗줄기가 세상의 모든 것을 집어삼켰다.

제13장

흑혈단!

창밖을 내다본 진의 안색이 어두워졌다.

해가 중천에 이를 시각이건만 사위는 칠흑의 어둠에 휩싸여 있었다.

한 치 앞도 안 보일 만큼 거센 빗줄기는 수그러들 줄을 몰랐다.

삼 일 후면 민초빈에게 약속한 달포째가 되는 날이었다.

더는 지체할 수 없는 일. 결국 진은 빗속 여정을 강행하기로 결정했다.

진은 몰래 짐을 꾸려 객잔을 빠져나왔다. 딱 뭐 훔쳐 나오는 양상군자(梁上君子)의 모양새이나 그리하지 않으면 안 될 이유가 있었다.

"비나 그치면 나서지 않고."

바로 이 목소리의 주인공을 떼어놓기 위해서다.

영호성이 눈곱도 떼지 않은 부스스한 얼굴을 창문 밖으로 빠끔히 내밀었다.

그리 조심을 했건만 아침잠 없는 노인네의 귀를 속이진 못한 모양이었다.

"갈 길이 바빠 더는 지체할 수 없겠수다. 동행과 만날 약속도 해놓았고."

"그 커다란 늑대 말이더냐?"

말 위에 오르려던 진이 움찔 놀란다.

"도대체… 훔쳐보는 게 취미이자 특기군."

"보이는 걸 낸들 어쩌랴. 눈을 감고 다니랴?"

저 영감은 주둥이 신공도 연마한 것이 틀림없다. 애초에 백 살 먹은 여우와 말 겨루기를 하려 했던 놈이 정신 나간 놈일지니.

"그럼 보중하쇼. 벽에 똥칠하다 며느리에게 소박이나 맞지 말고."

진은 기어이 한마디 쏘아붙이고 말을 부려 빗속을 내달렸다.

"허어, 거참."

영호성이 안타까운 눈길로 사라지는 진의 뒷모습을 가득 담아두었다.

지난 이틀간 비는 멈추지 않았다.

그리고 진의 강행군도 멈추지 않았다.

그 덕에 중공산 밑자락에 위치한 안양까지 산턱 하나만 남겨두었다.

그러나 오늘만큼은 중공산 밑자락에 자리한 안양의 객잔에라도 들를 참이었다. 새 옷도 사고 목욕도 해야 한다. 이 꼴로 산채에 들었다가는 사부들 보기에도 그렇고, 무엇보다 연화는 당장에 눈물을 게워낼 것이 분명했다.

'그 녀석. 잘 있겠지?

연화의 또랑또랑하고 선한 눈은 누군가를 많이 닮았다. 당장 누굴 닮았냐고 묻는다면 대답할 수는 없지만, 그저 오랜 시간 같이 지내온 친근감 때문에 그런 생각이 든 것은 아니었다.

'내 가족이니까.'

혈연으로 묶인 것은 아니지만 더한 정으로 결속된 가족이다.

이제 턱 하나만 넘으면 집이다.

가족이 있고, 편안하게 몸을 뉘일 수 있는 곳.

집은 좋은 거다.

"조금만 더 참자."

진은 지친 말을 다독이며 더욱 속도를 높여 달려나갔다.

폭우를 헤쳐 나가기를 한참 후.

불현듯 멈춰 서는 진이다.

빗방울이 숲을 때리는 소리가 어지럽게 들려왔지만 분명 그것과 구별되는 소음이 섞여 들려왔던 탓이다.

'병장기 소리!'

틀림없다. 간간이 인간의 기합성도 섞여 있었다.

"날이나 개면 싸울 것이지."

그저 제 갈 길을 재촉하는 진이다. 강호 첫 출도 후, 곤욕을 치르는 사람들을 구해준 적이 있기는 하지만 의협심의 발로에서 기인한 것은 아니었다. 한 번은 먼저 건드린 경우고, 두 번째는 갚아야 할 빚이 있어서 직접 찾아 나선 경우다.

도전에는 응전으로 받아주되, 그렇지 않은 경우에는 쓸데없이 남의 일에는 끼어들지 않는다.

이것이 진의 살아가는 방식이었다.

그러나…….

이 빌어먹을 찜찜함.

슬슬 아랫배가 아파오고 오금이 저려온다.

또다.

양만댐에서처럼, 김팔봉을 만났을 때처럼.

묵힌 변을 해결하지 못한 것처럼 개운치가 않다.

"젠장!"

빌어먹을 직감의 세 번째 도전이었다.

지난 두 번 모두 철저하게 깨졌지만, 그렇다고 피할 생각은 없다. 말했다시피 도전에는 응전으로 맞선다.

진은 말을 묶고 아련한 금속성이 들려오는 곳으로 신법을 전개했다.

마침내 도착한 수풀. 기십을 헤아리는 검은 인영들이 사나운 기세를 뿜어대며 서로 엉켜 있었다.

기척을 최대한 죽이고 나무 위로 숨어들어 안력을 돋우는 진.

서너 명의 사내들은 이미 땅에 누워 있고 칠팔 명의 흑의인들이 어지럽게 도광을 뿌리고 있었다. 보보가 경쾌하고 내뿜는 기세가 정갈한 자들, 하나같이 고수였다.

놀랍게도 이 정도의 고수들과 평수를 이루며 맞서는 무인은 단 한 명뿐이었다.

그러나 그것도 잠시, 압도적인 숫자의 차이를 극복하지 못한 채 슬슬 파탄을 드러내는 무인이다.

"……!!"

더 이상 버텨내기 힘들 것 같은 저자. 아담한 체구에 넓적하고 짧은 칼을 쓰는 도법이 눈에 익다.

"그래 이렇더라니, 니기미."

눈에 익은 정도가 아니라 저건 연화다. 암울한 직감은 이번에도 틀리지 않은 것이다.

저 계집애가 어째서 여기에 있단 말인가. 이들은 대체 누구기에 무리를 지어 연화를 죽이려 한단 말인가.

전장을 향해 주저없이 몸을 날리면서도 지금의 상황이 어떻게 발생하게 되었는가에 대한 의문이 들지 않을 수 없었다.

머리 위로 떨어지는 일도를 겨우 틀어막은 연화는 물러서기에 여념이 없었다. 그 틈에 뒤에 붙은 흑의사내가 연화의 등줄기에 칼을 박으려 하는 순간!

촤악!

진은 한 치의 망설임도 없이 사내의 등을 베어버렸다.

깊다. 사내는 화타가 부활해 돌아와도 달리 수를 내지 못할 만큼 깊이 베였다.

등 뒤에서의 급작스런 기습에 남은 흑의사내들은 당황한 기색이 역력하다. 그 틈을 놓칠 진이 아니었다. 혈조에 고인 핏물이 가시기도 전에 또 다른 흑의사내의 살과 뼈가 갈라지며 쓰러졌다.

이번에는 깊지 않다. 의도한 바, 팔목이 잘려 나간 자는 당장 전력화가 불가능할 뿐만 아니라 동료의 수발까지 받아야 한다. 부상자를 만들어 적들의 발목을 잡아놓는 전투 교리는 기본 중의 기본이다.

그러나 뭔가 다르다.

이자들.

쓰러진 동료에게 눈길조차 주지 않는다. 팔목이 잘린 자도 비명을 지르기는커녕 재빨리 지혈을 하고 옷을 찢어 상처를 감싸고 있을 따름이었다.

'훈련된 자들!'

빠진 자리의 공백을 메우는 진세의 변화도 빠르다.

확실히 집단전을 염두에 두고 훈련받은 자들이었다.

'이 녀석. 대체 누굴 건드린 거야?'

아직은 갑작스런 습격에 정비가 되지 않았다. 지금이 기회였다.

"뛰어!"

진은 연화의 손을 잡아채고 내달리기 시작했다. 당황하는 흑의사내들. 도망갈 것이라고는 생각하지 못하고 방어진으로 전환했건만 의표를 찔린 것이다. 그러나 곧바로 추적을 감행하는 흑의사내들이다. 역시 체계적인 훈련으로 단련된 자들이 틀림없었다.

'좋지 않아.'

연화는 정신을 놓아버렸다. 비명을 질러대는 기혈들. 저런 자들을 상대로 싸워왔으니 아무리 연화일지라도 무리수를 두었던 모양이다.

진은 연화를 들쳐 업고 용천혈로 더욱 진기를 밀어 넣었다. 연화가 힘을 쓸 수 없는 현재로선 일단 저들을 따돌리는 것이 최선이라 판단한 것이다.

발자국과 흔적들은 세찬 빗물에 씻겨 내려갔다. 지나온 길을 신경 쓸 필요가 없게 된 셈이다.

입에서는 단내가 올라왔고 숨은 턱에 걸렸다. 그러나 진은 발을 멈추지 않았다. 기회가 있을 때 최대한 거리를 벌려놓아야 했다.

일각 동안 쉬지 않고 도주하고 난 후.

추적권을 벗어났다고 판단하고서야 진은 연화를 내려놓고 멈춰 섰다. 안심할 만큼 벗어난 것은 아니지만 연화를 깨워놓지 않으면 더 이상의 도주는 무리였다.

진이 연화의 뺨을 거세게 두드렸다.

"괜찮으냐?"

"으으으……."

다행히 당장에 손을 써야 하는 위중한 상처는 눈에 뜨이지 않았다. 단지 진기를 과도하게 끌어다 쓴 바람에 기혈이 안정이 안 되고 있을 뿐이었다.

진은 빗물이 고인 커다란 나뭇잎을 기울여 연화의 입에 흘려 넣었다. 이 물질이 입 안에 들어오는 것을 느꼈음인가. 연화의 눈이 슬그머니 뜨여졌다.

"헛!"

벌떡 일어난 연화. 진을 보자마자 격전의 와중에서도 놓치지 않고 있던 칼을 휘두르기 시작했다.

진은 기겁하며 급히 몸을 뺐으나 연화는 진의 보법의 궤적을 그대로 밟아오며 무시무시한 검격을 쏟아낼 따름이었다.

"이, 인마!"

뭐라 말할 사이도 없이 펼쳐지는 연환격.

달리 방도가 없었다. 진도 세영검을 뽑아 들었다.

채재쟁!

힘에서는 밀리지 않으나 섬세하고 무쌍한 변화는 감당하기 벅차다. 연성된 내력의 수위조차 진의 그것을 앞서는 연화였다.

무엇보다 한쪽은 죽이겠다는 의지고, 진은 그럴 수 없음에 시간이 지날수록 격차는 더욱 벌어졌다.

자신의 검격이 막히자 변화를 가미하는 연화.

수라회선참, 지면에 스치듯 몸을 날리며 진의 발목을 쓸어오는 기세가 흉흉하기 짝이 없다. 방법은 도약뿐이거늘 그렇게 되면 이어지는 청운회피풍검의 연환초식에 허리가 갈라진다. 알면서도 당할 수밖에 없는 노릇.

"이런 고약한!"

선택의 여지가 없었다. 내일도 허리 밑으로 두 다리가 멀쩡하게 달려 있는 것을 보려면 전력을 다한 동귀어진의 한 수뿐이었다.

"하앗!"

수라회선참을 피할 도약과 동시에 무시무시한 기세를 담은 일단세가 연화의 정수리로 떨어져 내렸다. 허리를 파고드는 청운회피풍검을 도외시한 파산파벽. 칼을 회수하고 막든지, 둘 다 죽든지를 선택할 권한은 전적으로 연화에게 달렸다.

펑!

칼을 거두고 물러서는 연화. 당황한 기색이 역력하다.

기실 진의 마지막 승부수는 자신만의 도박에 불과했다. 연화는 진의 허리를 베고도 회피할 충분한 여력이 있었던 것이다.

그녀가 승부를 잠시 미뤄야 한다고 판단한 이유.

"파산파벽? 네 녀석이 어찌……."

강호에 널리 알려졌다지만 제대로 된 파산파벽을 구경하기란 어려운 일. 게다가 백인백색(百人百色)의 개산초월검이거늘, 연화가 알기로는 조금 전과 같은 파산파벽을 구사할 수 있는 이는 단 한 명뿐이었다.

비로소 생긴 여유에 안도의 한숨을 내뱉는 진이다.

"나니까 알지, 이 천방지축 왈가닥 아가씨야."

정말 큰일날 뻔했다. 동귀어진의 한 수가 혼자만의 도박이었다는 사실을 간파한 순간에는 정말이지 죽는구나 싶었다.

인명은 제천이라. 사람 목숨이야 어쩔 수 없다지만 정신 나간 계집애의 칼에 죽어야 한다면 얼마나 허무한 노릇인가.

그러나 진은 더 이상 신경질을 부릴 수 없었다. 연화의 눈가에 금세 뿌연 습기가 차 올랐던 것이다.

"진?"

빗물에 쓸려 마음대로 흘러내린 머리카락을 치워 보이는 진.

주위는 달빛조차 없는 지독한 어둠에 휩싸여 있었지만 진의 자녹안만은 은은한 귀광(鬼光)을 발하고 있었다.

"아진!"

진의 품으로 뛰어드는 연화. 진은 일순 당황했으나 이내 가늘게 떨고 있는 연화의 어깨를 가만히 토닥여 주었다.

"대체 무슨 일이냐. 네가 왜 여기 있고, 그 사람들은 또 뭐 하는 놈들이야?"

연화는 비로소 진의 품에서 벗어나 눈물을 훔치며 말했다.

"네가 안 오니까… 온다고 해놓곤 안 오니까… 찾아보려고 나도 내려온 거야."

"그럼 그자들은?"

갑자기 연화의 안색이 일변했다.

"맞다! 마교! 그자들은 어디……?"

"마교?"

"그래, 마교. 안양에서 여자들이 없어진다는 소문을 들었어. 근데 여기를 지나다 보니까 그 자식들이 여자들을 잡아가고 있잖아."

아직도 분이 채 가시지 않는지 연화는 칼을 쥔 손을 부르르 떨고 있었다.

"마교인 줄은 어떻게 알았는데?"

"엉?"

연화는 멀뚱히 하늘을 보며 뭔가 생각하는 듯한 표정을 지어 보였다. 그러나 흑의사내들이 스스로 마교라 밝힌 적이 없으니 생각해 봐야 기억날 리가 없는 노릇이었다.

연화는 고개를 도리질 치더니 이내 확고하고도 결연한 표정을 지어 보인다.

"여자를 납치하는 개 같은 짓거리를 하는 자식들이 마교가 아니면 뭐야! 틀림없이 그 자식들은 마교의 개새끼들이야!"

또다시 고개를 절레절레 흔드는 진.

"그러니까, 앞뒤 정황도 모르고 다짜고짜 칼을 휘둘렀단 말이지?"

"그, 그게……."

무식하게 강하긴 해도 애는 별수없이 애다. 피 끓는 청춘을 적적한 산중에서는 퍼부을 데가 마땅치 않으니 엄한 사람 욕보게 만든 것이 아니겠는가.

"휴우. 그래, 마교라 치고, 일단 산에서 벗어나자. 몇 놈 작살내 놨으니 혈안이 돼서 우릴 찾고 있을 것이다."

연화의 눈이 등잔만큼이나 커지는 순간이었다.

"사, 살인을 했단 말이야?"

"글쎄, 한 놈은 모르겠는데 다른 한 놈은 살기 힘들 거다. 너도 몇 놈 눕혀놨더만 뭘."

"나, 난 그저 경락에 충격만 줘서……."

당황하는 진. 그에게 살인은 생소한 일도, 충격적인 사건도 아니었다.

이걸 어찌 설명하나.

"그, 글쎄. 뭐 안 죽었을 수도 있고… 지금 그게 중요한 것은 아니다. 이 산을 벗어나는 것이 우선이지. 훈련된 자들이다. 자칫 포위라도 된다면 벗어나기 더 힘들어져. 그놈들이 우리를 고이 놓아줄 이유도 없을 터이니."

"그래, 정확하다. 우리가 너희를 쉽게 놔줄 수는 없는 노릇이지."

조소 섞인 음성과 함께 피어나는 가공할 압력. 고수다.

아무런 기척을 느끼지 못했건만 오 장 밖 나무 밑에 흑포를 입은 중년인이 죽립을 깊게 눌러쓰고 기대어 서 있었다.

진과 연화가 티격태격하다가 한눈을 판 사이에 접근한 것이라 해도 둘 모두의 감각을 속이고 저만큼이나 접근한 인물. 이 정도라면 충분히 위험하다.

진의 싸늘한 시선이 흑포중년인의 면면을 훑었다.

삼십대 중, 후반의 중년, 안정된 기감이 느껴지는 사내다. 나무 기둥에 기대서서 팔짱까지 끼고 있는 태연함. 일견 여유가 있는 모습인 듯하지만 당장에 출수를 염두에 둔 주도면밀한 자세이기도 했다. 이 정도라면 좀 전의 흑의사내들과는 또 다른 차원의 인물이었다.

곧이어 수풀 양쪽에서 몇 개의 인영이 튀어나왔다. 분노와 치욕이 뒤섞인 눈빛을 흉흉하게 흘리는 흑의사내들. 연화와 다투었던 고수들이었다.

"니기미!"

몸을 빼기에는 이미 늦은 상황. 사내들은 언제든지 공세와 수세를 점할 수 있는 위치에 서서 진과 연화를 포위하고 서 있었다.

단순한 포위망이 아니다. 방위가 교묘하고 체계가 잡혀 있단 틀이다. 틀림없는 검진이었다.

연화가 정신을 차렸으니 어찌 부딪쳐 보겠지만, 문제는 검진의 생소함이었다.

그러고 보니.

흑포중년인의 위치, 검진의 중심이다.

본신의 무위도 결코 녹록치 않음에 과욕을 부릴 만도 하건만, 검진에 섞여 칼을 보태고자 하는 치밀함을 보이는 자였다.

진과 연화에게 서서히 다가서는 흑포중년인. 주위의 둘러싼 고수들의 움직임도 조금씩 변화하고 그에 따라 살기 또한 폭증했다.

일촉즉발의 상황.

진과 연화는 진기를 끌어 모으기 시작했다.

우뚝.

흑포중년인이 문득 멈춰 서더니 죽립을 들어올렸다.

"너희들의 가죽을 벗겨놓기 전에 하나만 묻자."

"……?"

"무슨 원한이 있어 내 수하들을 해쳤느냐?"

차분한 어조지만 입술을 실룩이는 꼴이 어지간히 눌러 참고 있는 모양이었다.

진은 내심 쾌재를 불렀다. 이성적인 흑포중년인 덕에 대화를 할 시간이 생긴 것이다. 물론 이제 와서 대화로만 해결을 보지는 못할 것이지만 필요한 것은 묘책을 짜낼 시간이지 대화 자체가 아니었다.

"그건 오해……."

"시끄럽고, 와라! 내 가죽이 벗겨지는지 네놈 머리 가죽이 벗겨지는

지는 결과가 말해 줄 터!"

시간을 벌어보려는 진의 의도는 연화의 폭갈에 묻혀 버렸다.

자신만만한 표정으로 칼을 고쳐 잡으며 진을 향해 한쪽 눈을 찡긋 감아 보이기까지 하는 연화다. 진은 한숨을 포옥 내쉬며 자신 역시 싸울 채비를 했다. 이렇게 된 이상 정면 돌파만이 살길이었다.

그러나 움직이지 않는 흑포중년인이었다.

"저것을 이름이더냐?"

흑포중년인의 뜬금없는 질문에 흑의사내 한 명이 대답했다.

"그렇사옵니다."

흑포중년인의 시선은 연화에게 고정되어 있었다. 면면을 훑어보는 듯한 날카로운 눈길. 부담스럽고 불쾌한 탓인지 연화의 표정이 일그러진다.

"소협의 사문이 어찌 되오?"

느닷없는 공대. 그럴 이유가 없는데도 애써 화를 억누르는 모습처럼 어색한 일이었다.

'뭔가 있는데…….'

흑포중년인의 심경에 변화가 생긴 이유는 분명 연화에게 있을 것이었다. 하지만 아무리 되짚어봐도 건들거리는 연화의 태도는 달라진 것이 없었다.

아니, 달라졌다. 붉으락푸르락. 뭐가 그리도 분한 것인지 눈가에 눈물이 맺혀들 정도였다.

"이 씨이, 난 여자란 말이야! 이 빌어먹을 자식아!"

비명에 가까운 일갈이다. 시종일관 차분하던 흑포중년인의 눈에도 당혹감이 서렸다.

다시 한 번 한숨을 포옥 내쉬는 진. 이번만큼은 연화의 도발이 십분 이해가 되는 대목인 것이다.

결국 흑포중년인의 눈에 불길이 치솟기 시작했다.

"내 인내심을 시험하려 들지 말라! 네가 사내놈이든 계집년이든 내 알 바 아니다. 고약한 꼴 보기 전에 사문을 밝히는 것이 좋을 것이다!"

흑포중년인, 천년신교 흑혈단주인 여사령은 무던히도 참아내고 있는 중이었다.

근자에 이르러 무림맹의 도발은 날이 갈수록 노골적으로 변해가고 있었다. 천년신교의 옛 명성을 찾겠다는 것도 아니다. 그저 숨 쉴 공간을 달라는 것뿐이었다.

그것이 그리도 어려운 요구인가? 무림맹은 같은 하늘 이불을 천년신교와 덮을 수 없다는 판단을 내린 것이 분명했다.

지단 하나가 밤사이 또다시 증발해 버린 것이다.

그렇지 않아도 착잡하고 심란하거늘, 잠시 자리를 비운 사이 웬 꼬마 둘이서 수하들을 몽땅 눕혀놓았다. 한 녀석은 사혈을 베여 기식이 엄연할 지경이고, 다른 놈들은 근맥이 잘리고 손목이 절단 나 다시는 칼을 들지 못할 정도였다.

신경질이 안 날 수가 있겠냔 말이다.

마음 같아서는 두 년 모두 껍질을 벗겨놓고 싶었지만 먼저 확인할 것이 있었다.

그의 수하들은 백전의 용사들이다. 집단전에서만큼은 수라만마대와 함께 신교 내 최고라 자부할 정도로 강력한 힘을 보유한 녀석들이었다. 그런 녀석들이 저런 꼬마 둘에게 그리 곤욕을 치렀던 이유는 까만 녀석이 쓴 무공 때문이었다.

포천착지(包天着地)의 역도 쌍수집병의 파지법. 칼을 양손으로 거꾸로 들고 몸과 일직선으로 세우는 대적세. 어느 것 하나 결코 흔하다 볼 수 없는 기수식이었다.

아니, 흔하지 않는 정도가 아니라 천년신교의 일인비전의 최상승 도법공부, 수라파천도법(修羅破天刀法)뿐일 것이다.

수하들의 말에 여사령이 직접 확인한 바, 과연 오해하기 딱 좋을 정도로 비슷한 기수식이었다.

그러나 그의 수하들이 모르는 것이 있었다. 수라파천도법은 이미 사십여 년 전에 절전된 도법이다. 모종의 음모와 배신이 깔린 지저분한 비화가 있었던 것도 아니고, 전대 교주가 교를 배신하면서 전수가 끊겨 버린 것이다.

무림(武林), 말 그대로 무의 숲이다. 실로 무수한 무예가 존재하는 곳이 무림이란 말이다. 그 수많은 무예 중에 수라파천도법과 비슷한 것이 없다는 보장은 어디에도 없는 법이었다.

게다가 수라파천도법과 제 짝인 수라파천신공(修羅破天神功)은 십성 이상 대성하지 않으면 절대 이끌어내서는 안 되는 저주의 신공이라 하질 않았던가.

자질이 남달라 보이긴 했으나 약관에도 미치지 못하는 청년, 아니, 소녀였다. 천년기재라는 전대 교주도 이십대 중반이 되어서야 겨우 십성을 보았다 했다. 여러 면에서 소녀의 도법이 수라파천도법일 가능성은 없는 셈이었다.

"마지막으로 묻는다. 그대들은 무림맹의 개들인가?"

"무림맹?"

며칠 지나지도 않아 두 번이나 듣는 이름이었다.

영호성에게 뭐 하는 놈들이라고 대충 듣기는 했는데…….

잊어버렸다.

여사령은 진의 반문에 더욱 분개했다.

"천년신교의 흑혈단에 아무런 이유도 없이 칼을 들이대고도 무림맹이 아니라 발뺌할 작정인가!"

이제는 연화보다 진의 얼굴이 사색이 되었다.

강호의 정세에 대해서는 가진 바 지식도, 관심조차 없지만 천년신교에 대해서만큼은 알고 있었던 진이다. 하루 걸러 하루는 연화의 입에서 찢겨 죽고, 말라 죽은 놈들이 아니던가.

이제는 정말 큰일난 거다.

"킥킥킥. 그래, 그렇다니까. 내가 뭐랬어. 간밤에 여자들을 납치하는 개 같은 짓거리를 하는 놈들은 마교 놈들밖에 없다니까."

들뜬 음성이나 증오가 묻어나는 어조다.

'위험하다.'

연화는 평정심을 잃었다. 막무가내로 달려들었다가는 저들의 칼 아래 고혼(孤魂)이 될 뿐이다. 진은 생각해 놓은 바를 실천하기로 마음먹었다.

권총.

영호성과의 일전을 통해 얻은 것이 있다면 자신의 능력을 과신하지 않는 것이었다. 하여 만약의 사태를 대비해 권총을 행장에서 빼 허리춤에 차고 다녔던 것이다.

이 시대에 자동 권총이 드러나 역사에 미칠 영향 따위는 일단 살아남고 나서 생각해 볼 문제였다. 일일이 조준해 쏘지 않아도 총성만으로도 적잖이 당황할 터. 좀 더 극적인 상황을 연출하기 위해서는 소음기를 빼야 하는 과정이 필요했다.

"본 교를 근거없는 낭설로 모욕하지 말라. 본 교는 납치해다 쓸 만큼 여자가 궁한 적이 없다."

쓸데없는 해명이다. 이러쿵저러쿵 말싸움해 봐야 결과가 달라질 것도 아니지 않는가. 어찌 되었든 여사령의 신중한 성격은 지금 이 순간 나쁠 것이 없었다.

'조금만 더.'

오랫동안 쓰지 않아서인지 유난히 뻑뻑하게 돌아가는 소음기가 애간장을 태웠다.

한데 여사령은 진이 무슨 짓거리를 하든 관심이 없는 모양이었다.

"여인들을 납치하다니, 그건 또 무슨 소리더냐."

흑혈단원 한 명이 억울하다는 표정으로 여사령에게 말했다.

"백련교도들이 제사에 필요한 처녀들을 납치한다는 첩보를 입수, 이곳에 잠복해 있다가 덮친 것입니다. 그들을 제압하고 여인들을 막 풀어주려 했는데 저 계집이, 아니, 저 청년이 갑자기 우리를 공격한 것입니다. 그것을 두고 저따위 흰소리를 지껄이나 봅니다."

흑혈단. 이들의 주요 임무는 지단의 관할 구역에 대한 치안 유지와 위험 요소의 제거다. 실제 이들이 베푸는 선행이 적지 않음에도 드러내지 않고 일을 처리하기에 기존의 좋지 않은 선입견을 아직도 깨지 못하고 있는 것이었다.

흑혈단원의 말에 외려 당황한 연화였다.

"거, 거짓말! 풀어주려 했다면 어찌 여인들을 밧줄로 엮어 끌고 갔단 말이냐?"

흑혈단의 사내가 사나운 눈으로 연화를 쏘아보았다.

"여인들이 우리에게조차 겁을 먹고 산속으로 달아나려는데, 그럼 비까지 내리는 야심한 산중에 짐승 밥이 되도록 놔둬야 한단 말이냐?"

그랬다. 연화가 여인들을 구해주려 했음에도 공포에 질려 비명을 지르는 바람에 이들에게 발각되지 않았던가.

"그, 그건……."

연화의 얼굴이 창백해졌다. 결국 선의를 가지고 여인들을 구해주었던 사람들에게 칼을 들이민 꼴이 된 것이다.

잔뜩 질려 있는 연화의 표정을 본 여사령의 음성은 한결 차분해졌다.

"네가 무슨 짓을 했는지 이제 알겠는가? 어찌 자의적인 판단으로 인명을 함부로 해하는가? 긴말할 것 없다. 무림맹의 개인지 아닌지는 본교가 판단할 터. 나를 따라가 줘야겠다."

연화는 망연자실한 표정으로 칼을 힘없이 떨구어 버렸다.

난생처음 사람을 상대로 도를 휘둘렀다. 비록 목숨을 빼앗지는 않았으나 다시는 무공을 사용하지 못하도록 혈맥과 근골을 끊어놓았으니 무인에게는 사형 선고를 내린 것이나 다름없었다.

부모를 비명에 가게 한 불구대천지수 마교.

하지만 마교도들은 그가 어려서부터 생각한 괴물의 모습이 아니었다. 그들 또한 자부심있는 무인이었고, 협로지행(俠路之行)을 자랑스러워하는 사람의 모습이었다. 마교라 하여 괴물들만 있는 것은 아닌 게다. 저들은 협을 행하였건만 자신은 그들의 협행을 곡해하고 가차없이 베어버렸다.

저들과 자신이 다른 점이 무엇인가?

도대체 누가 악인가?

이제는 한 맺힌 이 원한을 어찌해야 한단 말인가?

"크으으윽."

흑혈단과의 일전에서의 과도한 진기의 운용, 게다가 혼돈에서 비롯된 심마까지 곁들여지자 채 성숙치 못한 연화의 중단전이 요동쳤다. 기혈이 엉키고 내부가 진탕되기 시작했고, 역한 피가 목구멍을 간질였다.

이 순간 갑자기 맥없이 무너져 내리는 연화다.

연화의 심상치 않은 기감을 느낀 진이 위기의 순간에 연화의 수혈을 짚어 심마의 잠식을 막은 것이었다.

무너지는 연화를 받쳐 들고 여사령에게 고개를 돌리는 진.

"이것 보쇼."

비로소 여사령의 시선이 진에게 향했다.

"다 큰 어른들이 어린아이들을 다수로 핍박하는 것이 부끄럽지도 않소? 딱 오해하기 좋은 상황이 아니냔 말이오. 그러니 그만 합시다. 우린 무림맹의 무 자도 모르오. 내 그놈들 보면 꼭 알려 드리리다. 그러니 그만 하자고요, 예?"

진의 말이 끝나기도 전에 무서운 기파가 여사령의 전신에서 퍼져 나왔다. 결국 그의 인내심이 바닥을 드러낸 것이다.

불구가 된 사람이 있고 숨이 끊어진 부하도 있다. 그런데 목소리도 괴상망측한 저 빌어먹을 계집이 말하는 꼬락서니를 보라.

"이 계집년들이 오늘 본좌를 우롱하려 드는구나! 험한 꼴 보기 전에 당장 무릎을 꿇고 순순히 따르지 못할꼬!"

　실로 간담이 서늘해지는 노성이었으나 진의 얼굴은 오히려 싸늘하
게 식어갔다.

　"똥오줌 못 가리는 녀석들을 우리 동네에선 붕~신이라고 한다."

　"……!"

　"그중에서 두 눈 멀쩡히 뜨고도 나같이 건장한 청년을 계집이라고
부르는 중세 심각한 놈들을 따로이 조또 붕~신이라고 하지."

　"……!!"

　"바로 너 같은 놈이다, 조또 붕~신 새끼야!"

　머~엉.

　미간을 잡고 비틀거리는 여사령.

　너무나 충격적인 욕설에 연이어 난사당한 후의 극심한 후유증이었
다.

　"저, 저년, 아니, 저 새끼! 산 채로 잡아라. 팔다리 몽땅 잘라도 좋으
니까……."

　거대한 화염이 치솟는 여사령의 두 눈.

　"산 채로 잡아와!"

　여사령의 분노에 전염된 흑혈단 무사들이 불을 켜고 진을 향해 덮쳐
들었다.

　'나이스.'

　미소 짓는 진. 제대로 먹힌 격장지계다. 여사령은 물론이고, 흑혈단
의 고수들마저 이성을 잃고 진세를 무시한 채 막무가내로 달려들고 있
었다.

　쾅! 쾅! 쾅! 쾅!

　빗소리마저 삼켜 버리는 어마어마한 폭음. 그와 동시에 앞 선에 섰

던 흑혈단의 고수들이 나뒹굴기 시작했다.

여사령도 갑작스런 폭발음에 놀라 바닥에 몸을 넙죽 엎드렸다.

잠시의 정적.

그리고 더 이상 폭음은 들려오지 않았다. 추적거리는 빗소리와 더불어 고통을 참는 낮은 신음 소리만이 새어 나올 뿐이었다.

여사령은 서서히 몸을 일으켜 주위를 훑어보았다.

"이럴 수가……."

두 눈으로 보고도 믿지 못할 광경이었다. 흑혈단 수하 네 명이 다리를 붙잡고 뒹굴고 있었던 것이다.

여사령은 급히 달려가 수하들의 상세를 살펴보았다.

부위는 제각각이지만 상처의 형태는 모두 동일했다. 커다란 암기에 격중당한 상흔이다. 그중 어깨를 맞은 한 녀석은 깨끗하게 관통상을 입었을 지경이었다.

"대체……."

여사령은 이토록 커다란 암기를 던져 어깨를 관통해 버릴 정도의 위력을 가진 암기술이 있다는 소리는 들어본 기억이 없었다. 게다가 그 엄청난 폭음은 뭐란 말인가.

'당가의 잡놈들과 벽력문이 뭔가를 만들어낸 것인가?'

암기라면 사천당문이요, 폭약이라면 벽력문이다. 이들이 모여 뭔가를 만들었다면 조금 전의 일이 설명된다.

이내 도리질치는 여사령.

자존심이라면 천하제일이 바로 사천당문이요, 이에 뒤지지 않는 벽력문이다. 또한 이들은 견원지간에 다름 아니니 당문은 벽력문을 불장난하는 광대라 비아냥대고 벽력문은 당문의 암기를 소꿉놀이라 비웃는다. 당문에서 화약을 다루거나 벽력문에서 암기를 장치할 가능성은 내일 아침에 해가 서쪽에서 뜰 가능성보다 적은 노릇이었다.

　진과 연화가 사라진 방향으로 사납게 휘둘러지는 여살령의 눈길.

　'이 연놈들을 잡아 물고를 놓으면 밝혀질 일!'

　여사령의 신형이 빗속을 뚫고 쏘아져 나갔다.

기습, 폭파, 추적, 생존 등을 훈련의 궁극의 목표로 삼았던 군 생활, 그리고 실수의 경험. 이것들은 바뀌어 버린 진의 몸에도 깊이 새겨져 있었다.

빗줄기마저 흔적을 흩트려 놓고 있으니 어지간해서는 추적하기란 어려운 일이었다.

그런데도 여사령은 한 치의 망설임도 없이 진의 족적을 밟아갔다.

여사령 역시 추적술에는 발군의 기량을 가졌으나 더 큰 이유는 따로 있었다.

진은 지면에 발자국을 남기지 않기 위해 나무와 나무 사이를 뛰어넘으며 도주하고 있었지만 빗줄기에도 지워지지 않을 만큼 연화의 입에서 흘러나오는 피는 뚜렷한 흔적을 남긴 것이었다.

내부가 상해 흘린 각혈인지라 점혈로는 멈추게 할 수도 없는 노릇.

신법이 남달리 뛰어난 진이지만 한 사람을 등에 업은 상태에서는 더딜 수밖에 없었다.

결국 진은 오래지 않아 여사령에게 꼬리가 잡히고 말았다. 진이 너머의 나무로 뛰어오르려는 순간 여사령이 금나수의 수법으로 연화의 옷깃을 낚아채 버린 것이다. 순간적으로 몸을 비틀어 붙들리지는 않았으나 허공에서 받은 충격을 이기지 못하고 진은 연화를 안은 채 땅바닥으로 곤두박질치고 말았다.

'역시 무리인가.'

생각보다 너무 빨리 따라붙었다. 틀림없이 흑포 죽립의 고수일 터. 도망칠 수 없다면 다른 고수들이 들이닥치기 전에 승부를 봐야 했다.

진은 세영검을 뽑아 들고 주위를 살폈다. 그러나 여사령의 모습은 어디에도 보이지 않았다.

경계의 눈길을 소홀히 하지 않고 패대기쳐진 연화를 일으켜 세우는 진. 각혈은 어느 정도 멈춘 듯했지만 기혈이 들끓고 있었다. 당장에 조용한 곳에서 운기요상을 하지 않으면 위험한 상황으로 발전할 수도 있는 일이었다.

다시 연화를 업으려는 찰나, 노도와 같은 압력이 등 뒤에서 밀려왔다. 연화를 안전한 반대 방향으로 밀치는 진.

그 덕에 회피는 늦어버렸다.

맞설 수밖에 없는 상황.

채재쟁.

하나를 놓쳤다. 어깨가 길게 갈라짐과 동시에 솟구치는 피분수. 급격히 왼팔의 힘이 빠져나갔다.

"젠장!"

팔을 내주었음에도 진은 여사령의 위치를 잡아내지 못했다.

그 순간, 또다시 살갗이 돋아나는 예기가 엄습해 왔다.

"위!"

머리 위를 쳐다보았으나 거센 빗발에 눈을 뜰 수가 없다. 이 점을 노린 것인가. 주위의 환경을 간파하고 적절히 이용하는 한 수. 싸울 줄 알고, 이기는 방법도 아는 자다.

다급히 검막을 펼쳐 냈으나 경황 중에 휘두른 검이니 엄밀할 수 없다.

푸욱!

진의 오른쪽 허벅지에서 또다시 핏물이 솟구쳐 올랐다.

이번에는 제법 깊다. 검에 담긴 내력이 경락까지 침습한 모양. 뒤통수에 망치질을 당한 마냥 정신이 몽롱할 지경이었다.

결국 버티지 못하고 땅바닥에 무릎을 박아버리는 진이다.

이번에도 얻은 것은 없었다. 아직까지도 여사령의 신형은 빗속에서 오리무중이다.

일 대 일의 승부라면 이리도 밀리지 않을 터이나, 기식이 엄연한 연화의 존재와 다른 흑의고수들 때문에 조바심이 생긴 탓에 이 초 동안에 막심한 손해를 본 것이다.

'이대로는 당한다.'

더 이상 승부를 피할 수는 없었다.

눈을 감아버리는 진. 볼 수 있으되 필요한 것은 보이지 않으니 보지 않느니만 못하다. 오감 중 팔 할을 담당하던 시력이 닫히니 이를 만회하려는 다른 감각들이 바짝 긴장하기 시작했다.

이른바 육감(肉感)이 작동하니, 또 다른 세계가 펼쳐진다.

'어디 있느냐, 어디?!'

기해혈을 빠져나오며 온몸에서 소용돌이치는 옥녀심공과 태양공. 음양의 조화 속, 세상의 이치다. 어우러진 음과 양이 돌고 돌아 자연이다.

개울이 흐르고 잔바람에 나뭇가지가 흔들린다. 대기에 들끓는 살기에 산짐승들의 기척은 사라진 지 오래다.

자신의 거친 호흡, 연화의 미약하고 불안정한 호흡, 그리고 호(呼)와 흡(吸)이 지나치게 길고 안정된 자.

"거기냐!"

잠시의 주저함도 없이 진은 머리 위로 섬전과도 같은 십이검(十二劍)을 그었다.

개화분천십이단검(開花奔天十二斷劍). 일시에 단전을 통하는 모든 기혈을 열어 검끝에 실어 보내는 회심의 일초.

영호성이 낙매어우로 착각했던 바로 그 검초다.

촤르르르!

바람에 흩어지는 벚꽃과 같은 백광이 하늘로 치솟았다.

세차게 내리는 빗방울마저 윽박지름에 이기지 못하고 하늘로 솟구쳐 올랐고, 숲은 이 광포한 기운에 비명을 질러댔다.

퍼버벅!

'걸렸어!'

그러나 이것으로 끝이다. 영호성과의 일전에서 불현듯 다가온 기연이었으나 당시 손상됐던 본정은 채 회복되지 않은 상태. 무리가 따를 수밖에 없는 노릇이었다.

기혈이 순식간에 역류하고 수습이 안 된 여력(餘力)은 오장육부를 뒤집어엎으며 난동을 부리고 있다.

서 있을 힘조차 없다. 자꾸 눕고만 싶다.

그러나 마음 놓고 기절하기엔 한참이나 일렀다.

일순 역화분천에 말려 올라갔던 빗줄기와 날카로운 검기에 갈래갈래 찢긴 나뭇잎들이 함께 쏟아져 내린다.

진은 죽을힘을 다해 권총을 움켜잡았다.

이것이 마지막 기회다. 더 이상 두 발로 서 있을 힘조차 없다는 것을 알게 해서는 안 된다. 자신의 위기는 곧 적에게 기회, 결국 자신과 연화의 죽음을 의미할 따름이었다.

오 장여 밖으로 떨어져 내리는 여사령. 그 역시 정상의 몸놀림은 아니었다.

지면에 착지하려는 여사령을 향해 진이 서서히 권총을 들어올렸다.

가늠자와 가늠쇠의 합치점. 그 끝에 흐릿한 인영이 놓여졌다.

콰과광!

세 발의 총성이 한 음으로 이어지는 놀라운 속사다. 회피할 방위까지 미리 예측한 십자망이 구성된 것이다.

빗줄기를 뚫고 날아든 세 발 중 한 발이 여사령의 어깨를 파고들었다.

"크윽!"

허벅지에 커다란 검상을 입은 데다 어깨마저 내주고 만 여사령. 그는 검을 땅에 박고 주저앉아 버렸다.

추적을 영원히 저지할 수 있는 절호의 기회. 그러나 진은 한동안 여사령을 주시할 뿐이었다. 그 역시 마무리를 할 기력이 없는 것이다.

진은 자신의 내상을 감추려 최대한 목소리를 낮추어 말했다.

“이쯤에서 그만둡시다. 피차 피곤하잖소. 다시 쫓아온다면 이번에는 어깨가 아니라 머리에 바람구멍이 날 것이오.”

순 뻥이다.

이렇게 사용할 날이 빨리 올 줄 몰라 일곱 발만을 장전시켜 놓았었다. 권총에 남은 탄환은 이제 없는 것이다. 설사 탄환이 남아 있다고 해도 권총을 들어올릴 기력조차 남아 있지 않은 상태였다.

위태로운 걸음으로 연화를 들쳐 메고 장내에서 사라지는 진.

“쿨럭!”

진이 마침내 사라지자 검붉은 각혈을 한 사발이나 뱉어놓는 여사령이었다. 그 또한 치밀어 오르는 욕지기를 가까스로 눌러 담고 있었던 것이다.

그대로 좌정한 채 운기행공 하기를 일각여. 이윽고 여사령이 눈을 떴다.

비실비실 가까스로 일어선 여사령은 진이 사라진 곳을 멍하니 바라볼 따름이었다.

“십사수매화검법의 낙매여우? 아니다. 달랐어. 그렇다면 정말 개산초월검 파산파벽이었단 말인가? 이런 말도 안 되는…….”

파산파벽이 눈 깜짝할 사이에 열두 번이나 전개됐다. 너무나 흔하기에 오히려 아무도 익히지 않는 개산초월검. 그러나 극쾌와 변화가 가미되니 천하일절의 무공으로 탄생한 현장을 목도한 것이다.

사내인지 계집인지도 모를 비실비실한 몸에, 약관에도 못 미쳐 보이는 나이.

생각보다 강호는 넓은 곳이 아니다.

저 정도 성취를 보인 자라면 알려지는 것은 시간문제일 터.

"반드시 너와 난 다시 만난다. 그땐 사정이 다를 할 것이다!"

검을 지팡이 삼아 힘겹게 걸음을 옮기는 여사령의 어깨는 그의 다짐과는 달리 잔뜩 처져 있었다.

수하들이 있는 곳에 도착한 여사령은 눈앞에 펼쳐진 황당한 광경에 멍하져 버렸다.

웬 노인이 부상당한 부하를 두고 쪼그리고 앉아서 암기에 당한 다리 부위를 손가락으로 콕콕 찔러보고 있었고, 그때마다 찔림을 당한 부하는 계집애처럼 비명을 질러대고 있는 장면. 그나마 사지 멀쩡한 녀석들도 눈 주위에 퍼런 멍 자국 하나씩을 그려놓고 노인을 둘러싼 채 어쩔 줄을 몰라 하고 있으니, 이 상황을 어떻게 받아들여야 하는가.

포위하는 형국으로 격자 검진을 갖추었을 뿐이지 여사령이 보기에는 빙 둘러 노인이 하는 양을 구경하는 군중, 그 이상도 이하도 아니었다.

노인은 여사령이 나타났음에도 관심은 오직 이것뿐이라는 양 구멍 난 수하의 허벅지를 손가락으로 푹푹 찌르고 있을 뿐이었다.

"이게 대체……."

그제야 여사령을 본 흑혈단원 한 명이 재빨리 다가와 부복했다.

"아룁니다. 갑자기 괴노인이 나타나서 눈 색깔이 이상한 사내아이를 보지 못했냐고 묻고는 모른다고 하자 다짜고짜 저희들을 패기 시작했습니다. 도저히 저희들의 상대가 아닌지라 어쩌지 못하고……."

천하의 흑혈단을 흠씬 두들겨 패놓은 괴노인.

다름 아닌 영호성이다.

아무리 생각해도 진은 진기한 구석이 너무 많은 아이였다. 어차피 따로 할 일도 없었고, 백비운을 따라나서 봐야 고리타분한 일만 생길 것이 분명한 노릇이었다. 게다가 자칫하면 자신의 행적이 부인의 귀에 들어가 끌려갈 수도 있는 일이었다.

두 번 생각할 것도 없이 영호성은 진을 따라나섰다.

진의 행적을 추적한 끝에 이 산까지 오게 되었고, 이곳에서 진의 말을 발견했다. 말을 살펴보고 있는 와중에 느닷없이 천둥 소리가 연이어 들려오니 마침내 이곳에 이르게 되었던 것이다.

와보니 검은 무복을 입은 험상궂은 사내들이 득실대고 있었다. 나름대로는 상냥하게 진의 행방을 물었으나 인상도 좋지 않은 녀석들이 공손하게 대답하기는커녕 눈알을 부라리기만 한 통에 일단 흠씬 두들겨 패놓고 본 것이다.

신나게 패고 있는 와중에 영호성은 해괴한 부상을 당한 사내 몇을 보고는 이제 그 상처가 왜 생겼을까를 놓고 고찰하고 있던 중이었다.

"선배께서는 어인 일로 부상자를 그리 핍박하십니까?"

풍기는 기도는 차라리 필부에 가까웠지만 결코 평범하지 않은 수하들을 묵사발로 만든 노인이다.

결론은 하나였다.

기도를 완벽하게 갈무리할 정도의 초절정고수. 해서 여사령은 경거망동하지 않고 최대한 예를 갖춘 것이었다.

"핍박? 아! 이거. 그냥 좀 이상한 암기에 당한 것 같아서 말일세. 굉장하구먼. 상세를 보아하니 커다란 쇠구슬 같은데 이렇게 깨끗하게 관통할 정도라니, 놀라운 수법이 아닌가."

"그렇습니다. 계집아이같이 생긴 녀석이었는데 손바닥만한 검은색 막대기에서 천둥 소리와 함께 암기가 발사되어 저와 부하들이 당하고 말았습니다. 그건 그렇고, 이제 제가 부상자를 돌보아도 되겠는지요."

여사령의 말을 듣기나 했는지 벌떡 일어나 여사령에게 눈알을 부라리는 영호성이다.

"계집아이같이 생긴 녀석? 혹시 키는 이만하고 눈 색깔이 묘한 녀석이 아니던가?"

"눈 색깔까지는 보지 못했지만, 선배가 말씀하신 아이가 맞는 듯합니다."

영호성의 얼굴에 잠시 화색이 돌다가 다시 굳어졌다.

"그래, 그 아이가 어디로 가던가? 설마 네놈이 그 아이에게 무슨 짓을 한 것은 아니겠지?"

범접치 못할 위압감이 영호성에게서 피어남과 동시에, 고요하던 숲속 공기가 포효하기 시작했다. 굉장한 기세에 놀라기는 했지만 경험 많은 여사령은 침착하게 말을 이었다.

"허허, 무슨 짓이오? 제가 무슨 수로요. 그 아이의 무공은 제가 무슨 짓을 할 만한 수준이 아닙디다. 제 부하들을 별 이유도 없이 저리 만들어놓고 냅다 내빼기에 뒤쫓아갔다가 오히려 저만 이리 상처를 입고 돌아오는 중이지요."

"그렇지, 그리 쉽게 당할 아이가 아니지. 그래, 어디로 가던가?"

"여협과 그 아이는 저~쪽으로 갔습니다."

여사령은 진이 사라진 정반대 방향을 가리켰다.

열을 받을 대로 받은 여사령이다. 힘으로는 어찌할 수 없으니 엿이라도 먹일 심산인 게다.

고개를 갸웃거리는 영호성. 그 모습에 여사령은 가슴이 철렁 내려앉았다.

‘아차! 폭음.’

세차게 비가 내렸지만 그에 묻힐 소리가 아니었다. 저 정도의 고수가 그 소리를 듣지 못할 리는 없는 노릇이었다.

여사령은 아연 긴장하며 슬슬 검병으로 손을 가져갔다.

“여협? 그건 또 누구야? 뭐, 가보면 알겠지.”

‘어라?’

빗소리가 드세긴 드셌나 보다.

영호성은 여사령이 가리킨 방향으로 순식간에 사라졌다.

안도의 한숨을 내쉬는 여사령이다.

참으로 사나운 일진이 아닐 수 없었다.

지단 하나가 밤사이 사라지고, 신교의 최정예 흑혈단이 하루아침에 절반이 불구가 되었으며, 어깨가 박살이 났다. 그리고 이번에는 상상을 초월한 고수가 협박을 해대니 이 같은 날이 또 있을까.

엄한 곳을 가르쳐 줬으니 괴노인은 다시 돌아올 것이다. 그땐 액땜했다고 생각하고 말 재수없는 날 중의 하루만은 아니게 될 것이다.

“어서 가자. 부상자들을 들것에 실어라.”

여사령과 흑혈단원들이 시무룩하게 장내를 정리하고 있을 그때, 멀리서 들려오는 말발굽 소리.

아니나 다를까, 두 필의 말이 흑혈단이 있는 쪽으로 다가왔다.

‘이건 또 뭐야?’

두 필의 말을 부리는 자는 무림맹 비각주 염철영과 운혜였다.

아침나절 진이 일언반구도 없이 사라져 버리자 엄한 백비운을 물고 늘어지며 하루 종일 울어댔던 운혜다. 결국 백비운은 염철영을 붙여주는 조건으로 진을 따라나서는 것을 허락해야만 했다.

탁월한 추적술을 지닌 비각주 염철영의 도움으로 영호성과 진의 자취를 밟아오던 와중,

드디어 발견한 떨거지들.

이따위 녀석들과 말도 섞고 싶지 않았지만 도움이 필요한 것은 운혜였다. 하지만 천생이 권문세가의 막내딸, 나름대로 격식을 갖춘다고 한 것이 이 모양이다.

"너희들은 혹 회색 장삼의 노인과 청의를 입은 공자를 보지 못하였느냐?"

여사령의 검미가 당장에 하늘로 치켜 올라갔다.

오늘 만나는 계집들은 왜 다 이 모양인가.

여사령은 혈압이 올라 뒤통수가 지끈거릴 지경이었다. 당장에 계집의 머리를 뽑아버리지 않는다면 가라앉지 않을 두통이었다.

그러나 소녀의 뒤에 있는 녀석의 기도가 심상치가 않았다. 부상까지 당한 마당에 싸움이 일어난다면 쉽게 끝내지는 못할 터. 그사이 노인이 돌아온다면······.

여사령은 자못 미소까지 지어 보이며 역시 영호성과 진이 갔던 곳과는 전혀 다른 방향을 가리켰다.

"저~쪽으로 갑디다, 소저."

"음… 이럇!"

운혜는 고맙다는 말 한마디 없이 여사령이 가리킨 방향으로 말을 몰고 사라졌다. 덤으로 흙탕물까지 여사령의 얼굴에 잔뜩 뿌려주면서 말이다.

"저런 씨앙!"

터질 듯 달아오른 여사령. 그런 단주를 보며 흑혈단원들은 어쩔 줄

모르고 쭈뼛거릴 뿐이었다.

"뭘 봐, 새끼들아! 동작 봐라! 오늘도 정신 교육 신명나게 해볼까, 앙!"

화들짝 놀란 흑혈대원들의 동작이 엄청나게 빨라졌다. 부상자들마저 강시처럼 일어나 채비를 도울 지경이었다.

여사령이 최근 한 마을에 우연히 들러서 알게 된 '흑죽대협의 극기 훈련 및 정신 개조 훈련법에 관한 각론' 의 효과에 만족하며 이를 반드시 신교에 퍼뜨려 기강을 세우리라 다짐하는 순간이었다.

제15장

위기는 이어지고

비는 어느새 그쳤다.

벌써 한 시진째.

드디어 뭔가를 발견한 영호성. 신형을 멈춰 세우더니 넙죽 엎드려 세심하게 땅바닥을 살펴보고, 흙을 긁어내 비벼도 본다. 그러나 실망한 기색, 또 허탕이었다.

'짐승의 흔적뿐이야. 그 염병할 놈이 날 가지고 논 것이렷다!'

영호성은 몸을 돌려 지나온 방향으로 다시 신형을 날렸다. 잘못이 시작된 곳으로 되돌아가 처음부터 시작할 요량인 게다.

잠시 후.

영호성이 도착한 한적한 공터, 흑혈단과 조우했던 곳이다.

한적한 정도가 아니다. 풀 한 포기, 돌멩이 하나를 남기지 않고 걷어갔다. 깨끗한 솜씨, 원천적 증거의 말소였다.

"쥐새끼 같은 놈들!"

잰 발로 따라가 껍질을 벗겨놓으라면 못할 것도 없으나, 당장 중요한 것은 그게 아니었다.

영호성은 장내를 훑기 시작했다.

숫제 땅을 갈아엎어 놓았다. 흔적이라면 흔적이지만 반경 십 장여가 모조리 흔적인 셈이니 난감하기만 할 따름이었다.

"어허! 이를 어찌한다……!"

그 순간, 영호성의 눈이 샛별처럼 반짝거렸다.

나뭇가지 위에 점점이 수놓인 혈흔. 나뭇잎 밑에 숨어 무시무시한 빗줄기를 피한 핏자국이었다.

'사단이다!'

나무 위로 길을 내어 다닐 이유가 없는 노릇. 흔적을 남지지 않고 도주하려던 자의 흔적이리라.

도주자, 피, 그리고 한 무더기의 고수들. 상황을 파악하기는 어렵지 않았다.

'도주자는 진, 그 녀석들이 쫓아간 게야.'

기실 피의 주인은 연화, 헛다리를 짚었지만 달라질 것은 없었다.

핏물이 흩뿌려진 방향이 다음 나무를 가리킨다. 영호성은 날다람쥐처럼 나무 사이를 널뛰기 시작했다.

한참을 이어지던 핏자국은 사라지고, 대신 다른 흔적들이 즐비한 곳. 하늘을 가리던 가지들이 뭉텅이로 잘려 나갔고, 둘러져 있는 고송들의 몸통이 헤집어진 숲의 복판이었다.

"흐음……."

제법 거창하게 뒤집어져 있으나, 승부는 단박에 났다.

곳곳에 고여 있는 핏물. 빗물이 섞여들었다 하나 역시나 과한 출혈이었다.

"그 엠뱅할 놈은 위에, 아이는 이곳에! 빗줄기에 눈이 어지러웠을 터. 손해를 봤겠군. 하지만 결국 당한 녀석은 그 엠뱅할 놈! 상처가 제법 깊어 보였거늘 가도록 내버려 두었다!?"

그간 지켜봐 온 바, 진이 우환거리를 곱게 돌려보낼 리가 없었다.

"내상? 그렇지! 녀석의 몸은 아직 정상이 아닐 터! 미련한 놈, 피할 수 있었으면 피했어야지."

다급한 마음에 주위를 관찰하다 문득!

커다란 야초 잎사귀의 뒷면에 묻어 있는 검은 얼룩, 피다. 제법 흘러간 시간을 감안하더라도 지나치게 변색되어 있었다.

'빨리……'

유들거리던 그 빌어먹을 녀석을 그 자리에서 족쳤어야 했다. 의심이 들었을 때 물고 늘어졌으면 이리 시간을 허비하지 않았을 것을.

핏자국을 따라 얼마 가지 않아 영호성은 바닥에 크게 누워 있는 진과 연화를 발견했다. 영호성으로서는 진의 등에 죽은 듯 엎드려 있는 계집아이가 누구인지 알 길이 없었으나 이것저것 따질 여유는 없었다.

영호성은 연화를 조심히 내려놓고 진을 돌려 눕혔다. 얼마나 토혈을 했는지 핏물에 범벅이 된 진의 얼굴은 예의 곱고 하얀 피부를 찾아볼 수 없을 지경이었다.

진의 뺨을 거칠게 올려붙이는 영호성.

"아이야! 정신 차리거라."

몇 대를 더 올려붙이자 초점 잃은 눈동자가 드러났다.

"화, 화아를……."

말끝을 남긴 채 다시 혼절해 버린 진이다.

"이런!"

숲 속의 새벽 바람은 너무도 차가웠다. 기식이 엄연하여 당장에 수를 내야 했지만 두 중환자를 여기에서 치료할 수는 없는 노릇이었다.

영호성은 주저없이 진과 연화를 들쳐 업고 몸을 날렸다. 엉뚱한 곳을 헤맨 덕에 이들을 편히 뉘일 적당한 장소가 생각났던 것이다.

어두운 동굴 안.

화전민이 개간 철에 묵어가던 곳인지 버려진 가재도구와 경와도 남아 있는 널찍한 동굴이었다.

불을 밝혀보니 진의 몰골은 더욱 참담했다. 파르스름 얼어 있는 입술은 매미 날개마냥 떨리고 있었으며, 그때마다 핏물이 울컥댔다.

거칠고 불규칙적인 호흡, 기도가 막힌 게다.

고개를 모로 돌리고 손가락으로 입 안을 비워냈으나 달라진 것이 없었다. 명치에 우장을 대고 기합성을 질러대는 영호성.

"퀵!"

진의 입에서 어린아이 주먹만한 각혈이 튀어나왔다. 숨길은 한결 편해졌으나 여전히 기혈은 안정을 찾지 못하고 있었다.

맥을 짚어보는 영호성. 당장에 영호성의 얼굴이 참담하게 일그러졌다.

'허어, 뒤틀릴 수 있는 것은 모조리 뒤틀려 버렸구나. 송장이나 다름 없어. 어쩐다, 어찌한다?'

무공이 어느 선에 이르면 자연히 의학에 대한 조예는 생기기 마련. 진의 상태는 소림의 대환단을 처방하더라도 살려낼 수 없을 것만 같았다.

“그렇지! 신비 내력이 있다. 그것을 또 끌어낼 수만 있다면.”

영호성은 진의 전신을 두드리기 시작했다. 자극을 주어 신비 내력을 이끌어내기 위함이었다.

그러기를 한 식경. 영호성은 수심 깊은 한숨을 내뱉고 말았다.

신비 내력은커녕 옥녀심공과 태양공마저 꼼짝하지 않는 상황. 마지막 보루가 무너지니 도무지 방법이 떠오르지 않았다.

내상, 내상 하지만 이런 경우는 또 처음이었던 것이다.

비로소 영호성의 눈에 들어온 연화.

“저 아이 때문에……..”

그렇다.

그 엠병할 놈과의 격전 중에 이미 내상을 입은 상태에서 다시 진기를 끌어다 쓴 게다. 도주하기 위해, 저 계집아이를 살리기 위해 만신창이가 된 상태로 신법을 전개한 게다.

이 정도라면 신비 내력이 스스로 치유를 한다 해도 잘해야 반신불수가 되어 평생 수발을 받고 살아야 할 터였다.

“미련한 놈! 제 몸 부서지는 걸 왜 몰라!”

알았을 게다. 알고도 계집아이를 살려야 한다는 일념 하에 물불을 안 가렸을 게다. 그런 점이 더욱 정이 가게 하는 녀석이니.

“가여운 것. 참으로 박복한 인사로다.”

영호성의 눈에 습기가 잔뜩 차 올랐다.

따다다닥!

부서져라 이를 부딪치는 진, 내상이 체열을 빼앗아가기 시작한 것이다. 이 과정이 끝나면 결국…….

‘이리 보낼 수는 없다, 이렇게 허무하게는!’

영호성은 벌떡 일어나 튕기듯 동굴 밖으로 쏘아져 나갔다.

그 시각, 민초빈은 종종걸음으로 산채를 서성이고 있었다.

여자의 직감이라 했던가. 저녁나절부터 밥도 먹히지 않고 가슴 한구석이 불안하고 허전하여 안절부절못하고 들락날락한 것이 벌써 두 시진째였다.

"부인, 그러지 말고 들어와서 기다리시구려."

민초빈의 귀에는 공야숙의 말이 들리지 않았다. 그녀의 정신은 온통 두 아이의 걱정에 집중되어 있을 따름이다.

"부인……."

"……."

"빈!"

공야숙이 버럭 소리를 지르고 나서야 정신을 번뜩 차리고 돌아보는 민초빈이다.

"네? 뭐라고 하셨어요?"

"당신이 그렇게 조바심친다고 해서 늦을 애들이 빨리 오는 것은 아니질 않소. 밤바람은 아직 좋지 않아요. 들어와서 기다리시구려."

듣는 둥 마는 둥 이제는 손톱까지 물어뜯고 있으니 지켜보는 사람이 더 조바심이 날 지경이었다.

진이 약속한 달포는 아직 하루가 남았다. 그러나 귀랑이 혼자 돌아온 점, 그리고 연화의 가출까지 겹친 마당에 마냥 편안할 수는 없는 노릇이었다.

"하루 이틀 늦어질 수도 있을 게요. 연화는 날이 밝으면 내 직접 찾아보리다. 녀석이 가봐야 어딜 가겠소. 그러니 이만 들어가도록 합시다."

“그렇기는 하지만…….”

공야숙에게 이끌리는 와중에도 몇 번이나 둔덕에 눈길을 주는 민초빈이었다.

같은 시각. 역시 엉덩이가 들썩이며 안절부절못하는 생명체가 있었다.

귀랑이다.

귀랑은 스스로도 이해할 수 없었다.

우연히 만난 동족이 인간이라는 사실은 그리 큰 문제가 아니었다.

도무지 저항할 수가 없다는 점.

세상에! 짐꾼으로 전락한 낭만 늑대라니. 인간 따위를 살리려고 죽을 고생을 몇 번이나 했다는 것이 말이 되느냔 말이다.

그땐 정말 가려고 해서 간 것이 아니었다.

아련하기만 했던 종족의 기운이 슬슬 가까워지더니 어느 날 갑자기 위험 신호를 보내왔고, 구하러 가는 동안 동족의 기운은 사라져 버렸다. 그것이 의미하는 바는 분명했다.

죽은 게다.

그런데 살아났다.

이게 대체 뭔 일인가 싶어 평소 괴상한 기운이 충만하여 발길을 하지 않았던 그 산엘 가봤다.

웬걸, 동족은 정말 다시 살아나 있었다.

그리고 나선 지금까지 이 꼴이다. 짐꾼도 모자라, 탈것이 되어야 하다니…….

그러나 어쩔 수 없었다.

된장.

대체 뭐 하는 물건인 줄은 모르지만 굉장히 무서운 물건임에는 분명했고, 시키는 대로 하지 않으면 인간 동족은 반드시 그것을 사용하고 말 것이었다.

그리고 지금 이 순간,

가슴이 벌렁대고 오금이 저려온다.

빌어먹을 나약한 인간 동족이 또 사고를 친 게다.

벌떡 일어나 코를 몇 번 킁킁대더니 곧바로 창문 밖으로 몸을 날려 사라져 버린 귀랑이었다.

아무리 찾아도 없다. 약초는커녕 흔한 쑥 한 뿌리도 보이지 않았다. 개똥도 약에 쓰러 한다면 없다던가.

'어찌해야 하는가, 어찌…….'

약을 구하려면 중공산 밑자락의 안양까지 가야 한다. 그러나 진의 상세는 촌각을 다툴 만큼 위급했다. 약을 구하러 간 사이에 죽어버리기라도 한다면… 차라리 마지막 순간을 지켜주는 것이 나을지도 모를 일이었다.

"나 같은 늙은이를 데려가지 않고……."

젊은이의 명을 재촉하는 야속한 하늘이 원망스럽지 않을 수 없었다.

"하는 데까지는……."

영호성은 가죽 물주머니에 물을 가득 담아 서둘러 동굴로 돌아왔다.

진의 상태는 더욱 악화되어 있었다.

사발에 물을 담아 손바닥에 올려놓자 물이 금세 끓어오르기 시작했다. 삼매진화의 수법이다. 물이 다 끓자 영호성은 진의 옷을 벗겨냈다.

그렇지 않아도 하얀 속살이 더욱 탈색되어 도무지 혈색이라곤 찾아볼 수가 없을 지경이었다.

영호성은 진의 몸에 뜨거운 물을 붓고 정성껏 주물렀다. 그러기를 수차례, 진의 얼굴에 잠시 핏기가 돌았지만 손을 놓자마자 금세 창백해질 뿐이었다.

"안 되는구나. 이 어린것을 어찌한다. 이 불쌍한 것을."

영호성의 탄식이 이어지고 있는 그때다.

크르릉!

갑자기 느껴지는 엄청난 투기. 놀란 영호성이 서서히 고개를 돌렸다. 동굴 입구에서 어른대는 자녹의 불꽃, 집채만한 백색 늑대의 안광이 발하는 요기(妖氣)였다.

영호성은 거대한 늑대의 정체를 알고 있었다.

'그때 그 녀석!'

귀랑이다.

문제는 귀랑은 영호성을 모른다는 점이었다.

지금 이 순간, 그 사실은 심각한 문제를 양산하고 있었다.

크르르르!

맹렬한 적개심!

귀랑의 눈에 영호성은 자신의 유일한 의사 매개체이며 종족인 인간 아이를 해치려는 적일 따름인 것이다.

"오해하지 말거라."

크르르르르!

오해하지 않게 생겼는가. 동족은 발가벗겨져 있고, 고기 다지듯 주무르고 있는 인간의 손에 종족의 생명의 기운이 급속히 사라지고 있거늘.

물결치는 입술 사이로 드러난 커다란 이빨은 살갗을 저미게 하는 맹렬한 살기를 내뿜기 시작했다.

잔뜩 몸을 낮추는 귀랑. 당장에라도 달려들 태세다.

'……!!'

영호성의 안색도 일변했다.

'한낱 미물이 살기라니…….'

살기란 오직 인간의 전유물이다. 먹이를 사냥할 적에도, 영역을 침범한 다른 맹수를 응징할 때에도 그것은 생존 본능에 기인한 행동일 뿐, 오직 인간만이 죽음을 목적으로 한 살기를 내비칠 뿐이거늘.

그러나 분명한 살기였다, 그것도 무지막지한.

영호성도 진기를 끌어올렸다. 피차 대화가 불가능한 짐승일 따름. 일단 때려눕히는 것만이 소모적 신경전을 줄이는 유일한 방법일 터였다.

자녹의 불꽃이 덮쳐드는가 싶더니 영호성의 신형 또한 흩뿌려지는 아련한 잔영을 남기며 좁은 동굴 안을 가득 메우기 시작했다.

민초빈의 눈이 번쩍 뜨여졌다.

까닭 모를 불안감은 이제 가슴 한구석이 주저앉는 두려움으로 변해 있었다.

'귀랑?'

자리를 박차고 귀랑의 처소로 몸을 날리는 민초빈이다.

덜컹!

평소라면 자신의 처소를 저렇게 무지막지하게 열어젖히는 행위를 용서하지 않을 귀랑이다. 그것을 모르지 않는 민초빈임에도 한 치의 주저함이 없다.

"초빈, 무슨 일이오?"

자다가 놀라 따라나왔는지 공야숙은 부스스한 모습이었다.

"귀랑이 없어요."

"어디 하루 이틀 일이오. 또 어디서 놀고 있는 게지. 뭐 그리 놀랄 일이라고……."

세차게 도리질 치는 민초빈이다.

"달라요. 조금 전 귀랑의 기척은 평소와는 너무 달랐어요. 귀랑은 절대 그렇게 서두르지 않아요. 그렇게 허둥대지 않는다구요."

"음, 뭐 재미난 것이라도 발견한 모양이지."

민초빈은 공야숙의 객쩍은 소리는 개의치 않고 귀랑의 방을 여기저기 뒤지기 시작했다. 이내 뭔가를 발견한 민초빈.

민초빈이 집어 든 것은 귀랑의 털이었다. 털 달린 짐승의 집에 응당 있을 법한 것이지만 민초빈의 예감은 달랐다.

'혹시?'

민초빈은 창문 밖으로 신형을 날리는가 싶더니 작은 소나무 가지 위로 사뿐히 내려섰다.

"역시!"

그곳에는 민초빈이 귀랑의 처소에서 발견한 것과 같은 백색의 털이 뭉쳐져 걸려 있었다.

주위를 두리번거리는 민초빈. 역시나 십 장 밖의 나뭇가지에 달빛에 반짝이는 귀랑의 털이 걸려 있었다.

확신을 굳힌 민초빈이 외쳤다.

"얼른 약초와 침술구를 챙겨요. 환단도 종류별로 챙기고요."

"무, 무슨 일이오. 아닌 밤에 홍두깨도 아니고."

"귀랑이 길을 남겼어요. 아이들에게 무슨 일이 일어난 게 틀림없어요!"

"그걸 어찌……."

"그렇다면 그런 줄 아세요! 여자의 직감이에요."

여자의 직감이라니, 결국 아무런 근거가 없다는 소리가 아닌가.

공야숙은 쭈뼛대기만 하다가 민초빈의 호통에 허둥지둥 연단실로 향해야 했다.

'완벽한 괴물이다.'

영호성은 지금 벌어지고 있는 일을 믿을 수가 없었다.

도저히 늑대라 볼 수 없는 거대한 몸집도 그렇거니와 육중한 덩치임에도 눈으로는 쫓기조차 힘든 움직임도 그러했다.

내공이 있을 리 없고 오직 근골의 힘만으로 움직일 짐승이건만 그 움직임은 무공을 익힌 고수나 다름이 아니었다.

어디 그뿐인가. 하나하나가 보도나 다름없는 날카로운 이빨에 몇 차례나 물어뜯길 뻔도 했다. 방탄강기까지 끌어올려 위기를 모면한 적도 있을 지경이었다.

영호성은 다급해졌다.

진은 이제 숨결마저 간간이 끊기고 있다. 그럼에도 저 얄미운 개자식(?)은 잠시라도 틈을 보이면 목덜미를 물어뜯으려 달려든다. 당장 손을 써야 하거늘, 마음은 초조해지고 그래서 손발이 더욱 어지러워져 또다시 난전으로 치닫는 악순환이 반복되고 있었다.

무시무시한 괴물이다.

　귀랑은 미칠 것 같은 초조함에 정신이 혼미할 지경이었다.

　동족의 생명은 이제 겨우 불씨만 남았을 뿐이거늘 저 엄청난 괴물은 도저히 어찌해 볼 도리가 없었다. 단지 지친 기색을 보일라 치면 여지없이 그 허점을 집요하게 파고드는 괴물들을 심심찮게 봐왔기 때문에 애써 감추고 있을 뿐, 이미 체력은 파탄을 드러내고 있었다.

　상황은 절망적으로 흘러가고 있었다. 당장 손을 쓰지 않는다면 동족은 살아남지 못할 것이었다.

　피차 기운을 추스르는 잠시의 소강 상태, 영호성도 한숨을 돌리고 진의 상세를 살펴보았다.

　'이대로는 일각도 버티지 못한다.'

　더 이상 푸닥거리 할 여유가 없었다.

　"이봐, 랑공! 우리 이만 휴전하자. 진이 죽는다고. 네 친구 말이야. 네 친구 죽어. 알아들었냐?"

　고개를 갸웃거리는 귀랑.

　비록 알아듣진 못하지만 그 목소리에 가득 담겨 있는 안타까움까지 읽지 못할 귀랑은 아니었다.

　게다가 상황이 묘하다.

　직접 겪어본 바, 저 괴물의 능력이라면 손짓 하나만으로도 동족의 명줄을 끊어놓을 수 있었을 것이다. 그런데도 아직 동족의 숨이 붙어 있다는 것은 저 인두겁을 쓴 괴물이 애초에 동족을 죽일 생각이 없었는지도 모른다는 생각에 이르게 된 것이다.

　귀랑의 투기가 서서히 줄어들자 반색하는 영호성이다.

　"그래, 그래. 우리 이 친구부터 살리고 보자고."

　영호성이 다급하게 진에게 다가서자 다시 살기를 피우는 귀랑이다.

영호성의 움직임이 너무 급격했던 탓이다.

“몰라, 인마. 까딱만 해봐. 네 친구 목을 확 비틀어 버릴 테니.”

영호성은 귀랑을 무시하고 진의 몸을 주무르기 시작했다.

귀랑은 잠시 방심한 것을 후회했다. 자신이 저 괴물의 목을 물어뜯기 전에 동족의 생명은 끝장날 것이었다.

귀랑이 뒤에서 무슨 짓을 하든 영호성은 진을 살리는 데 집중했다. 새끼손가락을 깨물어 피를 한 방울 짜낸 후 진의 입에 떨어뜨리고는 신발을 벗겨 발바닥의 용천혈을 힘주어 꾹꾹 눌러댔다.

안절부절못하던 귀랑이 고개를 갸웃거렸다. 자신이 돌봐주고 있는 인두겁을 쓴 두 마리의 괴물이 초주검이 된 인간 사냥꾼 몇을 저리 살리는 것을 본 적이 있었기 때문이다.

귀랑은 천천히 동족과 괴물에게 다가갔다. 가까이서 보니 과연 괴물은 동족을 살리기 위해 자연의 기운을 불어넣고 있었다. 이제야 모든 의심이 풀렸다.

괴물이 이끌어낸 자연의 기운은 엄청난 양이긴 했지만 태반은 동족이 받아들이지 못하고 있었다. 이런 일은 부양하고 있는 늙은 암컷이 탁월한 수완을 발휘하곤 했다.

귀랑은 동굴 밖을 쳐다보았다. 흔적을 남겼으니 멍청한 수놈은 몰라도 암컷은 충분히 자신의 의지를 알아차리고 올 것이다. 그때까지 동족의 생명의 불씨는 남겨놔야 했다.

온몸에 땀을 흘리며 진을 열심히 주무르고 있는 영호성을 밀어내는 귀랑이다.

“어어? 야, 인마. 그냥 놔두면 죽어. 이렇게라도 해야…….”

크르륵.

입을 벌려 뭔가를 게워내려는 듯한 귀랑.

컥!

마침내 귀랑의 입에서 어린아이 주먹만한 핏덩이가 튀어나왔다. 핏덩이 속에는 푸르스름한 자갈 한 알이 뒤섞여 있었다.

"서, 설마?"

다른 무엇이 아니라면, 내단이다. 푸르스름한 자갈에서는 요요로운 기운이 줄기줄기 흘러나오고 있었던 것이다.

귀랑이 뭐 하냐, 는 표정으로 영호성을 쳐다봤다.

"그, 그래, 알았다."

영호성은 진의 입을 벌리고 내단을 밀어 넣었다. 이마를 가볍게 치자 내단은 순식간에 진의 목구멍을 타고 내려갔다.

진이 내단을 삼키는 것을 확인한 귀랑은 서서히 무너져 내렸다. 생명의 원천인 내단을 쪼개어 뱉어냈으니 그만큼 기력이 쇠하여 기절해 버린 것이다.

깜짝 놀란 영호성은 귀랑의 숨길을 확인하고 나서야 안도의 한숨을 내쉬었다.

"그럼 그렇지. 그저 덩치 큰 늑대가 아니었구나. 어찌 이런 신물을 얻었을꼬? 참으로 알 수 없는 아이로다."

영호성은 진의 중정혈에 장심을 대고 내단의 경과를 살펴보았다.

내가중수권과 같은 발경의 수법으로 내단을 부수어 흡수를 도울 수도 있으나 섣불리 수를 낼 수는 없는 일이었다. 진이 받아들이지 못하면 약이 되기는커녕 오히려 독이 될 것이기 때문이었다.

"흐음……."

영호성의 우려와는 달리 내단은 이미 흔적도 없이 녹아 진의 몸에 흡수되어 있었다. 알 수 없는 현상이지만 그저 놀라고나 있을 상황만 은 아니었다.

영호성은 다시 진의 몸을 주무르기 시작했다.

그러기를 두 식경. 진의 숨이 서서히 살아나기 시작했다. 백지장 같 던 몸 곳곳에서 발그레한 혈색도 찾아들기 시작했다. 안심할 단계는 아니지만 일단 고비는 넘긴 셈이었다.

비로소 안도의 한숨을 내쉬는 영호성. 이내 영호성은 연화에게로 다 가갔다. 기혈이 불안정하긴 했지만 시간과 안정만 주어진다면 완치될 경미한 내상이었다. 이제 연화만 깨어난다면 둘 중 한 명이 안양으로 약재를 구하러 가면 되는 일이었다.

"……!!"

비로소 한숨을 돌렸다고 생각하는 그 순간, 영호성의 안색이 급격히 창백해졌다. 차갑게 식은 영호성의 눈길이 어둠뿐인 동혈 밖으로 향했 다.

"이런 고약한 경우가!"

급속히 가까워지는 맹렬한 기파! 다른 어디가 아닌 이곳을 향해 똑 바로 다가오는 기운이었다. 게다가 하나가 아니었다.

"둘이나?"

더 될지도 모른다.

진의 짐을 뒤져 세영검을 뽑아 몇 번 휘둘러보는 영호성. 수십 년 만 에 쥐어보는 진검이었다. 하지만 영호성은 진검이 아니라 독 묻힌 암 기라도 있다면 집어 던지고 싶은 심정이었다.

'악재로다.'

귀랑과의 혈전과 진의 치료에 많은 기운을 소진해 버린 상태였다. 더군다나 진은 잠시도 눈을 돌릴 여지가 없는 상황이다. 그러나 시운(時運)이 따르지 않음에 성토나 하고 있을 여유 따윈 없었다.

진을 이 지경으로 만든 놈들이라면, 기어이 끝장을 보겠다고 온 것이라면 가만히 앉아 목을 늘어뜨리고 있을 수는 없었다.

"이 아이 곁에 있자면 심심하진 않겠구나. 허허, 오랜만의 강호 기행이 아주 요란해져 버렸어."

치이잉!

영호성이 내력을 밀어 넣자 세영검이 부르르 떨어대며 맑은 공명음을 뱉어냈다.

"잘 부탁한다."

치이잉!

다시 맑은 검명으로 화답하는 세영검.

"자! 어떤 녀석들인지 한번 볼까?"

결연한 표정의 영호성이 동굴 밖을 향해 무서운 속도로 쏘아져 나갔다.

『귀안』 3권으로 이어집니다

청 어 람 신 무 협 판 타 지 소 설

제1회 신춘무협 공모전에 『보표무적』으로
금상을 수상한 작가 장영훈의 신작!!

한 겹 한 겹 파헤쳐지는
음모의 속살을 엿본다!

『일도양단』
(一刀兩斷)

일도양단(一刀兩斷) / 장영훈 지음

그의 이름은 기풍한.

천룡맹(天龍盟) 강호 일급 음모(一級陰謀) 진압조(鎭壓組)
질풍육조(疾風六組)의 조장이다.

임무를 위해 출맹한 지 사 년이 지난 어느 겨울날 새벽,
돌아온 그에게 천룡맹 섬서 지단 부단주가 말했다.
"질풍조는 이미 해체되었네."

그리고…
그의 존재를 알던 모든 이들이 죽었다.